Buch

Johannes Neumann und Frau lassen sich auf ein ungeahntes Abenteuer ein. Er ist ein Dichter, der auf großem Fuß lebt, aber oft ohne Bargeld, und da auch seine frohgemute Frau etwas vom Leben haben will, fahren die beiden nach Mallorca. Sie haben auf eine Tauschanzeige geantwortet, in der ein spanisches Pärchen ihnen kostenlosen Aufenthalt bietet gegen gleiche Gastfreundschaft in Deutschland. Was die Neumanns auf der Zauberinsel, Sehnsuchtsziel von Millionen Touristen, erleben, steckt voller kurioser Überraschungen. Zum Beispiel dieser, daß die beiden schließlich Gäste in die eigenen vier Wände mit zurücknehmen müssen, die sich inzwischen als Nörgler, Schnarcher, Geizhälse und Hochstapler entpuppt haben.

Ein heiterer, unbeschwerter Sommerroman
und doch nicht ganz arglos…

Autor

Jo Hanns Rösler wurde am 7. April 1899 in Königstein an der Elbe geboren, besuchte das humanistische Staatsgymnasium in Dresden, um Theologie zu studieren, kam verwundet aus dem ersten Weltkrieg zurück und begann sofort, seine ersten Beiträge im »Simplicissimus«, der »Jugend«, den »Lustigen Blättern« und im »Berliner Tageblatt« zu veröffentlichen. Er heiratete in jungen Jahren eine Wiener Schauspielerin namens Kitty und lebte mit ihr in Paris, Berlin, Wien und auf der Insel Mallorca, bis er im Jahre 1935 seßhaft wurde und seinen Berghof über Feilnbach erwarb. Sein Bühnenstück »Philine« ging über alle Bühnen und wurde zweimal verfilmt. Rösler war einer der beliebtesten Rundfunkautoren. Er starb am 25. September 1966 in München.

Außer dem vorliegenden Band sind von Jo Hanns Rösler als Goldmann-Taschenbücher erschienen:

Wohin sind all die Jahre… (3398)
Wohin sind all die Tage… (3407)
Wohin sind all die Stunden… (3421)
An meine Mutter (3467)
Kitty und Johannes (3537)
Lachen Sie mit Jo Hanns Rösler (3484)

Außerdem in der Reihe Goldmann Großschrift:

An meine Mutter (7203)
Wohin sind all die Jahre… (7213)
Kitty und Johannes (7203)

Jo Hanns Rösler

Die Reise nach Mallorca

Roman

GOLDMANN VERLAG

Made in Germany · 2. Auflage · 5/85
Genehmigte Taschenbuchausgabe in Großschrift

Umschlaggestaltung: Design Team München
Umschlagfoto: Foto Oeder, Heimstetten
Satz: IBV Lichtsatz KG, Berlin
Druck: Elsnerdruck GmbH, Berlin
Verlagsnummer: 7225
Lektorat: Elga Sondermann
Herstellung: Sebastian Strohmaier/He
ISBN 3-442-07225-5

Ähnlichkeiten mit Institutionen und lebenden Persönlichkeiten, die sich dem geschätzten Leser auf den verschlungenen Pfaden dieser Reise nach Mallorca aufdrängen könnten, sind vom Autor nicht beabsichtigt und rein zufälliger Natur.

Erstes Kapitel

Jeder Anfang ist der Wurm am Haken, um den Leser an die Angel zu bekommen – begann der Schriftsteller Johannes Neumann, 42, verheiratet, kinderlos, ohne Vermögen, in den Tag hinein lebend, ein Gelegenheitsarbeiter, seine Aufzeichnungen –, beginne ich also mit dem Automobilklub und seiner Zeitung. In jenen Klubnachrichten befand sich eines Tages ein Inserat. Ganz klein und unauffällig, nur drei Zeilen, kein Wort dicker gedruckt als das andere, wie ein Gespräch ohne erhobene Stimme, so stand es dort. Ich hatte es sogar überlesen, obwohl es auf der letzten Seite stand und ich jede Zeitung von hinten nach vorn lese, eine Angewohnheit aus meinen Prager Jahren und nicht die schlechteste.

Ich legte die Zeitung achtlos beiseite, als meine Frau frische Krebse auf den Tisch brachte, die sie am Nachmittag aus unserm Bach geholt hatte. Da sie eine Unterlage für die heiße Schüssel suchte, griff sie nach jener Zeitung, faltete sie auseinander und setzte sozusagen wie auf ein Tischtuch die Schüssel darauf.

»Sie sind dieses Jahr besonders fett, Johannes«, sagte sie.

»Es war ein gutes Jahr«, nickte ich und betrachtete glücklich die rote Pracht in der weißen Schüssel.

»Für dich am Schreibtisch weniger«, bemerkte Annette.

»Bitte, nicht schon wieder das alte Thema!«

»Das alte Thema ist leider ewig neu«, sagte Annette. »Wenn du weiterhin so faul bist und nichts schreibst, werden dies die letzten Krebse sein, die du ißt.«

Ich winkte unbesorgt ab.

»Der Bach ist nicht auszukrebsen«, sagte ich.

»Das nicht. Aber wir werden dann die Krebse nicht mehr essen, sondern verkaufen müssen.«

Damit reichte sie mir das größte und dickste der Schalentiere.

»Iß ihn mit Andacht, Johannes!« sagte sie.

Der Krebs war zu heiß. Ich ließ ihn erschrocken fallen. Er plumpste auf die Zeitung. Just auf die Stelle, wo das Inserat stand. Ich nahm ihn sofort mit der Serviette wieder auf und achtete nicht auf den nassen Fleck in der Zeitung, Annette aber starrte um so interessierter darauf, las es zweimal, legte ihren Krebs in die Schüssel zurück und rief aufgeregt:

»Hast du das gelesen, Johannes?«

»Was soll ich gelesen haben?« fragte ich uninteressiert, denn ich schickte mich gerade an, den Krebs zu knacken.

»Dieses Inserat!«

»Ich lese keine Inserate.«

»Doch. Den Heiratsmarkt liest du immer.«

»Nur aus beruflichem Interesse. Als Schriftsteller.«

»Dann hast du damals also nur aus beruflichem Interesse jener hochgewachsenen Brünetten – vielfotografiertes Aktmodell, Venusmaße – geschrieben, was dich dann zu guter Letzt dreihundert Mark gekostet hat?«

»Die dreihundert Mark zahlte ich in einer Verwirrung.«

»Du sagtest es damals.«

»Völlig verwirrt muß ich gewesen sein, es dir zu erzählen.«

»Du suchtest nach dem Reinfall Trost, Johannes.«

»Ich bewundere dein gutes Gedächtnis!«

»Wenn das deine besser wäre, könnte es nichts schaden. Dann fiele dir vielleicht wenigstens aus dem Gedächtnis etwas ein, was du niederschreiben und den Illustrierten verkaufen könntest!«

»Ja, essen wir eigentlich Krebse oder reden wir vom Beruf?« rief ich ärgerlich, denn ich hatte aus Versehen ungekaut und ungeschmeckt den fetten Krebsschwanz verschluckt.

»Beides, Johannes!«

»Ich will aber nicht beides zugleich.«

»Gut. Dann trage ich die Krebse hinaus, und wir reden nur noch vom Beruf.«

Ich hielt schnell die Schüssel fest. Mit Annette war heute nicht gut Krebse essen. Ich merkte es. Ich gab nach.

»Es gibt in der Schaffenszeit eines Künstlers gewisse Pausen, Annette«, dozierte ich. »Je größer der Künstler, desto größer die Pause zur schöpferischen Regeneration.«

»Nach der Pause gemessen, mußt du ein sehr großer Künstler sein, Johannes.«

»Laß deine Bosheiten!«

»Du hast seit deinem letzten Stück keine Zeile mehr geschrieben. Das ist jetzt ein halbes Jahr her.«

»Ich habe kein Thema.«

»Du hast ein Thema!« trumpfte Annette auf. »Ich gebe es dir. Paß gut auf: Wir fahren nach Spanien, vier Wochen, zu einer Familie, die dafür vier Wochen zu uns kommt. Ein Austausch. Das kann sehr lustig werden, und was wir dabei erleben, das schreibst du.«

Ich hasse Reisen. Ich liebe es, gemütlich in meinen eigenen vier Wänden sitzen zu bleiben. Annettes Vorschlag war also völlig indiskutabel. Aber ich sagte es ihr nicht direkt. Ich sagte:

»Großartig! Machen wir! Wo finden wir die Familie?«

»Ich habe sie schon gefunden, Johannes.«

»Wo?«

»Hier!« sagte Annette und riß die Ecke vom papierenen Tischtuch ab, jene Stelle der Zeitung mit dem nassen Fleck. Ich las:

»Junges Ehepaar in Palma auf Mallorca, Spanien, bürgerlicher Haushalt, sucht ebensolches in Deutschland, möglichst Gebirgsnähe. Gewünscht und geboten wird vier Wochen Aufenthalt und Verpflegung. Gesellschaftlicher Anschluß Bedingung.«

»Was sagst du dazu?« fragte Annette.

»Nichts«, sagte ich ahnungslos.

Ich hatte das nasse Inserat schon völlig vergessen und saß, wie jedes Jahr um diese Zeit, an meinem Bach im Walde und angelte Forellen. Beim Angeln gleiten mit der Fliege auf dem Wasser auch die Gedanken munter dahin. Es ist nicht so wichtig, ob ein Fisch anbeißt; man muß auch seinen Gedanken Gelegenheit geben, sich ab und zu im Freien zu tummeln. Zweimal war es mir in den letzten Wochen schon widerfahren, daß ich beim Angeln einschlief, ein Geschenk Gottes, denn daheim durfte ich es bei Tag nicht. Ich schlief herrlich, bis es dem Fisch zu dumm wurde, noch länger am Haken zu hängen, ohne herausgezogen zu werden, und er mich weckte. Ich nahm ihn sanft von der Angel, und wir zwei wanderten gemütlich heim. Ich bedankte mich in aller Form bei ihm, denn wenn meine Frau mich schlafend gefunden hätte, wäre ich wesentlich unsanfter geweckt worden. Nicht etwa, daß Annette nun nach Weiberart gezetert und mich mit groben Namen belegt hätte – nein, sie schwang ihren kleinen Pantoffel sehr zierlich über meinem Haupt. Sie fand es einfach nicht geziemend, wenn ein Mann wie ich im Freien schliefe. Ich böte dann keine gute Figur. Bei uns hinge wohl ein Bild »Jugendlicher Schläfer im Walde« im Schlafzimmer, die prächtige Darstellung eines Jungen, der an einer Quelle eingeschlafen ist, eine Hand im Wasser, aber zwischen ihm und mir sei doch – wenigstens figürlich – ein gewisser Unterschied.

Heute nun schlief ich nicht, sondern machte es mir auf andere Weise bequem. Zu spät merkte ich, daß ich meine Fliegen daheim vergessen hatte, und was eine weidgerechte Forelle ist, die geht nicht an den blanken Haken. Nun gut, tröstete ich mich, vielleicht hat es Gott so gefügt und just vor meiner Angelstelle lernen sich in meinem Bach heute zwei Forellen kennen, die Wohlgefallen aneinander finden. Er schwimmt ihr nach, sie entbrennen in Liebe zueinander und schenken mir und meinem Bach viele lustige Kinder. Ich malte mir das Glück der beiden Forellen aus, wie es Schubert besungen, im klaren Wasser, über den hellen, sonnenbeschienenen Kieseln, wie sie in ihrem jungen Liebesglück dahinschwimmen, sich so unsagbar viel zu erzählen haben; ich schüttelte ein paar Bäume, daß eine Handvoll wohlschmeckender Insekten ins Wasser fiel, um dem Brautpaar einen prächtigen Hochzeitsschmaus zu liefern.

Ich hatte mich auf den Stamm einer alten Erle niedergelassen, der krumm und hohl war und in dem ich meinen Cognac versteckt hatte, denn Annette liebte es nicht, einen Flaschenhals aus meiner Tasche ragen zu sehen, wenn ich angeln ging. Heute aber hatte ich dazu, ohne daß sie es bemerkte, einen Kriminalroman mitgenommen, zur heimlichen Lektüre, denn Annette fand, daß ich besser Thomas Mann oder wenigstens Dumas, den Älteren, lesen sollte; bei beiden könnte ich etwas lernen. Ich lese aber nun gern Kriminalromane und muß es in meiner Ehe heimlich tun. Einmal ließ ich mir drei Mikkey Spillanes mit den vielversprechenden Titeln »Mein Revolver sitzt locker«, »Die Rache ist mein« und »Ich, der Richter« heimlich beim Buchbinder in den Umschlag von Thomas Manns »Faustus« binden. Annette hätte es nie bemerkt, sie liest Thomas Mann nicht, aber als sie in der Folgezeit ihrer besten Freundin, Frau Sobtschak, den Faustus auslieh und Frau Sobtschak beim Zurückbringen des Bandes mit roten Wangen und kurzem Atem erklärte, sie habe selten etwas so Aufregendes und erotisch Gemeines gelesen, kam der Schwindel auf. Annette stellte mich. Ich stellte mich dumm. Das wäre nicht Thomas Mann? fragte ich. Ich hätte es dafür genommen, wenn mich auch ein wenig gewundert, daß der Inhalt des Buches so gar nichts mit dem Titel gemeinsam habe. Seit diesem Tage lese ich Kriminalromane im Walde.

So saß ich am Bachrand, las, trank bei jedem Mord

auf den Schreck hin einen Cognac und war bereits beim elften tödlichen Schuß angelangt, der aus einer Schnellfeuerpistole kam und gleich drei Menschen umlegte, was ich mit drei Cognacs quittierte, als ich plötzlich vom Waldesrand her den Ruf des Eichelhähers vernahm. Der Eichelhäher ist der treue Wächter des Waldes. Er warnt Tiere und Menschen durch seinen Ruf, von Baum zu Baum fliegend, vor dem Ungewöhnlichen. Die Vögel macht er auf streunende Katzen aufmerksam, er ruft den Hasen zu, lange Beine zu machen, wenn ein Fuchs sich anschleicht, dem alten Rehbock kündet er die Morgenpirsch des Jägers an, und auch mir tat er oft gute Dienste, sei es, als ich als junger Mensch mit Eva im Heidekraut lag und Evas Vater sich uns näherte, oder später in den Jahren meiner Ehe, wenn er mir Annettes Kommen rechtzeitig ankündigte. So lauschte ich auch diesmal auf seinen Warnruf, und ich tat gut daran, denn unmittelbar darauf hörte ich die Stimme meiner lieben Frau.

»Johannes! Johannes!«

»Hier bin ich!«

»Wo?«

»Hier!«

Es ist eine dumme Antwort, aber ich wollte erst meinen Roman verstecken und die Cognacflasche im hohlen Stamm verschwinden lassen, deswegen rief ich nur »Hier!« und hatte die Hände noch dazu listig vor dem Mund gewinkelt, daß der Schall täuschte. Dann aber, nachdem ich alles verstaut und die hakenlose Angelschnur ins Wasser gehängt hatte, trat ich aus dem Wald heraus und sah Annette nur wenige Schritte vor mir. Sie hielt einen Brief hoch und winkte mir aufgeregt.

»Sie haben geschrieben!« rief sie.

»Wer hat geschrieben?«

»Die Spanier!«

»Welche Spanier?«

»Sie sind einverstanden, Johannes. Sie freuen sich auf uns.«

So dumm bin ich nicht, daß mir jetzt nicht eingefallen wäre, wen Annette meinte und wer geschrieben hatte. Ich stellte mich aber dumm, denn ich hatte im Laufe meiner Ehe gelernt, daß ich damit besser zurechtkam.

»Ich verstehe nicht –«, sagte ich.

»Das Inserat, Johannes! Der Austausch! Wir fahren vier Wochen nach Spanien!«

»Davon weiß ich nichts.«

Es war die Wahrheit. Ich wußte nicht, daß Annette geschrieben hatte. Im Gegenteil, ich hatte vorsichtshalber noch am gleichen Tag die Seite mit dem Inserat verbrannt, damit Annette ihren Gedanken nicht weiterspinnen könne. Jetzt erfuhr ich, daß meine Frau sich am nächsten Morgen ein neues Exemplar der vermaledeiten Zeitung beim Klub besorgt hatte.

»Du hast ihnen geschrieben?«

»Ja. Am gleichen Tag.«

»Auf spanisch?«

»Nein. Auf deutsch.«

»Sie haben dir geantwortet?«

»Ja. Hier. Auch auf deutsch!« jubelte Annette und tat, als hätte sie einen Haupttreffer gemacht. »Stell dir vor, das sind gar keine Spanier, sie wohnen nur dort. Es sind Bodenbacher. Aus Bodenbach bei Leitmeritz.«

Bodenbach kenne ich. Ich bin einmal dort zur Schule gegangen. Das war in dem Sommer, als die Elbe ausgetrocknet war und man trockenen Fußes von einem Ufer zum andern gehen konnte. So lustig war es auch wieder nicht.

Die Spanienreise nahm von Woche zu Woche festere Formen an. Dabei wollte ich gar nicht. Annette wollte. Was die Frau will, will Gott. Aber Gott kann man wenigstens mit Gebeten erweichen. Annette blieb fest.

»Du hast es mir versprochen, Johannes.«

»Kein Wort habe ich gesagt.«

»Hast du es mir abgelehnt?«

»Nein. Das nicht. Nur –«

»In der Ehe heißt nicht ablehnen zusagen. Du kannst nicht heute so und morgen so reden.«

»Aber deine Spanienreise ist doch eine Kateridee, Annette!« rief ich verzweifelt. »Was sollen wir da unten? Wer ist auf uns neugierig?«

»Unsere Bodenbacher Freunde«, sagte Annette. »Sie haben geschrieben, sie freuen sich auf uns.«

»Aber du kennst die Leute doch gar nicht!«

»Wir werden sie kennenlernen. Sie haben ein Haus mit einem Garten und einem Blick aufs Meer, die Frau heißt Hedwig, der Mann heißt Joseph, sie haben jahrelang in Frankreich gelebt und sind jetzt nach Spanien gezogen, wir bekommen zwei große Zimmer für uns ganz allein...«

»Woher weißt du das alles?« unterbrach ich erschrocken.

»Wir stehen in Korrespondenz.«

»Kann ich einmal einen der Briefe sehen?«

»Warum nicht?« sagte Annette. Sie öffnete ihre Nähschatulle und holte ein dickes Bündel mit spanischen Briefmarken hervor.

»Gib mir den letzten!« sagte ich ahnungsvoll.

Annette reichte mir den vorletzten.

»Liebe gnädige Frau!« las ich. Es war keine sehr sympathische Handschrift, obwohl jeder Buchstabe dort stand, wo er hingehörte, vielleicht gerade deswegen. »Gestern brachte uns der Briefträger Ihren letzten Brief, und wir freuen uns zu hören, daß Johannes mit allem einverstanden ist. Wie wir Ihnen schon schrieben, haben wir auf unser Inserat 478 Zuschriften bekommen, die sich inzwischen auf 503 vermehrt haben. Sie müßten sich also umgehend entscheiden. Wenn wir Ihnen den Vorzug geben, so deshalb, weil meine Frau sehr viel für Künstler übrig hat und wir in Berlin zur letzten Olympiade vor dem Krieg viel in Künstlerkreisen verkehrten. Inzwischen haben wir auch das von Ihnen uns liebenswürdigerweise übersandte letzte Buch von Johannes erhalten und uns gegenseitig daraus vorgelesen. Wir freuen uns jetzt doppelt auf Sie.

Und nun zu unserem Haus. Wir haben uns hier fürs Leben eingerichtet, bürgerlich, aber geschmackvoll, auch ein paar antike Möbel. Unser Haus steht in einem kleinen Garten, auf dem Dach ist eine Terrasse, auf der Sie ungeniert Sonnenbäder nehmen können. Sie haben von da einen herrlichen Blick auf das Meer, auf Palmen und Pinienwälder. Wir sind nicht allzu weit von einem herrlichen Sandstrand entfernt, wo Sie jederzeit Meerbäder nehmen können. Wir wohnen etwas außerhalb von Palma, aber mit guter Omnibusverbindung.

Was nun Ihre Frage nach den Preisen betrifft, so kann ich Sie sehr beruhigen. Spanien ist sehr billig, und da Sie ja bei uns umsonst wohnen, brauchen Sie nichts auszugeben als ein paar Peseten für Postkarten, Briefmarken und den Omnibus. Eine Flasche guter Cognac kostet 2,60 Mark, ein Liter Wein dreißig Pfennig, und Orangen können Sie das Kilo schon für zwanzig Pfennig kaufen. Für die Zeit Ihres Hierseins genügen also tausend Peseten reichlich, das sind hundert Mark nach Ihrem Gelde.«

Ich las den Brief nicht zu Ende und schaute Annette an.

»Ist das der letzte Brief?« fragte ich ahnungsvoll.
»Wieso, Johannes?«
»Hast du ihnen auf diesen Brief geantwortet?«
»Das kann man nicht so genau sagen.«
»Doch. Das kann man sehr genau sagen«, erwiderte ich. »Ich möchte gern wissen, ob das der letzte Brief deiner spanischen Freunde ist.«

Annette tat, als hätte sie einen Staubfleck auf der Kommode erblickt, und begann, eifrig zu reiben. Ich hatte also recht geraten.

»Wo ist der letzte Brief?« fragte ich streng.
»Du darfst mich aber nicht schelten, Johannes.«
»Ich werde nicht schelten, aber ich muß wissen, woran ich bin und wie weit eure Verschwörung bereits gediehen ist.«

Da sah mich Annette ein wenig schuldbewußt an, ging zu dem großen Bücherschrank hinüber, bückte sich tief und holte unter ihm einen Brief hervor.

»Lies ihn und ruf mich dann«, sagte sie. »Ich gehe inzwischen hinaus in die Küche und sehe nach, daß nichts anbrennt.«

Annettes Flucht in die Küche hatte ihre Berechtigung. Ich ahnte nichts Gutes, als ich den Brief auseinanderfaltete. Er enthielt noch Schlimmeres: Die Würfel waren gefallen. Annette hatte ihnen ohne mein Wissen fest zugesagt. Die Spanienreise war perfekt. Annette hatte ihnen unser genaues Ankunftsdatum mitgeteilt, daß wir vier Wochen bleiben und sie dann nach Deutschland mitheimnehmen würden. In unserem Wagen. In unserem Wagen? Ich las es nochmals. Ich hatte mich nicht verlesen. Unsere spanischen Freunde schrieben von ihrer großen Freude, daß wir den Wagen mitbrächten. Sie frohlockten und schmiedeten bereits Pläne, wie sie mit uns durch die Insel fahren würden. Wir nehmen alles zum Essen mit, die Benzinkosten werden geteilt, vorn sitzen die Herren, hinten machen es sich die Damen bequem – ach so, nicht einmal Annette neben mir, na, das kann ja reizend werden! Und was sie uns alles zeigen wollten! »Mit dem Wagen ist die Insel ein Paradies. Die Höhlen von Arta, Formentor und der Hafen von Alcudia, hier wird zu Mittag gegessen und anschließend in Selva folklorische Tänze, hochinteressant!!!« schrieben Jellinecks und machten drei Ausrufungszeichen dahinter. Man würde gemeinsam das romantische Gebirgsdorf Gallilää besuchen, La Calobra und das Wildtal Torrente de Pareis, das so finster sei, daß man selbst am Tage mit einer Laterne gehen müsse. Wir würden auch der Kartause von Valldemosa einen Besuch abstatten, wo man Chopin die Liebesstunden mit George Sand vergällt habe, indem man ihnen nichts zu essen verkaufte, schrieben Jellinecks. Sie schrieben noch mehr. Die Garage sei in Annettes Auftrag bereits für uns gemietet, sie hätten allen anderen Bewerbern abgeschrieben und warteten nun in froher

Ungeduld auf unsere Ankunft. Auch ihre Wohnung hätten sie bereits umgestellt. Wir bekämen ihr Schlafzimmer (Daunendecken!), und der gewünschte große Schreibtisch für den Meister sei auch schon im Haus. Um uns ein herzliches Willkommen zu bereiten, sei auch schon der Festbraten für den Tag unserer Ankunft bestimmt: sie hätten für den 18. Februar am Markt ein Spanferkel bestellt, und ob wir gern Tintenfische äßen...

In diesem Ton ging der Brief weiter, auch bat man uns, Dinge mitzubringen, die auf der Insel schwer zu beschaffen seien: Rasierklingen einer bestimmten Sorte, Zahnpasta einer gewissen Marke, Filterpapier für den Kaffee, eine gute Fettcreme, wenn angängig, und möglichst ein Speiseservice für sechs Personen, kein allzu teures, aber *con flores*, mit Blumendekor. Da wir mit dem Wagen kämen, sei ja der Transport für uns nicht allzu schwierig. Eine große Bitte hätten sie noch, aber sie getrauten sich nicht, diese auszusprechen: ob wir ihnen nicht einen deutschen Teppich, drei zu vier Meter, mitbringen könnten? Deutsche Teppiche ständen hier hoch im Kurs, ungefähr das Vierfache wie in Deutschland. Sie hätten bereits einen Abnehmer dafür, und wir würden ihnen doch sicher den kleinen Verdienst gönnen, der ihnen durch den Verkauf erwüchse.

Ich ging mit dem Brief zu Annette in die Küche und sagte: »Hochvornehme Leute!«

Annette verstand falsch. Oder wollte sie falsch verstehen?

»Ich fürchte es auch, Johannes«, sagte sie. »Hoffentlich sind sie mit dem zufrieden, was wir ihnen im Austausch hier bieten können. Unser bescheidenes Haus... Wenn die Katze am Dach sitzt, ist sie mit dem Schwanz auf der Erde, gegen ihre Villa in Meeresnähe... Wir sollten ihnen zusätzlich noch etwas mitbringen.«

»Jedenfalls nicht den Teppich Dreimalvier!« sagte ich verärgert.

»Wir können nicht gleich von Anfang an ungefällig sein, Johannes. Was macht so ein Teppich schon aus?«

»Im Gewicht zwei Zentner, und wenn wir an der Grenze erwischt werden, vier Monate.«

»Dann bringen wir ihnen wenigstens das Speiseservice mit! Bei dem können wir sagen, es sei unser eigenes, und wir reisten mit eigenem Geschirr wie ganz feine Leute.«

Jetzt hatte ich Annette dort, wo ich wollte.

»Ganz feine Leute reisen überhaupt nicht«, behauptete ich kühn. »Reiche Leute reisen, feine Leute nicht! Der dernier cri ist, daheim zu bleiben. Wer reist, will sich daheim eine Weile nicht sehen lassen. Wer sich nicht sehen lassen will, hat etwas auf dem Kerbholz. Wenn heute einer vier Wochen nicht zu sehen ist, weiß niemand, ob er verreist ist oder ob er sitzt.«

»Wir brauchen ja nur von unterwegs Ansichtspostkarten zu schreiben.«

»Auch das noch! Dann sagen die Leute: Schaut her, er schreibt Postkarten! Er schreibt doch sonst keine Postkarten. Warum schreibt er diesmal? Hat er etwas zu verbergen?«

»Seit wann legst du Wert auf das Urteil der Leute?«

»Seitdem du damals, als ich einmal keinen Wert auf das Urteil der Leute legte, mich überzeugt hast, daß keine Frau mit einem Mann glücklich sein kann, der sich nicht um das Urteil der Leute kümmert. Ich habe mich gebessert.«

»Nein, Johannes, du bist nur älter geworden.«

»Reifer, mein Schatz, reifer!«

»Weil du nicht mehr so oft in die Bar gehst?«

»Ich habe eingesehen, daß es sich für einen Mann in meinen Jahren nicht ziemt.«

»Nein. Du hast gemerkt, daß du jedesmal von dem Zeug, das du dort in dich hineinschüttest, Sodbrennen bekommst.«

Ich saß in der Falle. Ich mußte heraus.

»Was hat denn das alles mit Spanien zu tun?« rief ich.

Jetzt hatte Annette Oberwasser und das Schwimmbassin der Logik für sich allein.

»Eben. Das frage ich mich auch. Du hast angefangen zu philosophieren, nicht ich. Du hast von feinen Leuten erzählt und daß sie nicht reisen. Wir sind keine feinen Leute, wir reisen. Noch dazu, wo uns der Aufenthalt dort nichts kostet.«

»Du redest, wie du es verstehst! Reisen bildet, aber reisen kostet!«

»Nicht, wenn man eingeladen ist!«

»Wir sind nicht eingeladen, wir sind im Austausch!«

Ich war mit Recht erbost. Da hatte Annette hinter meinem Rücken Abmachungen getroffen, mit fremden Leuten, die mir zumuteten, Teppiche und Porzellan über die Grenze zu schmuggeln, die bereits vorbestimmten, wer neben wem sitzen, wohin wir fahren, wo wir halten, wo wir zu Mittag essen sollten. Wenn ich reise, will ich frei sein. Ich will über meinen Tag bestimmen können, einkehren, wo es mir paßt, den Platz neben mir im Wagen trete ich nicht einmal dem Pfarrer von Kirchfeld ab, ich brauche Annette neben mir, ich liebe sie, ich liebe ihre Art, ihre Stimme, ihren Atem, ich liebe ihre kühlen Arme, wenn sie sich während der Fahrt zu mir herüberbeugt, ihre Hände, die immer ein wenig nach Arpège riechen, wenn sie mir während der Fahrt ein Stück Apfel oder ein wenig gekochten Schinken in den Mund schiebt. Das sind die Autofahrten, wie ich sie mag, wir zwei ganz allein. Annette kann so herrlich schweigen, und oft geben wir gegenseitig nur ein Knucksen von uns, erst sie, dann ich, oder umgekehrt; wir wissen dann ohne Worte, daß wir zueinander gehören. Und jetzt soll neben mir Herr

Jellineck sitzen, der Joseph? Er wird sich verpflichtet fühlen, mich zu unterhalten, mir alles auf der Fahrt zu erklären, er wird sagen: Halten Sie hier und fahren Sie da... nein, nicht diesen Weg, der andere ist zwar länger, aber romantischer... ich kenne mich hier aus, Sie sind fremd, verlassen Sie sich auf meinen Rat. Nein, das ist nichts für mich, den Wagen lassen wir zu Hause, und wir selbst bleiben es auch.

Zweites Kapitel

Ich war entschlossen, nicht nach Spanien zu fahren. Trotz aller bereits von meiner Frau getroffenen Abmachungen. Was gingen mich die Bodenbacher in Spanien an? Sollten sie mich verklagen, da kann man lange prozessieren, der Brief meiner Frau ist noch keine Rechtsgrundlage, und das, worum es ging, der Austausch der Betten sozusagen, ist kein internationales Streitobjekt.

Es blieb aber ein häusliches. Jeden Tag fing Annette von der Spanienreise an, was wir mitnehmen müßten und was daheimlassen, sie ging bereits mehrmals in der Woche zur Schneiderin, sie hatte sich schon ein Buch gekauft: »Spanisch, leicht gemacht!« Sie machte es mir schwer, das Buch nicht heimlich ins Feuer zu werfen, denn jeden Abend mußte ich mit ihr Spanisch lernen. *Vamos,* gehen wir – *langosta,* der Hummer – *muchas gracias* und *buenas noches,* vielen Dank und gute Nacht! Im zweiten Kapitel lernten wir *Visitaremos la ciudad.* Wir wollen uns die Stadt ansehen – *Donde está un buen peluquero? Al doblar aqella esquina, señora.* Wo ist hier ein guter Friseur? Gleich um die Ecke, meine Dame! Alles dies lernte Annette mit einem Hölleneifer.

Das einzige, was sie nicht lernte und was ich ihr auf spanisch und deutsch vergeblich beizubringen versuchte: *Permanecemos en casa. No vamos a España.* Wir bleiben daheim. Wir fahren nicht nach Spanien.

Ich wappnete mich weiterhin mit ehemännlicher Geduld. Das hilft nicht immer, aber manchmal. In der Ehe muß man mit der kleinsten Münze rechnen. Eines Tages kam es auch so weit, daß ich mit Annette ein vernünftiges Gespräch am Kamin führen konnte. Ich fand zu meiner Freude Annette an diesem Abend allen meinen Argumenten zugänglich, sie widersprach nicht, unterbrach mich nicht und nickte bei jedem meiner Worte, als ob sie es einsehe, so daß ich annahm, ich hätte schon gewonnenes Spiel.

Ich ahnte nicht, daß auch Annette sich diesen Abend ausgesucht hatte und entschlossen war, mit mir einmal vernünftig über diesen Punkt zu reden und mich zu überzeugen.

»Wir wollen uns einmal in Ruhe über das spanische Vorhaben unterhalten«, begann ich und rückte meinen Stuhl ein wenig dem ihren näher. »Auch ich möchte gern einmal wieder mit dir verreisen... nicht jeden Morgen beim Aufwachen die alten Tapeten erblicken, nicht immer wieder am Waschtisch den alten Sprung, nicht jeden Tag beim Frühstück die gleiche Tasse und die gleichen Brötchen vom Bäcker Ernst, die auf der einen Seite höher sind als auf der anderen, weil der Bäcker Ernst schiefe Hände hat – ich schenke mir aus einer neuen Kanne Kaffee ein, ist er schlecht, darf ich meckern, zu Hause darf ich es nicht –«

»Johannes, bitte! Unser Kaffee ist weltberühmt!«

»Karlsbader Sprudel ist auch weltberühmt und schmeckt trotzdem nach nichts«, fuhr ich fort. »Aber es ist ja nicht das Frühstück allein, was das Reisen schön macht. Einmal nicht nach dem vorgeschriebenen Tageslauf leben müssen, ohne die Wechselfälle der täglichen Post, ob mein Stück nun in Gießen durchgefallen ist oder nicht, ob die Telefonrechnung bezahlt ist und warum wir letzten Monat soviel Strom verbraucht haben. Ich mag auch nicht mehr den Fleck auf dem Tischtuch sehen, eine ganze Woche lang, der meist am ersten Tag, wenn es frisch ausgebreitet ist, hineinkommt und uns dann eine ganze Woche beglückt – jetzt weiß ich, warum die meisten Menschen sich auf den Sonntag freuen, es ist das neue Tischtuch. Auf Reisen hat man jeden

Tag ein frisches Tischtuch, auf Reisen hat man jeden Tag einen neuen Tag, man weiß am Morgen nicht, wo man zu Mittag sein wird, ob man in einem Garten ißt oder in einer holzgetäfelten Stube, ob einem ein junges hübsches Mädchen die Suppe zum Tisch bringt oder ein griesgrämiger Kellner. Wenn wir früh aufstehen, wissen wir nicht, wo wir uns abends schlafen legen, wir bummeln durch die Dämmerung fremder Städte, am Flußufer entlang, wir gehen neben einer Mauer und wissen nicht, wie es dahinter aussieht, wir gehen in eine Kirche und kennen den Pfarrer nicht, wir sitzen auf einer Bank und trinken einen jungen Wein und haben so herrlich gar nichts vor und müssen nicht noch dies und jenes tun, wir leben in den Tag hinein und aus dem Tag wieder heraus, ohne einem Menschen Rechenschaft geben zu müssen, wir haben ein Bündel Tage, die uns gehören, mit denen wir machen können, was wir wollen.«

»Ich freue mich, daß du das einsiehst. So werden wir in Spanien leben, Johannes!«

»Nein, das eben nicht!« widersprach ich und nahm Annettes Hand, denn jetzt brauchte ich ihr liebevolles Verständnis. »Wir sind dort nicht frei, wir tauschen nur ein Haus gegen ein anderes um. Auch den Fleck im Tischtuch, der am Sonntag hineinkommt und die ganze Woche bleibt. Wir sind von der ersten Stunde an in einem Familienleben eingefangen. Wie ein Pfund Reis, das man von der einen

Tüte in eine andere schüttet. Um neun Uhr wird gefrühstückt, um ein Uhr wird zu Mittag gegessen, wir essen, was uns vorgesetzt wird, und nicht, worauf wir gerade Appetit haben. Weißt du, wie Frau Jellineck kocht? Und was sie kocht? Wir aber müssen so tun, als schmecke es uns, wir müssen sogar das Essen loben, das verlangt der Anstand. Wir sind ja Gäste, ohne wirklich Gäste zu sein. Wir haben alle Nachteile, die ein Gast hat, wenn er irgendwo eingeladen ist. Ein Gast ist heilig, jawohl! Aber nur dann, wenn er sich nach dem Hausherrn richtet. Ich bin gezwungen, mit ihm zu reden, mir seine dummen Witze anzuhören, erfahre, ob er gut geschlafen hat, und nach acht Tagen erzählt er mir bestimmt von seiner Verdauung. Außerdem hat er noch eine Frau. Kommt sie vom Friseur, muß ich ihr sagen, wie gut sie aussieht, ich muß in Entzücken ausbrechen, wenn sie schwarz hingegangen ist und rot zurückkommt. Ich muß mich mit ihrem Hund vertragen, wenn sie einen hat. Haart der Hund, so haart nicht der Hund, sondern so haare ich. Ich muß die Zeitung weglegen und mit ihr plaudern, wenn sie ins Zimmer tritt –«

»Aber dafür kostet uns der Aufenthalt nichts, Johannes!«

»Nerven, Kind! Und außerdem mehr Geld als daheim. Wir sind momentan nicht übermäßig mit Glücksgütern gesegnet. Die Tantiemen fließen spärlich. Meine alten Stücke sind abgespielt, und mein neues kommt erst im Sommer bei Söllner heraus. Wohin wir schauen, haben wir Schulden.«

»Die Leute warten gern.«

»Wenn wir nach Spanien fahren, warten sie nicht. Für unser Geld fährt der Kerl nach Spanien, sagen sie. Jetzt bekenne einmal klipp und klar, warum es unbedingt Spanien sein soll.«

Annette sagte es. Klipp, klar und deutlich.

»Wendlers waren dort.«

»Ist das ein Grund?«

»Wendlers waren dort, Frau Hesse war dort. Wenn Müllers und Schmidts sich Spanien leisten können, warum sollen wir es uns dann nicht leisten können?«

»Sie haben gutgehende Geschäfte, Molkerei, Gemüse, Ziegel.«

»Dein Geschäft ginge auch gut, Johannes, wenn du nur ein wenig fleißiger wärst. Spanien ist heuer die große Mode.«

»Zylinder sind auch große Mode. Aber trage ich deswegen einen?«

»Sei nicht albern, Johannes!«

Ich war gar nicht albern. Ich meinte es ernst.

Annette hatte noch einen Pfeil im Köcher. »Stell dir vor, du schriebst ein Buch über Spanien!«

»Wie denn? Was denn? Arbeiten soll ich da unten auch noch?«

»Man würde dir das Buch aus den Händen reißen.«

»Es wird auf der Welt mehr geschrieben als gelesen.«

»Über Spanien wird gelesen.«

»Reiseführer vielleicht. Ob es dort auch Bier gibt, und was der Wein kostet.«

»Dann schreib einen Reiseführer!«

»Das ist unter meiner Würde. Ich wurde im Burgtheater aufgeführt. Einen Reiseführer! Wie du dir das vorstellst!«

»Man nimmt zehn Bücher und macht daraus ein elftes.«

»Diesen Schwindel mutest du mir zu?« rief ich empört.

»Ich wiederhole nur, was die Kritik von deinem vorletzten Stück schrieb!«

Das war die Höhe!

Ich kochte vor Zorn. Die eigene Frau! Solche Worte! Ich hatte eine Natter am Busen genährt. Jede Woche schicke ich sie zum Friseur, damit sie jung und schön bleibt, ich kaufe ihr Kleider und Schuhe, Strümpfe und Pelzwerk, ich bin ein Mustergatte, ich spiele nicht, ich trinke nicht, ich bin treu, seelisch wenigstens, und diese Bestie wiederholt jenes gemeine Wort, das einmal ein Kritiker schrieb, nur weil ich seiner Braut schöne Augen gemacht hatte! Ich blickte mich um, ob ich etwas fände, was ich zerschlagen könnte, denn mit Worten konnte ich dieser Gemeinheit nicht begegnen. Andererseits durfte ich mir nicht anmerken lassen, daß sie mich damit bis ins Mark getroffen hatte. Wenn eine Frau erst weiß, womit sie ihren Mann in Rage bringen kann, ist es gefehlt. Dann gehört der Satz zu den täglichen Hausmitteln. Ein Freund von mir war einmal mit seinem Auto an einen Baum gefahren. Es passierte nichts, er aber ärgerte sich maßlos darüber, daß ihm dies zugestoßen war. Seine Frau merkte, daß dies seine schwache Stelle war. Seitdem wiederholte sie jedesmal, wenn er seinen Wagen aus der Garage holte: »Fahr heute nicht wieder an einen Baum, Liebling!« Nein, ich mußte so tun, als glitte es an mir ab. Ich mußte aus der Falle heraus, in der ich saß. Jeder Ehemann hat ein Mittel, im entscheidenden Augenblick seine Frau abzulenken. »Brennt in der Küche nichts an?« fragt der eine, und der andere sagt: »Mußt du nicht bald wieder einmal zum Friseur?« Ich sagte das Primitivste, was man in solchen Fällen sagen kann:

»Hat es nicht draußen geläutet?«

»Nein«, sagte Annette.

Da läutete es. Ganz real.

Ich nahm nicht an, daß jemand draußen stand. Ich war überzeugt, es sei mein Schutzengel gewesen, der geläutet habe, um mir zu Hilfe zu kommen. Wenn wir die Tür öffneten, stände niemand davor.

Da läutete es abermals. Ein wenig stürmisch.

Ich eilte hinaus. Öffnete.

»Schlaft ihr schon?« fragte der späte Besuch.

»Wie ihr seht – nein.«

Ich bat sie einzutreten. Es waren Wendlers, Freunde von uns, jünger als wir, die Frau sehr hübsch, mit mehr Geld, als sie vertragen konnten.

»Wir stören doch nicht?« sagte Herr Wendler und beutelte sich im Vorzimmer auf dem guten Teppich den Schnee von den Schuhen. »Ihre Frau hat uns eingeladen.«

Ich blickte Annette an.

Annette schüttelte heftig hinter dem Rücken der Gäste den Kopf.

»Das ist reizend von meiner Frau«, sagte ich. »Für heute?«

»Nee!« sagte Herr Wendler. »Schon für vor einer Woche. Genau auf den Tag. Aber da konnten wir nicht kommen. Da waren die Bilder noch nicht fertig.«

»Welche Bilder?« fragte ich verwundert.

»Von unserer Spanienreise. Ihre Frau sagte, Sie interessieren sich dafür. Sie wollen hinunter?«

»Meine Frau will.«

»Wenn Ihre Frau will, dann fahren Sie bestimmt«, sagte Herr Wendler, der glaubte, einen guten Witz gemacht zu haben, auf den er sogleich einen zweiten setzte: »Ich habe für Sie eine Flasche Rum gekauft. Einen echten Bacardi. Hier ist er. Zweiunddreißig Mark. Sie können ihn mir später bezahlen.«

»Zweiunddreißig?«

Ich war nicht wenig erschrocken.

»Zweiunddreißig. Viel Geld. Uns war er zu teuer.«

»Was soll ich damit?«

»Einen Grog brauen. Es ist jetzt die Jahreszeit für Grogs. Wenn wir schon durch den Schnee hergestapft sind, um euch die Bilder zu zeigen... Ich bin überzeugt, Sie wissen sich vor Freude nicht zu fassen, daß wir Ihnen mit dieser Flasche aus der Verlegenheit geholfen haben, womit Sie uns bewirten können.«

Gegen solche Überfälle bin ich machtlos.

»Den letzten Bacardi kaufte ich mit achtundzwanzig«, warf ich nur ein. »Wir auch!« sagte Herr Wendler fröhlich. »Darum haben wir diesen hier für zweiunddreißig ja auch nicht für uns genommen.«

Freunde und Nachbarn schenkt uns Gott. Man muß sie hinnehmen, wie sie sind. Wenn Wendlers kommen, erschrecken wir immer erst ein wenig. Einmal, an einem Ostersonntag, erschienen sie unangemeldet, während wir gerade bei Tisch saßen, unser halbes Osterlamm zu verzehren. Sie erschienen mit ihren beiden Kindern, Eva und Peter. »Lassen Sie sich beim Essen nicht stören!« rief Herr Wendler noch in der Tür. »Wir haben uns unser Essen mitgebracht. Drei Schnitzel, die Kinder bekommen jedes ein halbes.« Er legte auf unser bestes Damasttischtuch ein fleischnasses Papier, in dem drei Miniaturschnitzel eingepackt waren. Nun gut, das halbe

Osterlamm reichte zwar nicht für alle, doch für Wendlers reichte es gerade. Wir aßen uns an Kartoffelsalat satt. Ich hätte mich nicht einmal darüber geärgert, denn auf dem Lande ist man vor derartigen überraschenden Besuchen nie sicher, hätte Herr Wendler mir nicht beim Heimgehen ein Beispiel seines praktischen Verstandes gegeben. »Das war einmal ein billiger Ostersonntag!« sagte er. »Wieviel Geld hätten wir ausgegeben, wenn wir mit den Kindern in ein Restaurant essen gegangen wären! So kostet uns der ganze Ostersonntag nur zwei Mark für die Schnitzel! Außerdem war es bei Ihnen ganz nett und auch nicht so voll wie überall zu Ostern.«

Die Schnitzel nahm er übrigens wieder mit. Nun, heute dachte ich nicht mehr daran, wenn auch die Sache mit der Flasche Rum wieder ein Kabinettstückchen an Unverfrorenheit war. Ich bin Kummer von meinen Freunden gewohnt, andererseits hat Herr Wendler sicher auch seine guten Seiten, mehr innerlich, vielleicht läßt er sich eines Tages wenden.

Ich ging in die Küche, den Punsch zu bereiten. Annette bat inzwischen unsere Gäste, es sich bequem zu machen. Ich stand mit unguten Gefühlen am Herd. Ich hatte das Empfinden, daß drinnen im Zimmer eine Verschwörung vor sich ging. Annette spannte bestimmt die beiden vor den Wagen ihrer Spanienwünsche, sie würde die Gelegenheit nicht auslassen, zwei Streiter für die Schönheit Spaniens im Hause zu haben, man wird tuscheln und einen genauen Schlachtplan entwerfen, wie man mich überrumpeln könne. Ich sehe Annette geradezu vor mir, wie sie mit heißen Wangen und hochroten Ohren auf Wendlers einredet, ich sehe Herrn Wendler nicken und seiner Frau Lehren erteilen, wann sie zu schweigen und welche Worte sie in die Debatte zu werfen hat, sie reiben sich drinnen vergnügt die Hände, sie sind miteinander völlig eins. Ich nehme es Annette nicht einmal übel. Hätte sie in der Küche den Punsch gebraut, ich hätte im Zimmer die gleiche Verschwörung angezettelt, meiner Frau die Reise auszureden. Dazu hat man ja seine Freunde, damit sie uns in der Ehe beistehen, wenn wir allein mit einer Sache nicht fertig werden. Ich konnte es Annette nicht verargen, es ist keine Arglist in ihrem Tun, jeder nimmt die Hilfstruppen, wo er sie findet. Wenn die Werber des feindlichen Heeres früher ins Dorf kommen, ziehen die jungen Burschen mit ihnen. Ich hatte mich auch nicht getäuscht. Als ich mit dem dampfenden Punsch ins Zimmer trat – ich hatte eine Flasche Rotwein zu dem Rum gegeben, um sein Aroma sich voller entwickeln zu lassen –, trat ich in ein verlegenes Schweigen. Man merkt sofort, wenn man selbst Mittelpunkt eines Gesprächs war. Alle sahen mich ein wenig verlegen an, Frau Wendler, Gisella, sagte etwas ganz Dummes, nämlich: »Wir haben heute draußen Vollmond!« Da wußte ich, daß mich mein zweites Gesicht in der

Küche nicht getrogen hatte. Ich bekam es bestätigt, als Herr Wendler jetzt anhub:

»Ich habe Ihrer Frau gerade von unserer Spanienrcisc crzählt!«

»Ich sehe, meine Frau hat Ihnen interessiert zugehört«, erwiderte ich, »denn meine liebe Frau hat völlig vergessen, etwas für unsere lieben Gäste zu tun.«

»Du braust doch den Punsch, Johannes?«

»Der Punsch ist Sache des Mannes, die Gläser sind Sache der Frau.«

Annette sah mich nicht gerade freundlich an.

»Manchmal bist du reichlich komisch, Johannes. Es ist doch keine Affäre, wenn du einmal die Gläser aus dem Schrank holst. Du stehst daneben.«

Ich stand daneben. Ich tat, wie mir geheißen. Ich holte vier bauchige Punschgläser heraus, die dort vom vorigen Winter her ungenützt standen, und stellte sie auf den Tisch.

»Wo ist das Tuch, Johannes?«

»Wir brauchen kein Tischtuch.«

»Nein. Aber ein Gläsertuch. Die Gläser sind voller Staub.«

In der Tat, das waren sie. Aber was ging's mich an? Hatte ich dazu geheiratet, um Gläser zu polieren? Nächstens wasche ich noch im Waschhaus die große Wäsche; beim Wäschelegen und Auseinanderziehen der Bettücher mußte ich sowieso schon mit Hand anlegen.

»Das ist Edelstaub, Annette!« protestierte ich. »Blütenstaub vom Sommer, als unsere Kirschbäume blühten.«

Ehe es sich Annette versah, hatte ich die Gläser gefüllt, alle vier. Klick machte es, viermal, ganz leise, klick, fast melodisch, dann fielen die vier Gläser sanft auseinander, und der heiße Punsch ergoß sich über den Kacheltisch.

»Du hast vergessen, Löffel hineinzugeben.«

»Das weiß ich jetzt auch«, sagte ich.

Zwischenfälle bei Tisch erhöhen die Stimmung. Ich weiß es noch wie heute, als Annette einmal im Hotel Imperial auf der Ringstraße in Wien ein halbes Huhn unter dem Messer weg vom Teller schnellte, einen hohen Bogen beschrieb und genau auf dem Teller eines deutschen Hauptmanns am Nebentisch landete. Der Hauptmann nahm es als zarten Wink einer schönen Frau, in Wien noch dazu, kam an unseren Tisch, stellte sich vor, das Huhn auf dem Teller brachte er mit und fragte, ob er bei uns Platz nehmen dürfe.

»Es ist uns eine Ehre, Herr Hauptmann«, sagte ich. Das ihm so offensichtlich zugedachte Huhn gab er nicht wieder heraus. Er ließ sich vom Kellner Messer und Gabel reichen und versuchte nun seinerseits das Huhn mit einem Druck des Messers zu zerteilen. War es nun ein Juxhuhn oder vom Ei auf zu komischen Streichen erzogen, ich weiß es nicht, jedenfalls schnellte es abermals vom Teller in hohem Bogen weg auf einen dritten Tisch, und unsere Gesellschaft vermehrte sich abermals um einen. Es ist ein sehr netter Abend daraus geworden. Jahre später erfuhr ich, daß der deutsche Hauptmann ein Kollege war, ein rheinischer Dichter, Otto Brües, literaturpreisbehangen, und heute in Düsseldorf Theaterkritiker. Wir sind gute Freunde geworden, und ich verdanke ihm manche prächtige Stunde. Man sieht, ein Huhn, das über den Zaun fliegt, macht nicht immer Ärger.

Wir hatten längst neue Gläser auf dem Tisch, ohne Blütenstaub, mit Löffel, der Punsch neigte sich dem Ende zu, und ich hatte es mit Geschick vermieden, daß auch nur ein Wort über die Spanienreise fiel. Herr Wendler soff wie ein Schlauch. Da ich die teure Flasche bezahlt hatte, versuchte ich, mit ihm Schritt zu halten. Ich trank schneller, als ich es gewohnt war. Als Herr Wendler meinen Eifer bemerkte, legte er vor wie ein guter Läufer. Er wollte den Vorsprung der Gläser aufrechterhalten, vermochte es jedoch nicht ganz. Ich holte beim Einschenken auf, indem ich zuerst mein Glas füllte, es im Stehen austrank und zum Schluß, ehe ich mich niedersetzte, ein zweites Mal füllte. Es wäre doch gelacht, wenn ich für mein gutes Geld nicht einen ebensolchen Rausch zusammenbrächte wie mein Gast, der umsonst dazukam. So geschah es, daß unsere Fröhlichkeit immer lauter wurde und der Punsch zu Ende war, ehe wir uns versahen.

Herr Wendler hob die leere Kanne. »Nanu? Schon leer?«

»Leider«, sagte ich. Mehr sagte ich nicht.

Herr Wendler sah kopfschüttelnd in die Kanne.

»Haben Sie auch den ganzen Rum hineingegeben?«

Das war wieder echt Wendler.

»Ich habe noch eine Flasche davon im Keller, aber die müßten Sie jetzt bezahlen«, antwortete ich ihm.

»Wieso?«

»Eine Flasche ich, eine Flasche Sie.«

»Aber ich habe doch schon die erste mitgebracht.«

»Die habe ich Ihnen ja bezahlt!«

»Darauf kommt es nicht an. Ich habe sie mitgebracht. Ein Gastgeschenk.«

»Wieso Geschenk?«

»Ein Gastgeschenk!« wiederholte er hartnäckig.

»Nein!« rief ich erbost. »Nicht nur, daß Sie davon mehr getrunken haben als ich – ich habe Ihnen Ihr Gastgeschenk auch noch bezahlen müssen!«

»Jetzt sagen Sie schon selbst: mein Gastgeschenk!«

»Aber ich habe sie doch bezahlt! Bezahlt!«

»Das sind nur Wortspielereien!«

Herr Wendler versuchte jetzt ernsthaft, mich zu überzeugen.

»Überlegen Sie sich bitte einmal ganz in Ruhe: wer hat die Flasche ins Haus gebracht?«

»Sie. Aber –«

»Unterbrechen Sie mich bitte nicht! Ich weiß, Sie haben zuviel getrunken. Mit Ihnen kann man im Moment nicht vernünftig reden. Sie sehen nicht mehr klar. Passen Sie nochmals gut auf: Wer hat die Flasche Rum, die wir jetzt getrunken haben, mitgebracht?«

»Sie!«

»Es war also ein Gastgeschenk.«

»Nein. Ich habe sie bezahlt.«

»Darauf kommt es nicht an.«

»Doch. Nur darauf.«

»Nein«, wiederholte er stur mit der Hartnäckigkeit der Betrunkenen und hielt sich am Tisch fest, »es kommt im Leben immer darauf an, wer etwas mitgebracht hat. Ich habe die erste Flasche gebracht, jetzt bringen Sie die zweite aus dem Keller. Eine Flasche ich, eine Flasche Sie!«

Mir war schon ganz wirr im Kopf. Der viele Rum und die vielen Worte. Die vielen Worte und der viele Rum. Hatte er vielleicht doch recht? Meine Gedanken reichten nicht mehr ganz bis nach hinten. Ich konnte nur noch vorn hinter der Stirn denken. Also wie war das? Die erste Flasche hatte ich bezahlt, aber er hatte sie mitgebracht. Bringt er eine Flasche, muß ich die zweite bringen. Das ist die Logik. Aber er muß sie bezahlen, natürlich muß er das.

»Sie können doch nicht erwarten, daß beide Flaschen auf meine Kappe kommen, zumal ich noch dazu hier Ihr Gast bin«, fing Herr Wendler wieder an und starrte in die leere Kanne. »Stellen Sie sich die Sache einmal umgekehrt vor. Sie kommen zu mir, bringen unter dem Arm eine Flasche Rum mit, ich koche daraus einen Punsch, wir trinken gemeinsam den Punsch aus, wir brauchen eine zweite Flasche – würden Sie sich nicht sehr wundern, wenn ich jetzt von Ihnen, als meinem Gast, verlange, daß Sie die zweite Flasche bezahlen sollen?«

»Das ist doch etwas ganz anderes!« sagte ich mit meiner letzten Kraft und wandte mich jetzt an die Damen, die unserm Disput freundlich lächelnd gelauscht hatten. »Bitte, Annette – bitte, gnädige Frau – mir kommt es ja nicht auf eine Flasche Rum an –«

»Glauben Sie, mir etwa?« brauste Herr Wendler auf.

»Mir auch nicht!«

»Mir erst recht nicht!« rief Herr Wendler und riß seine Brieftasche aus dem Rock. »Wenn Sie ein solcher Hungerleider sind – Sie haben ja auch einen komischen Beruf, Dichter –, also hier sind die zweiunddreißig Mark für die erste Flasche, hier sind die zweiunddreißig Mark für die zweite Flasche, und den Rest behalten Sie für Ihre Gastfreundschaft!«

Ein Hundertmarkschein flatterte zu Boden.

Ich wollte ihn zurückgeben. Er war nicht mehr da. Annette hatte schnell ihren Fuß daraufgestellt.

»Und jetzt wollen wir uns nicht mehr streiten«, sagte sie. »Du gehst sofort in den Keller, Johannes, und braust einen zweiten Punsch. Dann wollen wir uns endlich vernünftig über Spanien unterhalten, dazu sind Wendlers ja hergekommen.«

Ich war zu geschwächt. Ich vertrage keinen heißen Alkohol. Jetzt hatten sie mich, wo sie mich haben wollten. Ich konnte es nicht mehr verhindern: wir redeten über Spanien. Es klang gar nicht so übel, was ich erfuhr. Wenn man ein wenig über den Durst getrunken hat, erscheint einem die ganze Welt rosig. In dieser rosigen Welt lag nun auch Spanien. Spanien war ein Meisterstück Gottes. Vor allem die Insel Mallorca, wo unsere Bodenbacher wohnten. Das Paradies auf Erden. Ich erfuhr, während wir langsam der zweiten Flasche Rum Herr wurden, wie schön diese Insel ist, wie breit und bequem ihre Straßen, wie prächtig ihre Städte, wie herrlich die Paläste und Kirchen, wie sauber die Hotels und wie liebenswürdig ihre Bewohner. Was wußten Wendlers nicht alles für Erlebnisse zu berichten von der Gastfreundschaft der Mallorquiner, von ihrer Höflichkeit, ihrer Hilfsbereitschaft, von den Palmen, unter denen man dort lustwandelt, von den hübschen jungen Mädchen, denen man dort begegnet, von tausendjährigen Olivenbäumen und blühenden Mandelhainen, zwischen denen palettenbunte Schafe weiden und lustige, schwarze, mit Aprikosenresten gefütterte Ferkel. Sie erzählten von den Eseln, auf denen man durchs Land reiten kann, von Bootsfahrten, für die der Bootsmann nicht viel mehr als ein Dankeschön nimmt, vom frei erlaubten Fischen und Langustenstechen an der Küste von Alcudia, wo jedermann die Großkrebse ungehindert aus dem Meer holt, vier, fünf, sechs Stück in einer Nacht. Sie schwärmten von dem verwirrend süßen Duft der Orangenblüten, landstraßenlang, von den von weißen Mauern umstandenen Zitronengärten, den großen gelben Früchten im grünen Laub, sie konnten nicht genug erzählen von den Mimosen, die schon im Februar blühen und ein zweites Mal im März, von den Rosen, die keinen Winter kennen, von Freesien und Nelken, fünfzig langstielige Nelken in allen Farben, dicke Sträuße für siebzig Pfennig, kaum mit der Hand zu umspannen. Sie erzählten vom billigen Leben, von den Gastmählern in den Hotels, fünf Gänge, Brot und Wein und Trinkgeld inbegriffen, für nur zwei Mark. Für den gleichen Preis zwanzig Pfund, einen Korbvoll herrlicher Orangen, gut gewogen und noch eine obendrein. Wer will, kann auch für eine Mark dicke Spargelbünde heimtragen oder eine Korbflasche Wein, fünf Liter roten oder weißen, vom besten. Und was gibt es nicht sonst auf Mallorca noch für herrliche Dinge, die fast nichts kosten: weiße, feste Blumenkohlköpfe, groß wie Riesenkürbisse, grüne Artischocken, rote Tomaten aus den Gärten Valldemosas, die besten Tomaten der Welt, zu jeder Jahreszeit – zu jeder Jahreszeit auch frisch von den Feldern Karotten, Zuckererbsen, Lauch, neue Kartoffeln und grüner Salat, auf allen Märkten, in allen Geschäften. Trüffeln werden feilgeboten, Krammetsvögel, die fetten Drosseln hängen zu halben Dutzenden gebündelt neben der Tür auf der Straße, Schnepfen, Rebhühner, Hummer und Langusten in tiefen Körben, das Kilo für sechs Mark, Krabben und Garnelen, die man nur am Strand aufzulesen braucht und die mit Bruchteilen von Pfennigen aufgewogen werden, so billig sind sie. Dazu einen Champagner getrunken, die Flasche keine zwei Mark, ein Glas echten Chartreuse, Benediktiner, Cointreau, Pernod oder vom weltberühmten Apricot der Madame Brizzard, die Flaschen in ihren bekannten Formen und mit Originaletiketten für noch nicht vier Mark, zum Kaffee für zehn Pfennig ein Glas Cognac zum gleichen Preis. Und dann eingestiegen in ein Taxi und heimgefahren für einen Duro die lange Strecke, fünfzig Pfennig, für die man daheim noch nicht einmal in ein Taxi einsteigen darf.

Dazu kommt die Lebensfreude der Spanier. In allen Städten, ja selbst auf den Dörfern sonntägliche Stierkämpfe, Hahnenkampfe, Windhundrennen, Tanz und Musik auf den Straßen und Plätzen. Hier ist auch der alte Dudelsackpfeifer noch nicht ausgestorben. Man sitzt abends vor den Häusern, Kupferpfannen mit dem roten Holzfeuer zwischen den Knien, vor sich die Straße mit allem, was vorbeizieht; die abendliche Promenade der jungen Burschen und Mädchen, Frauen mit ihren Säuglingen im Arm und drei Kindern am Rock und einem unter ihm, Zigeunerinnen, die dir aus der Hand lesen wollen oder kleine Kämme verkaufen, Schuhputzer, *limpiabotas*, mit ihren kleinen schwarzen Schuhputzbänken, unter dem Hemd geschmuggelte Zigaretten und geschmuggeltes Chanel, alle wollen sie dem Fremden etwas verkaufen: Strohtaschen, Postkarten, Mandeln, Karamellen, Männekenpiss, Windmühlen, Spitzendecken, Blusen. Es nähern sich dir Losverkäufer, einer legt dir Karten auf den Tisch, und du erfährst zehnmal in der Stunde, wo du billig ißt, angenehm sitzt und wo junge Zigeunerinnen für dich tanzen. Ständig ändert sich das Bild. Jetzt sind es wieder die Touristen, die die Ramblas beherrschen: Amerikaner, Engländer, Holländer, Franzosen, Deutsche, Japaner, Inder gehen an dir vorüber und bleiben vor den Geschäften stehen, in deren Auslagen prächtige Koffer oder kandierte Früchte liegen, eine Spezialität des Landes, rote kandierte Äpfel, weiße Birnen, grüne Mirabellen, kandierte Orangen, rote Herzkirschen und eine ungeteilte Ananas, der die Zuckersüße aus den Nähten quillt. Ein Krapfenbäcker hat im Freien seinen Tisch aufgeschlagen, auf dem in kochendem Öl goldgelbes Backwerk entsteht, ein langes Band, man kauft das Spritzgebäck meterweise, der Straßenbäcker schneidet mit einer Schere ab, wieviel man verlangt – »*una peseta, señor*«? – zehn Pfennig, es ist so viel, daß man es nicht aufessen kann, so köstlich es auch schmeckt. Man gibt den Rest den Kindern, die in bunten Scharen herumlaufen und unbekümmert um die Erwachsenen ihre Kinderspiele spielen, über die Schnur springen, sich aus Obstschragen ein Haus bauen, das einfällt und immer wieder neu errichtet wird. Kleine Mädchen spielen Ball, werfen ihn an die Hauswand, und ehe sie ihn wieder auffangen, klatschen sie in ihre kleinen Hände und bekreuzigen sich, ein kurzes Gebet zur Mutter Maria, den Ball wieder in ihre kleinen Hände gleiten zu lassen. Jeder Ball hat seine Bedeutung, sie rufen ihn mit kindlichen Stimmen zurück: »*El padre, la madre, el hermano*« – »*Santa Maria, Santo Hijo, Santo Padre*« – »Ich esse nicht, ich trinke nicht, ich wasch' mich nicht.« – Immer sind es drei Bälle, immer wieder wechselt die Stellung der achtjährigen Ballspielerin, zuerst auf beiden Füßen, dann auf dem linken, dem rechten hüpfend, dann mit einer Drehung um sich selbst: »Mein Vater ißt nicht – mein Vater trinkt nicht – mein Vater wäscht sich nicht...«

Ja, so erzählte Herr Wendler, während draußen vor dem Fenster der Schnee in dichten Flocken fiel, und ich weiß nicht, ob es nur der Rum war, der mich glauben ließ, ich hätte mein Leben nicht gelebt, wenn ich nicht wenigstens einige Wochen in Spanien verbringen würde. Bestimmt erzählte er es nicht so anschaulich, Herr Wendler ist ein schlechter Erzähler, und seine Frau sprach oft dazwischen, verbesserte ihn, erinnerte ihn, sie stritten oft dabei, denn wenn zwei eine Reise machen, so erlebt sie jeder anders. Ich habe sicher in meiner Phantasie viel dazugereimt, wo er keinen Vers gemacht hatte. In dem Zustand, in dem ich mich nach der dritten Flasche befand, hört man wohl gerade noch zu, aber unsere Gedanken eilen unseren Wünschen nach, überflügeln sie, man baut sich die gehörten Dinge nach eigenen Bildern zurecht, sicher sah der Celler Catalán, von dem er gerade erzählte, ganz anders aus, als ich ihn mir in meiner Phantasie ausmalte. Hunderte von kleinen ovalen Tellern, zum Zugreifen aufgebaut, mit winzigen Leckerbissen angefüllt: Spargelköpfen, Tintenfischen in scharfer Soße, Calamari Romana, die langen Arme der Tintenfische in Öl gebacken, Champignons, Schnecken, Muscheln, Austern, gebackenen kleinen Filets von Seezungen, immer nur ein winziger Bissen, eine Gabel voll Kaldaunen in süßer Soße, goldgelbe und schwarze Oliven, gebratene Leber von Hühnern, Nierenstücke vom Hammel, das Rückenmark eines Ochsen gebacken, eine Speise, die die Lebenslust erhöhen soll, ebenso wie gebratene Hahnenkämme oder Stierhoden, in alle Speisen ein Zahnstocher gesteckt, bequem im Vorübergehen zu essen und mit einem Glas Wein für fünf Pfennig hinunterzuspülen. Was nun im besonderen die Insel Mallorca beträfe, fuhr Herr Wendler fort und wiederholte, nachdem er sein Glas wieder gefüllt hatte, was nun im besonderen die Insel Mallorca beträfe, wohin wir ja eingeladen seien, wie meine Frau ihm erzählt habe... ob wir einmal die Bilder sehen wollten?

»Ja«, antwortete ich aufgeregt, es hatte mich gepackt, jetzt hatte man mich dort, wo man mich haben wollte, »haben Sie Bilder von Mallorca?«

Herr Wendler zog einen dicken Umschlag aus der Tasche.

»Alles Aufnahmen von Mallorca... hier der Strand von Paguera, der Hafen von Andraitx, Porto Pi, La Calobra, Camp de Mar, der Hafen von Sóller...«

Wie sich die Bilder glichen! Überall sah man den Strand, die Felsen, das Meer, man sah sonst nicht viel, man sah immer nur Herrn Wendler mit seiner Frau, die Füße bis zur Wade im Wasser, die Füße bis zum Knie im Wasser, sich bespritzend, sich abtrocknend, Wendlers am Strand liegend, auf dem Felsen sitzend, im Ruderboot, im Segelboot.

»Selbstauslöser!« bemerkte Herr Wendler stolz. »Mein Apparat hat einen eingebauten Selbstauslöser.«

»Großartig!« sagte ich. »Auf diese Weise sind Sie immer im Bild!«

Herr Wendler merkte meine Ironie nicht.

»Für die Kinder später eine schöne Erinnerung«, sagte er.

»Eben. Zumal, da sie nicht dabei waren.«

Auf die Strandbilder folgten die Landschaften.

Ich wunderte mich.

»So hohe Berge?«

»Die Nordküste!«

»Sieht fast aus wie ein Fjord.«

»Das habe ich zu meiner Frau auch gesagt. ›Gisella‹, sagte ich, ›sieht fast aus wie ein Fjord.‹ Wir sind zwei Jahre vorher in Norwegen gewesen.«

»Ein Jahr zuvor, Horst!« verbesserte Gisella.

»Zwei Jahre, Gisella! Es war vor zwei Jahren, als Bitter mit seiner Knusperchenfabrik pleite ging. Er wollte uns doch noch mit hineinnehmen in seine Fabrik, weißt du es nicht mehr? Was habe ich damals gesagt? Die Sache riecht nicht gut, habe ich gesagt, machen wir für das Geld lieber eine schöne Nordlandreise.«

»Die Knusperchenfabrik von Bitter ist voriges Jahr pleite gegangen, Herr Wendler«, bemerkte Annette, meine Frau.

»Wissen Sie das ganz genau?«

»Ja. Wir haben nämlich zuletzt noch, als es Bitter schlecht ging, eine ganze Kiste mit zwanzig Dosen Knusperchen bei ihm gekauft. Ich habe heute noch davon... mein Gott, wie bin ich vergeßlich, die Knusperchen wären doch herrlich zum Punsch gewesen. Darf ich noch welche bringen?«

Herr Wendler winkte ab:

»Danke. Wir haben damals auch eine Kiste mit zwanzig Dosen gekauft.«

Ich hatte mich inzwischen mit den Bildern beschäftigt. Immer wieder waren Wendlers der Mittelpunkt jeder Fotografie. Der Segen eines eingebauten Selbstauslösers. Später dann mußte der Selbstauslöser seine familienerinnerungserhaltende Tätigkeit eingebüßt haben, denn plötzlich sah man Herrn Wendler allein und auch nicht ganz allein. Ein junges Mädchen stand neben ihm, immer dieselbe.

»Wer ist das?« fragte ich.

Herr Wendler schob die jetzt obenauf liegenden Bilder schnell nach unten.

»Ach«, sagte er obenhin, »eine flüchtige Badebekanntschaft.«

Nun, gar so flüchtig konnte die Badebekanntschaft nicht gewesen sein, denn es kamen immer mehr Bilder zum Vorschein mit eben jener jungen Dame, genauer gesagt, einem jungen Mädchen, das ich bald auch solo auf den Bildern fand, kniend, sitzend, liegend, stehend, die Arme zum Himmel gestreckt, mit den Armen die Knie umschlingend, en face und en profil, Brustbilder, greifbar nahe, dann wieder in voller Figur, immer im Badeanzug, die Haut taufrisch vom Wasser... Herr Wendler mußte mindestens zwanzig Filme an sie verknipst haben.

»Wer ist das?« fragte ich nochmals, denn ich wollte es unbedingt wissen, Name, Wohnort, Straße, erster, zweiter oder dritter Stock, wenn möglich Telefon.

»Ich sagte es Ihnen ja schon«, antwortete Herr

Wendler gereizt, »eine unwichtige Reisebekanntschaft.«

Ich begnügte mich damit nicht. Ich hatte Feuer gefangen. Jetzt hatte die Spanienreise für mich erst ihren Sinn bekommen. Ich gab die Bilder nicht aus der Hand. Gott sei Dank unterhielt sich Annette noch immer mit Gisella über die Knusperchen und ihren Hersteller und bemerkte so meine seelische Verwandlung nicht. Ich starrte verzückt auf die Bilder. Es war in der Tat das vollendetste Mädchen, das mir je begegnet ist, von einem geradezu nachweisbaren Liebreiz, blond, hochgewachsen, das Gesicht einer Madonna. Mein Herz schlug so heftig, daß ich den Puls unter den Ohren klopfen fühlte. Nun, der Anblick hätte ein älteres Herz als das meine schneller schlagen lassen. Das ist die Frau, der man nur einmal im Leben begegnet. Von ihr träumt man schon als Knabe beim Konjugieren von amare, von ihr träumt man als Student, wenn man mit der *filia hospitalis* im Quartier liegt. Die ist es nicht, aber sie wird kommen, eines Tages, vielleicht schon morgen, vielleicht erst in einem Jahr. Man sucht sie, man ist immer unterwegs zu ihr, auf Reisen, in Gesellschaften, in Tanzsälen, im Konzert. Man sucht sie in den Logen des ersten Ranges der Oper, dort müßte sie sitzen, sie sitzt nie dort, für keinen von uns. Man sucht weiter, immer ihr Bild im Herzen, es muß sie doch geben, wir sehen sie ja genau vor uns, wie sie aussieht, aber sie ist nirgends. Man sucht weiter, auch dann noch, wenn man längst verheiratet ist, mit grauen Schläfen, am Stock, selbst beim Zahnarzt, der uns die dritten Zähne brennt, äugt man nach seiner Assistentin, vielleicht ist sie es. An den heilenden Quellen der Weltbäder sucht man unter den Brunnenmädchen, die uns den Becher reichen. Noch ist es nicht zu spät, man ist fünfzig, sechzig, siebzig, aber wenn man sie auch erst mit achtzig fände, würde man wieder sechzig! Gut, der Rum tat bei meinen Betrachtungen ein übriges, aber das war sie, haargenau das, was ich mir mein ganzes Leben erträumt hatte. Es gab also diese Frau, und diese Frau war in Spanien, auf Mallorca. »Auf Mallorca?« vergewisserte ich mich.

»Ja doch!« sagte Herr Wendler.

Ich kam von dem Bild nicht los. »Wie alt?«

»Zweiundzwanzig.«

»Ihr Vorname?«

»Weiß ich nicht mehr.«

»Wie haben Sie sie kennengelernt?«

»Zufällig. Eine Bekanntschaft meiner Frau.«

»Gnädige Frau«, sagte ich schnell und wollte gerade mit dem Bild zu ihr, um sie nach dem Namen und der Adresse zu fragen, denn mir war es gleichgültig, was die Damen dachten. Wenn man das Glück seines Lebens gefunden hat, ist man bar aller Vernunft, ein balzender Auerhahn, sagen die Leute, aber ja, sollen sie es sagen, man will es ja sein. Auch, was Annette über mich denken würde, kümmerte mich in dieser punscherfüllten Minute nicht. Wenn sie mich wahrhaft liebte, konnte sie meinem Glück nicht im Wege stehen – ist noch etwas zum Trinken da? – Ich hatte ihr zwei Jahrzehnte als Ehemann gut gedient, neunundachtzig Kleider hatte ich ihr in unserer Ehe gekauft, zweiundsiebzig Paar Schuhe, zweihundertdreiundvierzig Paar Strümpfe, ich hatte es mir genau aufgeschrieben, ich führe Buch. Ich hatte genug für sie getan, jetzt konnte sie mich gern einer anderen gönnen, eine kann nicht alles für sich allein beanspruchen, dachte ich, leerte mein Glas im Stehen und, zu den Damen gewendet, rief ich:

»Gnädige Frau...«

Die beiden Damen waren nicht mehr im Zimmer. Ich hatte es in meiner Verwirrung nicht bemerkt.

»Sie sind ja besoffen!« sagte Herr Wendler.

»Ich war noch nie so nüchtern!«

Ich stützte mich mit der rechten Hand auf einen Stuhl, der umkippte. Ich geriet dadurch ins Wanken, dachte schnell, besser, du setzt dich, ehe du hinfällst. Ich tat es und kam mit dem Stuhl zugleich unten an. Herr Wendler reichte mir die Hand, um mir aufzuhelfen, aber ich war stärker, so fest stand auch er nicht mehr auf den Beinen, ich zog ihn zu mir herunter, er fiel und kam quer auf mich zu liegen. Ich ließ ihn nicht wieder hoch, griff nach dem Stuhl und riegelte ihn dadurch ein, den Stuhl mit beiden Händen hinter seinem Rücken festhaltend, daß er wie ein Wildgatter auf ihm lag, und rief:

»Jetzt heraus mit der Sprache! Wer ist das Mädchen?«

»Lassen Sie mich los! Sie sind total betrunken!«

»Nein! Ich bin nüchtern wie ein Faß! Sie kommen nicht eher hier heraus, bevor ich den Namen des Mädchens kenne.«

»Clarissa!« stieß Herr Wendler hervor.

»Wie noch?«

»Hausmann.«

»Eine Deutsche?«

»Ja. Ihr gehört die Lido-Bar in Palma.«

Wir standen auf. Wir klopften uns gegenseitig den Staub vom Rock, stellten den Stuhl wieder zum Tisch, schnell, denn wir hörten die Damen hereinkommen, setzten uns rasch, und Herr Wendler rief: »Das war wieder einmal ein reizender Abend! Wir müssen jetzt gehen, Gisella!«

Als sich fünf Minuten später Wendlers von uns verabschiedet hatten und durch den Schnee im Vollmond nach Hause stapften und wir ihnen durchs Fenster nachsahen, fragte Annette:

»Ihr wart ja recht munter, während wir draußen waren. Was gab es denn?«

»Ach«, sagte ich, »Herr Wendler hatte ein wenig zuviel getrunken und fiel mit dem Stuhl um. Ich habe ihm aufgeholfen.«

Dann schlossen wir das Fenster, Annette verschwand im Bad, aus dem sie nicht so schnell zurückzukommen pflegte, ich setzte mich an den Kamin, legte noch ein Scheit auf und holte die beiden Fotografien aus meiner Tasche, die ich heimlich zurückbehalten hatte, die beiden Brustbilder, eines im Profil, eines en face, betrachtete sie und seufzte: »Clarissa! Lido-Bar! Palma!«

Auch Wendlers hatten auf dem Heimweg noch ein kurzes Gespräch. Gisella sagte zu ihrem Mann:

»Du warst ja heute abend wieder einmal ganz schön betrunken! Weißt du, daß du den Neumanns gar nicht die Fotos unserer Spanienreise gezeigt hast? Das waren doch die Bilder von unserer Nordlandreise, wo du so völlig verrückt auf die finnische Schönheit Aiga Naanen gespielt hast, ohne das geringste bei ihr zu erreichen.«

»Erlaube bitte!« sagte Herr Wendler, in seinem männlichen Stolz gekränkt. »Das muß ich nun wohl besser wissen! Aiga und ich waren sehr gute Freunde!«

»Eben. Aiga und ich auch«, sagte Frau Wendler.

Die Spanienreise war beschlossen. Ich hatte mich, wie immer, gefügt. Das Mädchen Clarissa aus der Lido-Bar hatte den Ausschlag gegeben. Aber davon wußte Annette nichts. In der Liebe hat jeder Mann sein Land Orplid. Pässe und Visa waren besorgt, auch für unseren Kapitän hatte ich bereits die notwendigen Papiere. Als ich am Abend heimkam, konnte ich nicht zur Tür hinein. Ich drückte dagegen und läutete wütend.

»Gehen Sie durch den Keller!« rief Hilde, unser Mädchen.

Ich ging durch den Keller.

Ich erkannte, warum die Tür nicht aufgegangen war. Berge von Koffern lagen vor ihr.

»Wo ist meine Frau?« fragte ich.

»Die gnädige Frau ist beim Friseur«, antwortete Hilde unwillig.

»Jetzt? Am Vortag der Reise? Wo so viel zu tun ist?«

»Das habe ich der gnädigen Frau auch gesagt«, antwortete Hilde. »Ich muß auch schon seit Wochen zum Friseur – schaun Sie her, wie ich aussehe!« Sie hielt mir eine Strähne ihres mißgetönten Haares demonstrativ entgegen. Ich hätte mich mit ihr auf kein Gespräch einlassen sollen. Ich merkte es zu spät.

»Wir reisen ja morgen ab, Hilde«, sagte ich, »dann haben Sie viel Zeit für sich und den Friseur.«

Hilde sah mich mitleidig an. So dumm kann nur ein Mannsbild daherreden, drückte ihr Blick aus, und sie schüttelte über soviel Dummheit den Kopf.

»Und wer macht hinter Ihnen das Haus sauber?« fragte sie. »Haben Sie mir eine Zugehfrau engagiert?«

Was sollte ich darauf antworten? Am besten nichts. Ich sah, wie Hilde sich bückte und einen der Koffer aufnahm.

»Wohin damit?« fragte ich.

»Die gnädige Frau hat den Wagen probegepackt. Ich darf jetzt alles wieder hinauftragen.«

»In welchem Koffer sind meine Sachen?«

»Der Herr packt seine Sachen selbst, hat die gnädige Frau gesagt«, antwortete Hilde, packte mit einem übertrieben deutlichen Seufzer einen Koffer und ließ mich stehen. Halb auf der Treppe rief sie zurück:

»Wenn Sie ein gutes Werk tun wollen – der große Reisesack ist zu schwer für mich – vielleicht haben Sie die Güte –«

Ich kam nicht dazu, den schweren Sack nach oben zu tragen. Es trällerte sich etwas näher. Es war Annette, die vom Friseur heimkam. Sie war neugetönt und darum frohgemut. Ich hatte sie etwas dunkler in Erinnerung. Sie streifte vor dem Spiegel ihren Hut ab und fragte: »Wie gefällt dir die Farbe, Johannes?«

»Sehr blond«, sagte ich.

»Das liebt man in Spanien.«

So, wie Annette jetzt aussah, war es hohe Zeit, abzureisen. Ich fragte Annette, in welchen Koffer sie meine Sachen gepackt hätte. Ich mußte zweimal fragen. Dann erst wandte meine Frau mir ihr liebes Gesicht zu und sagte:

»Du hast doch eine Menge Freunde, Johannes.«

»Und? Was haben diese Freunde damit zu tun?«

»Einer von ihnen hat sicher einen Koffer frei, den er dir leihen kann. In unsere Koffer bringe ich leider von dir nichts mehr hinein.«

Ich wollte nicht kleinlich sein und unterließ eine Aussprache, denn man kommt da leicht vom Hundertsten ins Tausendste, und ich hatte heute schon genug Verdruß hinter mir. Ich war auf meiner Bank gewesen und wollte mir Peseten für die Reise holen.

»Wieviel soll es denn sein, Herr Neumann?« fragte der Kassierer, der mich gut kannte.

»Wieviel darf man mitnehmen?«

»Fünfzehntausend Peseten. Das sind ungefähr fünfzehnhundert Mark. Pro Person.«

Das ließ sich hören. Ich dankte dem Vater Staat.

»Ich nehme die dreißigtausend Peseten«, sagte ich.

»Gegen bar?«

»Nein. Über mein Konto.«

Der Kassierer bückte sich tief und holte unter dem Schalterbrett meine Kontokarte hervor. Er studierte sie kurz, dann reichte er sie mir stumm herüber. Ich sah nur Zahlen und Abkürzungen. Auch ein paar rote Ausrufungszeichen. Ich verstehe nichts von diesen Dingen.

»Wieviel ist darauf?« fragte ich.

»Zweitausend Mark.«

»Gut. Dann nehme ich für diese zweitausend Mark Peseten.«

»Zweitausend Soll, zweitausend Minus!« sagte der Kassierer und lachte, als ob nicht er, sondern ich einen guten Witz gemacht hätte. »Sie schulden unserer Bank zweitausend.«

»Sapperlot!« sagte ich. Mir fiel nichts anderes ein.

Der Kassierer schob mein Kontoblatt wieder unter die Bank und tat, als wäre nichts geschehen. Von den Devisen wurde kein Wort mehr erwähnt. Er traf Anstalten, mit mir zu plaudern.

»Wie ich höre, wollen Sie verreisen?«

»Ja. Nach Spanien. Wir sind eingeladen.«

»Wie beneide ich Sie! Bleiben Sie lange?«

Ich übertrieb ein wenig.

Das verschafft Ansehen.

»Drei, vier Monate«, sagte ich, »es können auch sechs werden.«

Ich hätte es nicht sagen sollen. Ich erkannte es sofort an seinem besorgten Gesicht. Er holte den Kontoauszug von neuem hervor, starrte lange darauf und fragte dann:

»Was machen wir inzwischen mit Ihrem Debet?«

»Es kriegt keine Beine«, sagte ich.

»Wollen wir Ihr Konto nicht vorher glattmachen?«

Das hätte mir gerade noch gefehlt, Geld einzuzahlen, wo ich welches abzuheben hergekommen war. Die Götter hatten mich heute nicht lieb.

»Ich erwarte in Kürze ein größeres Honorar«, log ich schnell. »Ich lasse es direkt auf Ihre Bank überweisen.«

Damit machte ich, daß ich hinauskam, denn ich merkte, wie er sich anschickte, noch eine Anzahl Fragen an mich zu stellen. Er fischte schnell nach meinem Rockärmel, um mich zurückzuhalten, aber ich war schneller als er, und auf die Straße konnte er mir nicht gut nachlaufen. Er wird mir sicher einen Brief schreiben, dachte ich, vielleicht diktiert er ihn schon jetzt, während ich noch in seinem Blickfeld bin. Auch von diesem Gesichtspunkt war es also das beste, die Reise sofort anzutreten, ehe der Brief bei mir eintraf. In den nächsten Tagen waren auch noch der Lichtmann fällig, der Gaskassierer, der Rauchfangkehrer, der Mann mit der Telefonrechnung, auch hatte die Steuer verdächtig lange geschwiegen. Ich kenne diesen Zustand. Dann pflegt mich bald darauf ein Herr zu besuchen, mit guten Umgangsformen, äußerst liebenswürdig und verbindlich, der höflich fragt, ob es gestattet sei, einzutreten und wie schön ich hier wohnte und daß er schon lange meine Bekanntschaft gemacht hätte. So plaudern wir eine Weile, vor allem, wenn noch Freunde und Besucher im Hause sind, er ist ein reizender Gesellschafter von jener seltenen Sorte, die auch andere zu Wort kommen lassen. Zu mir kommen viele unbekannte Besucher ins Haus, ich vermutete in ihm einen Leser. Später rückte er dann mit seinem Wunsch heraus. Ob ich vielleicht fünf Minuten Zeit für ihn hätte. Unter vier Augen. Er möchte nur etwas zuvor aus seinem Wagen hereinholen. Wo wir ungestört wären? Also doch ein Leser! Machen diese Leute Umstände wegen eines Autogramms in meine Bücher! Sicher holt er jetzt meinen letzten Roman herein und bittet mich, etwas hineinzuschreiben. Etwas Persönliches, wenn ich bitten darf! Also herein damit! Aber es ist keines meiner Bücher, das er bringt. Er kommt mit einem Aktenstück. »Inspektor Kellner, Gerichtsvollzieher«, stellt er sich vor. »Ich komme von der Steuer. Da wäre noch eine Kleinigkeit –«

Es ist nie eine Kleinigkeit. Es ist meist so viel, daß mir das Wort im Halse steckenbleibt. Er drängt mich nicht, ihm zu antworten, er betrachtet inzwischen ein altes Bild an der Wand, meinen Waldmüller, und fragt, was der wohl wert sei. Auch für edle Teppiche scheint er ein Kennerauge zu haben. »Einen herrlichen Buchara haben Sie da«, sagt er. Wenn er weggeht, hat er ihn. Das heißt, ich darf ihn noch in der Wohnung behalten. Vier Wochen. Wenn ich dann nicht – und damit klopft er mit der Hand auf sein Aktenstück –, also sehen Sie zu, daß das in Ordnung kommt. Man bekommt es immer in Ordnung, schwer oft und manchmal auch nur, wenn die Freunde helfen. Der Kuckuck aber bleibt kleben. Mein Waldmüller hat hinten drei Kuckucks. Sie sind zwar längst nicht mehr gültig, aber ich lasse sie zur Erinnerung an schwere Zeiten darauf und auch zur Ermahnung, nicht übermütig zu werden.

Es schien also, wollte ich diesen längst fälligen Besuch des freundlichen Herrn nicht mehr erleben, hoch an der Zeit, abzureisen. Ich fragte darum Annette, wie weit sie mit ihren Vorbereitungen wäre.

»Wir können morgen abend fahren«, sagte Annette. »Ich habe hier eine Liste aufgestellt, was wir mitnehmen müssen.«

»Das ist alles in den Koffern?«

»Noch nicht, Johannes. Das müssen wir noch morgen früh besorgen. In den Koffern sind nur meine Kleider, Schuhe, Hüte, Hemden und deine Badehose.«

»Und meine Anzüge, Schuhe, Hüte und Hemden?« forschte ich.

»Aber Johannes! Einen Anzug ziehst du an, und alles andere kaufst du dir unten in Spanien. Spanien ist ja so billig.«

Ich griff nach der Liste.

Sie begann oben und hörte unten nicht auf. Laßt sehen, dachte ich, was Annette sich für Spanien ausgedacht hat.

Ich las:

Für Annette

Bohnenkaffee, denn spanischer Kaffee ist schlecht
Tee, reichlich, die gewohnte Sorte
Schokolade, nehmen wir aus der Schweiz mit
Senf, möglichst Düsseldorfer Löwensenf. 20 Gläser! Tauschobjekt!
Kaffeemaschine
Filterpapier
Majoran, Kümmel, Pfeffer, Muskatnuß
Butter (in Frischhaltepackung)
Plattenspieler (Batterie kaufen!)
Schallplatten, reichlich
Salami (Dauerproviant)
Fotoapparat (Filme kaufen!)
Blumenvase
Taschenlampe
Sonnenöl
Sonnenbrille
Sonnenhut
Sonnenschirm
Briefpapier, Umschläge
Kugelschreiber
Reisewecker
Kerzen
Feinwaschpulver
Stopfgarn, Einziehgummi

Seife (in Frankreich einkaufen!)
Parfüm (ebenso)
Tennisschläger und Bälle
Federball und Bälle
Tischtennis und Bälle
Heizkissen, Fön
Nähzeug
Reisebügeleisen (reparieren lassen!)
Kleines Kopfkissen
Kleiderbügel
Doppelstecker
Verlängerungsschnur
Tabletten gegen Rheuma, Kopfweh, Zahnschmerzen, Übelkeit
Lockenwickler
Nagellack
Nagellackentferner
Leinenhose und Wollpullover zum Segeln
Reithose (da ich keine Reitstiefel habe, Reithose daheim lassen)
Schwimmtier
Luftmatratze
Schnorchel und Schwimmflossen
Thermosflasche (auf der Rückreise mit Cognac füllen!)
Kleiderbürste
Fotos von mir, wie ich mit zwanzig aussah
Hundeleine, falls mir Johannes unterwegs einen Hund kauft

Meine zehn Glasentlein (gut verstecken, Johannes schimpft)
Reißverschlüsse
Ersatzlippenstift

Für Johannes

Speisesoda
Zahnbürste
1 Hemd (Reserve)

Damit war die Liste zu Ende.

Ich fragte Annette, ob sie an mein Angelzeug gedacht habe.

»Ich bitte dich, Johannes«, sagte Annette, »für diese unnützen Dinge ist doch wirklich kein Platz im Wagen!«

Viertes Kapitel

Wir waren gestartet. Nach Spanien. Zwar nicht am Abend, aber am nächsten Morgen in der Frühe. Unser Wagen war bis zum Rand mit Koffern gefüllt, der Rest mit Stricken aufs Dach gebunden. Annette saß auf der Schreibmaschine, und ich saß auf Schuberts »Leise flehen meine Lieder«. Annette sagte, vielleicht fänden wir da unten ein Klavier.

Als wir hundert Kilometer von daheim weg waren, schaute Annette unruhig aus dem Fenster. Jedesmal, wenn wir in eine kleine Stadt einfuhren, sagte Annette: »Ich habe Hunger!«

»Jetzt schon?«

»Wenn ich aufgeregt bin, muß ich essen. Und ich bin aufgeregt. Machen wir irgendwo Station. Hier in Österreich gibt es ein herrliches Gulasch. Wir wollen davon profitieren.«

Ich überging es zuerst mit Schweigen, dann wagte ich endlich, was ich gestern ängstlich zu erwähnen vermieden hatte, zu gestehen: »Es geht nicht.«

»Warum nicht?«

»Wir müssen sparen, Annette. Wir haben kein Geld.«

Annette fuhr herum und starrte mich an.

»Du hast dein Geld daheim vergessen?«

»Nein. Nicht vergessen. Es war keins im Haus.«

»Und auf der Bank?«

»Dort wollten sie noch welches von mir. Ich bin ihnen mit knapper Not entkommen.«

Wenn ein Ehemann seiner Frau gesteht, es sei in seiner Brieftasche Matthäi am letzten, bekommt er meist allerhand zu hören. Ich erwartete also meinen Teil. Ehefrauen aber reagieren immer anders, als man von ihnen erwartet. Annette blieb ganz ruhig. Nur ihre Lippen färbten sich weiß.

»Fahr schneller!« sagte sie.

»Warum?«

»Es beruhigt mich.«

Ich gab Gas. Fuhr mit hundert, hundertzehn Sachen. Die Straße von Kufstein nach Innsbruck erlaubt es. Die Stricke, die unsere Siebensachen auf dem Dach hielten, knirschten in allen Tonarten. Auf meiner Seite kam langsam die Steppdecke herunter und verdeckte mein Fenster.

»Wie hast du dir das eigentlich vorgestellt?« fragte Annette.

»Ich hatte gehofft, die Steppdecke bliebe oben.«

»Ich rede nicht von der Decke. Ich rede von Spanien ohne Geld.«

»Man muß Gottvertrauen haben.«

»Gott hilft am besten daheim.«

»Außerdem, etwas Geld habe ich bei mir. Zweitausend Mark.«

»Genau zweitausend?«

»Fast.«

»Wieviel?«

»Die Hälfte.«

Annette schwieg. Wir kamen in der Zeit ihres Schweigens ein gutes Stück vorwärts. Ich hatte mich an die Steppdecke gewöhnt. Ein breiter, behäbiger Gasthof tauchte vor uns auf.

»Stopp!« sagte Annette.

»Wozu?«

»Gulasch essen!«

Wir stiegen aus und betraten den Gasthof. Es war ein breites, niederes Gebäude mit dicken Mauern und einem schwarzen Holzbalkon, der um das ganze Haus lief. Im Sommer standen wahrscheinlich rote Geranien darauf. Jetzt hatte der Wirt seine Wäsche zum Trocknen hingehängt. Ich sah manches, was des Stopfens dringend bedurfte. Wahrscheinlich kratzte sich der Wirt oft am Bein, die handgroßen Löcher waren für ihn praktisch. Auch zwei hellblaue Emailletöpfe standen am Rand des Balkons.

Wir betraten durch das breite Tor den mit roten Ziegeln ausgelegten Flur. Rechts war eine Tür mit der Kreideaufschrift »Extrazimmer«, daneben eine Tür, auf die mit derselben Kreide »Schenke« geschrieben stand. Es wirkte romantisch und altväterlich. In solchen Häusern ißt man das beste Gulasch, hier kocht der Wirt noch selbst. Gegenüber, auf der linken Seite des Flurs, wurde eine Gewürzkrämerei betrieben. Es roch nach Petroleum, Hartwurst und Essiggurken.

Annette öffnete die Tür zum Extrazimmer und blickte hinein. Die Stube lag ausgestorben. Aus der offenen Tür der Gewürzkrämerei rief eine Stimme:

»Ich komme gleich!«

Es war die Wirtin, wie wir später erfuhren. Ihr Anblick verriet es mir sogleich, als sie uns das Gulasch brachte. So ungekämmt und mit einer so dreckigen Schürze ließe kein Wirt eine Kellnerin herumlaufen. Aber gegen die eigene Frau wagt wohl nicht einmal ein Tiroler den Mund aufzutun. Später sah ich den Wirt selbst. Er sah nicht besser aus. Er kam aufs Ökonomische.

»Im Juli schlachten wir alle unsere Schweine«, erzählte er.

»Warum gerade in der heißen Jahreszeit?«

»Da kommen die Fremden, und wir brauchen den Stall.«

»Ihre Fremden schlafen im Schweinestall?«

»Nein. Wir. Uns macht es nichts aus.«

Man sah es den Wirtsleuten an, daß es ihnen nichts ausmachte.

Wir stocherten im Gulasch. Wir fanden kein Fleisch, nur Fett. Und auch das war nicht frisch. Enttäuscht schoben wir die Teller zurück.

»Schmeckt's nicht?« fragte die Wirtin.

»Nicht sonderlich«, sagte Annette, die damit Mut bewies.

»Recht habens'«, sagte die Wirtin. »Ich möcht das Zeug auch nicht fressen! Aber die Fremden verlangen immer ein Gulasch, weil es das Billigste ist.«

»Es ist leider nur Fett«, wagte ich hinzuzusetzen.

»Freilich ist's nur Fett. A jeder Gast verlangt Mageres und läßt das Fett auf dem Teller zurück – was sollen wir denn damit machen? Sollen wir es etwa selber fressen? Das kommt in das Gulasch!«

Ich gab diesem Gasthof in meinem privaten Baedeker drei Nullen. Sonst ist das Essen in Tirol ausgezeichnet. Man sollte hier eine Warntafel anbringen.

Denn von außen bietet dieser Gasthof ein prächtiges Bild, so behäbig, so alteingesessen, so gemütlich und so einladend, mit alten Kastanien im Biergarten. Goethe ist hier schon eingekehrt, wie eine Tafel am Haus verrät. Und wenn die Fama nicht trügt, hat er hier, nachdem er wahrscheinlich gleich uns auch Gulasch gegessen hatte, seine Hexenküche im Faust geschrieben.

Das klingt heute alles sehr lustig, war es aber damals nicht. Annettes Laune hatte sich durch das Gulasch nicht gebessert, sie hatte seit meinem Geständnis vom armen Heinrich kein Wort mehr an mich gerichtet, sie brütete etwas aus, man sah es ihr an. Im Augenblick schien sie einen schweren Kampf mit sich selbst zu kämpfen. Sie musterte mich stumm von Zeit zu Zeit, nagte an ihren Lippen, schluckte zweimal tapfer, dann sagte sie mit unsicherer Stimme, die ihr erst nicht recht gehorchen wollte:

»Du hast vorhin von Gottvertrauen gesprochen, Johannes.«

»Er ist mein einziger Freund in dieser Lage.«

»Er ist auch dein Freund. Gott hat geholfen.«

Ich blickte mich rasch um, ob ich eines Wunders teilhaftig geworden wäre. Es wäre immerhin möglich, daß ich das Plakat einer Wanderbühne an der Wand entdeckte, die mein Stück spielte. Es war nichts dergleichen. Ich sah auf der Fensterbank einen Stoß rotgewürfelter Tischdecken und an der

Wand ein großes Plakat mit der fettgedruckten Aufforderung, am kommenden Sonntag den Pferdemarkt in Kufstein zu besuchen. Wenn aber einer dieser Aufforderung nachgekommen und am kommenden Sonntag nach Kufstein gefahren wäre, so hätte er sicher eine Enttäuschung erlebt, denn das Plakat war auf den Tag genau drei Jahre alt, und die damals dort versteigerten Pferde waren sicher längst in die Wurst gekommen. Dann aber, als ich meinen Kopf zu Annette zurückwandte, erlebte ich das wirkliche Wunder. Ich sah in ihren Händen eine schmale Geldbörse, von der ich nichts wußte. Annette öffnete sie mit zitternden Händen. Ich traute meinen Augen nicht. Ein dickes Bündel Hundertmarkscheine. Ich begann zu stottern:

»Woher, Annette?«

»Geerbt.«

»Von wem?«

»Von dir, Johannes. Immer, wenn du nachts geschlafen hast, bin ich leise aufgestanden und habe deine Taschen durchwühlt. Einmal war mehr darin, einmal weniger. Da habe ich mir jedesmal meinen Zehnten genommen.«

»Seit wann?«

»Seitdem ich mit dir verheiratet bin.«

»Und ich habe es nicht bemerkt?«

»Aber Johannes! Welcher Mann merkt denn so etwas?«

Da saßen wir nun unweit von Innsbruck und hatten auf einmal Geld wie Heu. Das heißt, wie Heu von einer winzigkleinen Wiese. Eher wie Heu aus einem Schrebergarten. Aber wir hatten jetzt genug Geld für die Reise nach Spanien, für das Leben in Spanien und für Postkarten aus Spanien. Sogar für einen Schluck aus der Flasche reichte es, denn der Wein begann hier schon billiger zu werden, und je weiter man nach Süden fuhr, desto weniger brauchte man für einen Liter auf den Tisch zu legen. Ich sprang auf, um Annette für ihre Vorsorge zu umarmen, und bedankte mich mit überschwenglichen Worten, daß dank ihrer Umsicht bei uns wieder eine Serie von Feiertagen anbrechen würde, Wochen von Feiertagen, jeder Tag ein Feiertag, wir hatten wieder Geld, mehr Geld, als ich seit langem in der Hose gehabt hatte. Herr Wirt, ein Liter vom besten! hätte ich am liebsten gerufen, da sah ich, daß Annettes Augen sich mit Tränen füllten, ihr Kopf sank weinend an meine Schulter, immer hemmungsloser liefen ihre Tränen, kaum konnte ich verstehen, was sie schluchzend hervorstieß:

»Ach, Johannes! Jetzt muß ich wieder ganz von vorn anfangen... das habe ich doch heimlich für uns gespart... du solltest es nie wissen, denn du kannst doch Geld nicht halten, es rinnt dir zwischen den Fingern davon... was soll denn aus uns einmal werden, wenn du krank wirst oder wir alt sind?«

»Vertrauen wir auf Gott!«

Annette lächelte unter Tränen: »Immer kann man das nicht, Johannes. Man muß auch selber ein klein wenig dazutun...«

Am Abend kamen wir in Bozen an. Ich liebe diese verzauberte Stadt mit ihren Laubengängen, mit ihrem Obstmarkt, der den kleinen Platz zwischen den niederen Häusern erfüllt mit dem Duft von tausend Äpfeln, Birnen, Weintrauben in zehn sonst nie gekannten Sorten, wo auf niederen Karren in der Sonne gereifte Melonen liegen. Ich liebe diese Stadt, auf die Laurins Rosengarten herniedersieht und die unser Sorgenbündel schwebendleicht werden läßt. Städte dieser Art bringen uns den Himmel ein gutes Stück näher, und mancher humane Vorsatz entsteht hier in unserm Herzen, der nordwärts hinter Kufstein sich wieder unauffindbar verkriecht. Ich liebe diese Stadt zwischen den Weindörfern von Tramin und Kaltern, so nahe dem gastfreundlichen Meran, Bozen, die Weinstadt mit ihren ungezählten kleinen Stuben und Bodegas, wo der rote Wein aus schwarzen Fässern läuft wie aus einer Quelle, gluckernd und wie über einen Stein springend, bevor er sich schäumend in unseren Krug ergießt. Wenn es uns gelingt, zum Wein vom Wirt ein Stück jenes guten Passaier Specks zu bekommen – direkt vom Bauern und vom Wirt auch nicht jedem Touristen vorgesetzt –, dann läßt sich's hier vortrefflich leben.

Glücklich fuhren wir in die Stadt ein.

»Wo steigen wir ab, Annette?« fragte ich.
»Ich weiß eine kleine Pension, Johannes.«
»Ich weiß ein großes Hotel.«
»Sei nicht leichtsinnig, Johannes.«
Ich druckste herum.
»Jetzt, wo wir Geld haben – auf Reisen soll man nicht knausern –, ich möchte gern wieder einmal in einem guten, gepflegten Hotel wohnen.«
Annette sah mich sorgenvoll an.
»Wenn du wüßtest, wie schwer ich das Geld gespart habe, Johannes –«
»Eben deswegen. Da soll man es dann nicht für die nackte Notdurft ausgeben, es soll der edlen Lebensfreude dienen. Und zur Lebensfreude gehört ein gutes Hotel. Ungefähr dieses.«
Ich hatte schon gebremst, hielt vor dem Portal, und Annette blieb nichts übrig, als gute Miene zu meinem verschwenderischen Spiel zu machen und während der Verhandlung mit dem Portier zu retten, was noch zu retten war. Das Hotel, vor dem ich vorgefahren war, hatte zwei Häuser. Ein altes Haus mit großen Torbögen und kleinen Fenstern und ein neues, modernes, erst vor wenigen Jahren gebaut, mit Lift, Klimaanlagen, Ölheizung, Bädern und was so dazugehört, wenn Lehmanns auf Reisen gehen.
»Nimm wenigstens ein Zimmer im alten Haus, Johannes.«
»Warum?«
»Es ist billiger.«

»Aber es hat keinen Lift.«

»Treppensteigen tut dir gut.«

Ich tat, was Annette wollte. Ich sagte dem Portier, daß wir das alte Haus aus Tradition vorzögen. Der Portier hatte in diesen Tagen das neue Hotel leer und versuchte, mir meinen Wunsch auszureden. Er schilderte uns die Vorzüge des neuen Baus.

»Im alten Haus sind keine Bäder«, sagte er dann.

»Wir haben heute daheim gebadet.«

»Sehr wohl. Einmal in der Woche genügt vollauf«, antwortete der Portier und schaute wieder in seine Bücher. Er gab nicht kund, wie er es meinte. Er läutete nach dem Hausdiener und ließ uns die Zimmer im alten Haus zeigen. Wir waren für ihn gestorben. Er reichte dem Hausdiener einen Kranz Schlüssel. Der Hausdiener winkte uns mit dem Kopf, ihm zu folgen. Er führte uns durch die Hintertür über den Hof, an den Garagen vorbei, zum alten Haus hinüber. Es roch nach guter Küche. Im ersten Stock gefielen uns die schönen großen Zimmer. Sie waren gediegen eingerichtet, hatten zwei Waschbecken und sogar an jedem Bett eine Nachttischlampe. Man findet das selten. Als der Hausdiener uns den Preis nannte, sagte Annette sogleich, daß wahrscheinlich der zweite und dritte Stock ruhiger sei. Wir gingen hinauf. Im dritten Stock waren die Preise etwas niederer.

»Haben Sie weiter oben auch noch Zimmer?«

»Aber ohne fließendes Wasser, gnädige Frau«,

sagte der Hausdiener und machte das gleiche Gesicht wie der Portier, als wir uns ohne Badezimmer begnügten. Am liebsten hätte er jetzt wohl nach dem Zimmermädchen geläutet, das uns weiterführen sollte, denn über den dritten Stock hinaus ging es unter seine Würde.

Nun, eine Nacht kann man sich auch im Lavabo waschen, erklärte Annette, wenn dafür der Raum groß und behaglich wäre. Große Räume, das ist es, was wir wollen, wo man richtig drin auf und ab gehen kann.

»In der Nacht?« fragte der Hausdiener.

»Was geht Sie das an?« sagte Annette.

Der Hausdiener legte mir meinen Mantel, den er bis dahin getragen hatte, in den Arm zurück und stieg mit uns eine steile, eiserne Wendeltreppe empor, führte uns über eine holzgetäfelte Diele, in der ein mächtiges Kruzifix aus dem 16. Jahrhundert über welken Blumen hing, und öffnete vor uns eine hohe, breite Tür.

Was wir erblickten, verschlug uns die Rede. Ein Riesenraum, ein Festsaal, groß genug, um darin die ganze Stadt Polka tanzen zu lassen, gesäumt von dicken, behaglichen Schränken aus schwerem, dunklem Kirschholz, wahren Museumsstücken, und an der Wand im schweren Barockrahmen ein Bild der heiligen Mutter Maria auf der Mondsichel, von Engelsköpfen bewacht und einer herrlich erhaltenen Farbenpracht des Gewandes. Auch eine

Waschgelegenheit war im Raum. Sie nahm sich sehr zierlich aus. Ein hohes Blechgestell, blaugestrichen und lackiert, mit einem winzigen weißen Lavoir, daneben auf dem Fußboden ein hoher, spitzer Blechkrug mit einem Schnabel und zwei Handtüchern darübergelegt.

Zwei Betten standen im Zimmer. Ich habe noch nie solche Betten gesehen. Fast drei Meter lang und von einer Breite, daß man bequem quer darin schlafen konnte. Daß sie über das Normale hoch waren und wir in der Nacht einen Stuhl zu Hilfe nehmen mußten, um in sie hineinzuklettern, bemerkten wir zuerst gar nicht. Wir sahen nur das dunkle Holz, die weißen Leintücher, die hohen Federbetten. Es war wie bei Großmutter zu Besuch. Außerdem roch das ganze Zimmer köstlich nach Äpfeln. Ich sagte es dem Hausdiener.

»Die Äpfelkammer ist nebenan.«

»Das ist ja herrlich!« rief ich erfreut.

»Der Schlüssel ist abgezogen«, sagte der Hausdiener und ging.

Wir blieben. Wir hatten uns in das Zimmer verliebt. Es war so recht nach unserem Geschmack. Wir faßten uns an den Händen und machten einen Rundgang.

»Hörst du die Holzwürmer ticken, Johannes?« rief Annette erfreut und bedeutete mir, still zu sein.

In der Tat, wir hörten sie.

Wir machten ein Gesicht, als hätten wir eine Goldmine entdeckt.

»Viel können sie für das Zimmer nicht verlangen«, sagte Annette zufrieden.

»Einen Herbergepreis«, nickte ich. »Wir wollen zunächst unser Gepäck heraufkommen lassen. Läute bitte dem Hausdiener.«

Das Zimmer hatte keine Klingel.

»Echt!« sagte Annette. »Echt aus der Zeit.«

»Ich werde mich wohl selbst bemühen müssen.«

»Ja, tu das, Johannes«, sagte Annette.

Ich ging hinunter und fuhr meinen Wagen von der Straße weg. Als ich mit ihm in den Hof kam, stand wie aus dem Boden gewachsen einer vor mir. Ich vermutete einen dienstbaren Geist, der mir beim Ausladen und Hinauftragen helfen wollte. Ich nickte ihm freundlich zu, während ich ausstieg.

»Garage drei, mein Herr«, sagte er.

»Ich brauche keine Garage. Ich lasse den Wagen im Hof.«

»Wie es beliebt!«

Damit ging er und ließ mich stehen. Ich kam mir ein wenig dumm vor, zumal weil ich ihn zuvor so freundlich und dankbar angelächelt hatte, ließ mir aber meinen Ärger nicht anmerken und blickte mich nach einem Hausdiener um. Es war weit und breit keiner zu sehen. Durch das offene Küchenfenster erblickte ich ein Mädchen, das Kartoffeln schälte.

»Der Hausdiener?« fragte ich.

Sie gab mir keine Antwort, rief dem Koch etwas zu, was ich nicht verstand. Der Koch kam zum Fenster, blickte mich finster an und warf das Fenster mit einem Krach zu. Wahrscheinlich machte er gerade einen Hackbraten, und keiner sollte sehen, was hineinkam.

Ich ging ins Hotel zurück und suchte den Portier. Er saß allein in seiner Loge und war in ein Kreuzworträtsel vertieft. Ich sah, wie er nachdachte. Ich blieb vor ihm stehen und wartete, denn ich wollte ihn beim Denken nicht stören.

»Bekannte Bergkette in den südlichen Alpen mit neun Buchstaben?« fragte er. »Das Wort beginnt mit D.«

»Dolomiten«, sagte ich.

Er faßte sich an den Kopf.

»Man ist oft wie vernagelt!«

»Mir geht es auch so. Ich kann nirgendwo einen Hausdiener finden.«

»Kein Wunder. Sie sind alle drei zur Bahn.«

»Kommen neue Gäste?«

»Nein. Ein neuer Hausdiener. Sie holen ihn ab. Vielleicht hat er Gepäck.«

Damit vertiefte er sich wieder in seine Kreuzworträtselzeitung. Ich schluckte den Brocken hinunter und ging in den Hof zurück, um meine Koffer selbst hinaufzutragen. Als ich schwerbeladen bei dem Portier vorbeikam, fragte er:

»Tragtier mit vier Buchstaben? Als dumm bekannt!«

Esel wollte er hören.

Ich rief ihm zu:

»Gast in Ihrem Hotel!«

Dann plagte ich mich die fünf Stockwerke hoch.

»Hast du keinen gefunden, der dir die Koffer herauftragen konnte?« fragte Annette.

»Doch«, sagte ich, »mich.«

Hatte bisher Gott unsern Tag nicht gesegnet – am Abend hatte er uns lieb. Annette und ich bummelten durch die Stadt. Wir gehören zu den Leuten, die gern die Speisekarten von Restaurant zu Restaurant studieren, wir glauben immer noch, einem Lokal von außen anzusehen, ob man darin gut und preiswert speist. Mir stand der Sinn nach gebackenen Scampis, jenen kleinen Krebsen, mit denen die Allmacht die Italiener verwöhnt. Annette behauptete, die Allmacht habe den Italienern vor allem die Spaghetti geschenkt, und wenn wir schon etwas Landesübliches essen wollten, so sollten wir uns doch an das preiswerte Landesübliche halten. Wir berieten hin, wir berieten her, da griff überraschend das Schicksal ein, um mich nicht nur in den Besitz der ersehnten Scampis kommen zu lassen, sondern mir eine ausgewachsene Languste auf den

Tisch zu legen.

Die Sache begann ein wenig sonderbar. Mir war schon seit ein paar Minuten ein Ehepaar aufgefallen, das vor uns herging. Ein Mann, wohlgenährt, nicht jung an Jahren, ein reizendes Persönchen neben sich, das er an der Hand führte. Sie kamen mir von hinten bekannt vor, er vor allem, ich wußte aber nicht, wo ich die beiden hintun sollte. Mein Gedächtnis ließ mich im Stich, auch Annette, die ich darauf aufmerksam machte, erkannte die beiden von hinten nicht.

»Am ehesten könnte es noch Caesar Bachar mit seiner jungen Frau sein«, sagte sie.

Richtig, das waren sie! Wo hatte ich nur meine Augen? Wir hatten Caesar Bachar mit seiner jungen Frau vorigen Sommer in Wiessee kennengelernt. Sie waren gerade jung verheiratet, und Caesar Bachar, ein Mann in meinen Jahren, war seiner Frau in zärtlicher Liebe zugetan. Sie lebten wie die Turteltäubchen. Verständlich, wenn man bedenkt, daß der alte Tauber eine junge Täuberin gefreit hatte, eine bildhübsche Person. Ninette hieß sie, blond, ich beneidete ihn heiß um das wohlgeformte Mädchen. Er war aber auch von einer Aufmerksamkeit zu ihr, wie man sie nur selten bei Ehemännern findet. Er wartete beim Friseur auf sie, begleitete sie, wohin sie auch immer ging, trug jedes Paket, schob ihr den Stuhl zurecht, wenn sie sich setzte, legte ihr bei Tisch vor. Bestiegen sie seinen Wagen, lief er herum, öffnete zuerst ihre Tür, half ihr hinein und schloß die Tür sorgfältig. Dann erst stieg er selbst ein. Man findet gerade dies selten bei Ehemännern, die Auto fahren, und Annette hatte allen Anlaß, mir jeden Tag mindestens einmal Herrn Bachar als Vorbild hinzustellen. Sie waren auch bei uns zu Besuch gewesen, in unserem Gästebuch nahmen sie eine ganze Seite ein, Caesar Bachar und seine junge Frau Ninette, der Platz für ein Foto war freigelassen. Sie versprachen uns, es zu schicken, wenn sie wieder daheim wären, leider ist das Bild nie gekommen, überhaupt kein Brief ist von ihnen gekommen, kein Lebenszeichen... Als ich sie jetzt vor uns durch die Straßen Bozens gehen sah, wurden die alten Erinnerungen wieder lebendig. Aber irgend etwas stimmte nicht. Es war eine Nervosität in ihm, die mir fremd schien, er trieb seine Frau neben sich zur Eile an, als werde er verfolgt und wolle dem Verfolger entgehen. Vielleicht war er es doch nicht, aber als er sich jetzt umwandte und zurückblickte, erkannnte ich, daß er es wirklich war.

»Hallo!« rief ich. »Caesar Bachar!«

Er tat, obwohl er mich genau gesehen hatte, als hätte er nichts gehört, und beschleunigte seine Gangart. Als wir die unsere ebenfalls beschleunigten, drängte er seine Begleiterin durch die schmale Tür eines Juweliers. Hier fühlte er sich wohl vor mir am sichersten, denn wann wagt unsereins schon, bei einem Juwelier einzutreten, es sei denn, um einen silbernen Serviettenring löten zu lassen. Ich hatte diesmal aber keinen bei mir, also blieb uns nichts anderes übrig, als vor der Tür auf sein Heraustreten zu warten. Wir warteten lange. Aber nachdem wir eine halbe Stunde vor dem Geschäft gestanden hatten, ohne daß das Paar herausgetreten war, packte Annette der Zorn, und sie ging kurzentschlossen hinein. Sie kam allein zurück.

»Sie sind nicht mehr drin!«

»Wie ist das möglich?«

»Der Juwelier hat nach hinten eine private Pfandleihe mit einem eigenen Ausgang zur Nebenstraße.«

Durch diese Tür waren sie uns entwischt. Bozen hat seine Reize.

Jetzt wurde die Sache für uns erst recht interessant. Wir waren sicher, daß es Caesar Bachar gewesen war, der uns erblickt und schnell das Weite gesucht hatte. Warum aber? Wir waren in herzlicher Freundschaft voneinander geschieden. Warum lief er heute vor uns davon? Wir wollten das Rätsel lösen und machten uns auf den Weg, Caesar Bachar zu suchen. Auf den Straßen sahen wir ihn nicht mehr. Es war inzwischen dunkel geworden, die Stunde des Abendessens war gekommen. Wahrscheinlich war Bachar in einem der großen Hotels abgestiegen, und wir brauchten nur durch die Speisesäle zu gehen, um ihn dort zu finden. Wir konnten auch bei dem

Portier nach seinem Namen fragen, wenn wir ihn sonst nicht fanden.

Wir hatten Glück. Schon im ersten Hotel, das wir aufsuchten, im Hotel Greif, bestätigte uns der Portier, daß Caesar Bachar mit seiner Frau hier abgestiegen sei. Die Herrschaften befänden sich im Augenblick auf ihrem Zimmer, müßten aber jeden Augenblick in den Speisesaal kommen, wo sie bereits einen Tisch bestellt hätten. Wenn wir inzwischen an diesem Tisch Platz nehmen und warten wollten?

Wir wollten es. Die Sache machte uns Spaß. Wir freuten uns beide auf das Wiedersehen und was für überraschte Augen Bachars machen würden. Der Oberkellner schob uns die Stühle zurecht. Er legte eine große Speisekarte vor uns auf den Tisch.

»Wünschen die Herrschaften zu speisen?«

»Ja. Später. Wir warten auf Freunde.«

Da kamen sie auch schon. Wir sahen sie dem Lift entsteigen und auf den Speisesaal zukommen. Herr Bachar im dunklen Anzug, seine Frau mit einer Nerzstola über den Schultern. Der Oberkellner schritt ihnen von unserem Tisch aus entgegen, öffnete die Glastür und geleitete Bachars an unseren Tisch. Als Caesar Bachar mich erblickte, quollen ihm vor Schreck die Augen aus dem Gesicht.

»Nein, so eine Überraschung!« stieß er hervor und wiederholte es zweimal, bevor er sich wieder in der Gewalt hatte. »So eine Überraschung! Caecilie, darf ich dir gute Freunde vorstellen? Das Ehepaar

Neumann, mit dem ich diesen Sommer oft zusammen war, und das mir meine Einsamkeit in Wiessee sehr verkürzte – ich erzählte dir davon.«

Frau Bachar reichte uns freundlich die Hand.

»Wenn Sie nicht gewesen wären, wäre mein armer Mann bestimmt vor Langeweile umgekommen«, sagte sie und bedeutete uns, Platz zu nehmen.

Wir mußten zweimal schauen, ehe wir glaubten, was wir sahen. Die Dame, die uns Herr Bachar jetzt als seine Frau präsentierte, war eine völlig andere als die, mit der er im Sommer Gast in unserem Hause gewesen war. Es war der gleiche Typ, wenigstens von hinten, aber um mindestens zwanzig gepflegte Jahre älter. Auch Herr Bachar wirkte jetzt keineswegs mehr so jugendlich wie im Sommer, und in seiner Ritterlichkeit zu seiner Frau unterschied er sich in nichts von einem landesüblichen Ehemann.

»Sie essen doch mit uns?« fragte Frau Bachar.

Herr Bachar, der noch immer hinter dem Stuhl seiner Frau stand, deutete uns durch heftiges Kopfschütteln an, daß wir nein sagen möchten.

»Aber gern«, sagte Annette.

Herr Bachar nahm seufzend Platz. Annette bedachte ihn mit wütenden Blicken. Sie war als Hausfrau empört darüber, daß er ihr damals ein Kuckucksei ins Haus gebracht hatte. Herr Bachar wand sich unter Annettes zornigen Blicken und suchte seine Rettung in der Speisekarte.

»Vielleicht essen wir zusammen ein Hühnchen?« fragte er scheinheilig.

»Erst rupfen, dann essen!« sagte Annette.

Frau Bachar horchte auf.

Diesmal war Herr Bachar gewandter.

»Ich weiß, gnädige Frau«, sagte er rasch, »ich habe mir mit Recht Ihren Zorn zugezogen. Ich hatte Ihnen damals einen jungen Zwergpudel versprochen und ihn dann nicht geschickt. Es ist unverantwortlich von mir. Ich bekenne mich schuldig. Und jetzt, ich beschwöre Sie, gnädige Frau, bitte kein Wort mehr über Ninette!«

Zu seiner Frau gewandt fuhr er fort:

»So wollte Madame nämlich den jungen Hund taufen, den ich ihr versprochen hatte.«

»Seit wann verschenkst du junge Hunde, Caesar?« fragte Frau Bachar mißtrauisch.

Herr Bachar erfand schnell irgendeinen Zusammenhang. Mir machte es unheimlichen Spaß, einmal einen anderen Mann in Nöten zu sehen. Meist war ich es, der in der Patsche saß. Ich sah darum vergnügt von einem zum anderen. So etwas hatte mir nun Annette als Vorbild vorgehalten. Sie schien meine Gedanken zu erraten und zischte mich an.

»Laß dein albernes Grinsen, Johannes!«

»Ich freue mich so!«

»Freu dich mehr nach innen!«

In diesem Augenblick rollte der Oberkellner den Wagen mit den Vorspeisen heran. Er blickte glücklicherweise fragend zu Herrn Bachar. Wer bestellt, bezahlt. Es blieb Herrn Bachar nichts anderes übrig, er nickte.

Obenauf, an eine frische Ananas gelehnt, lag eine prächtige Languste. Ich hatte selten so ein schönes Tier gesehen.

»Herrlich!« rief Annette. »Mein Mann hat sich den ganzen Tag schon auf eine Languste gefreut!«

Sie sah dabei Herrn Bachar energisch an. Herr Bachar wurde weich in den Knien. Er machte eine chevalereske, bejahende Bewegung zu dem Krustentier hinüber.

»Ihr Gatte war schon immer ein Feinschmecker!« sagte er nur.

»Wenn ich mich recht erinnere – in Wiessee waren Sie auch einer!«

Herr Bachar sah in diesem Augenblick wie eine Schnecke aus, die ihre Fühler erschrocken einzieht. Der Oberkellner ließ sich eine langgestreckte silberne Platte bringen und legte die große Languste darauf. Obwohl es die größte Platte war, über die das Hotel verfügte, reichte sie weder vorn noch hinten. Von den Nebentischen schaute man neugierig herüber. So gewaltige Langusten gab es selten in Bozen. Es war der Prachtfang eines Fischers gewesen. »Mit Mayonnaise?« fragte der Kellner.

»Nein, mit Trüffelbutter«, sagte Annette. »Sie haben doch wohl frische Trüffeln im Haus?«

»Sehr wohl, gnädige Frau.«

Fünf Minuten später schmausten wir, daß es eine Art hatte. Herr Bachar war nicht recht bei Appetit. Wir gönnten es ihm.

»Wir befinden uns auf der Hochzeitsreise«, sagte plötzlich Frau Bachar.

»Nein!« rief ich erschrocken und ließ den Bissen wieder sinken.

Die Dinge schienen eine neue Wendung zu nehmen. Am Ende mußte ich noch den großen Krebs selbst bezahlen.

»Auf unserer zweiten!« ergänzte Frau Bachar, und es begann mir sofort wieder zu schmecken. »Wir feiern in den nächsten Tagen unsere silberne Hochzeit, und da hat mir mein lieber Mann diese Reise geschenkt.«

»Nach Italien?«

»Nein. Nach Spanien.«

Annette fiel vor Freude die Gabel herunter.

»Wir fahren auch nach Spanien«, sagte sie mit einem verheißungsvollen Blick zu Herrn Bachar hinüber. »Hoffentlich sehen wir uns dort oft.«

»Spanien ist groß«, sagte Herr Bachar.

»Groß ist auch die Güte Gottes, der uns heute zum Nachtmahl zusammenführte«, mengte ich mich ein. »Wir gehen nach Mallorca.«

»Wir auch. Nach Palma genau«, sagte Frau Bachar.

»Das ist noch nicht sicher«, bemerkte ihr Mann.

»Aber du hast dir doch deine Post dorthin nachschicken lassen, Caesar!«

Herr Bachar flehte mich mit einem stummen Blick an, jetzt des grausamen Spiels genug sein zu lassen. Ich nickte ihm zu.

»Wie wäre es jetzt mit einem schönen Asti?« fragte ich, nicht ohne Bedeutung.

Herr Bachar, wesentlich erleichtert, winkte dem Kellner. Asti trinkt sich wie Wasser. Nach vier Stunden tranken wir Brüderschaft.

An diesem Abend probierten wir auf dem Heimweg aus, wie sich alte Studentenlieder in den engen Gassen Bozens ausnehmen. Bachars brachten uns ins Hotel zurück. Wir versprachen, uns morgen nachmittag kurz vor der französischen Grenze wiederzusehen, an der letzten Tankstelle, und dort aufeinander zu warten. Als Bachars gegangen waren, hörten wir noch lange von weitem Herrn Bachars Solo von *Gaudeamus igitur*. So froh war er, daß der Abend noch glimpflich für ihn abgegangen war.

Fünftes Kapitel

Ich hätte nicht so viel von dem süßen Asti trinken sollen. Am nächsten Morgen ist mir gar nicht recht wohl zumute. Ich verberge es vor Annette, denn mit klugen Sprüchen ist mir jetzt nicht gedient. Gott sei Dank hat sie in der Nacht nicht gemerkt, daß ich öfter aus dem Zimmer gegangen bin. Das erste Mal war es gar nicht leicht, sich auf dem dunklen, unbeleuchteten Flur zurechtzufinden. Die Apfelkammer war übrigens gar nicht abgeschlossen.

Als ich unsere Koffer wieder eigenhändig zum Wagen hinuntertrage und beim Portier die Rechnung verlange, glaube ich, man habe sich in meiner Person geirrt. Ein Nabob muß mit mir zugleich abgestiegen sein, und man hat die Rechnungen verwechselt. Es ist bestimmt ein Irrtum, denn die Garage für den Wagen steht darauf, und ich ließ ja meinen Wagen im Hof stehen.

»Mein Wagen stand im Hof«, sage ich.

»Deswegen haben wir auch nur den halben Garagenpreis berechnet.«

Soll ich mich mit ihm streiten? Ich vermeide es. Ich frage nur:

»Der Zimmerpreis? Wir waren nur eine Nacht.«

»Sie haben das Fürstenzimmer gewählt, mein Herr«, belehrt mich der Portier. »In dem Zimmer hat sogar einmal Herr von Goethe geschlafen. Hoffentlich hatten Sie eine gute Inspiration.«

Das soll eine Spitze sein, ich merke es. Ich ging darüber hinweg und wollte ihm nicht erklären, daß ich ganz andere Sachen schreibe. Ich mußte mich beeilen, die Rechnung zu bezahlen, ehe Annette erschien, die beim Anblick der geforderten Summe wahrscheinlich den Portier in Stücke gerissen hätte. Ich mußte tatsächlich dreimal soviel für das unbequeme Zimmer bezahlen, als uns ein mit allem Komfort ausgestattetes Zimmer im neuen Haus gekostet hätte. Warum es so war, erfuhr ich später. Im neuen Haus waren die Preise vom Staat vorgeschrieben und wurden genau überwacht. Im alten Haus jedoch war der Zimmerpreis nach Belieben, nach Vereinbarung. Wir sollten diese Überraschung öfter im Süden erleben. Immer dort, wo wir zu sparen glaubten, wurde uns das Fell über die Ohren gezogen. Doch davon später, wenn wir an Ort und Stelle sind. Dies heute war nur ein Vorgeschmack. Ich bezahlte stumm die Rechnung, meine Koffer hatte ich bereits ohne fremde Hilfe im Wagen verstaut, da fiel mein Blick auf die vier Hausdiener, die in einer Reihe wie die Orgelpfeifen neben der Portiersloge standen und mich erwartungsvoll anblickten. Ich gab ihnen den Blick freundlich zurück, winkte ihnen zu und sagte:

»Wieder von der Bahn zurück?«

Dann ging ich. Ohne Trinkgeld.

Annette saß schon im Wagen. Wir fuhren los. Das Hoftor war noch geschlossen. Ich hupte. Der Mann, der die Garagen verwaltete, schob seinen Kopf zum Fenster heraus, um zu sehen, was es gäbe. Als er mich erblickte, verschwand sein Kopf wieder. Ich wartete eine Weile, weil ich annahm, er müsse wohl erst in seine Hosen schlüpfen, um mir das Tor öffnen zu können, aber dies war ein Trugschluß. Mir blieb nichts anderes übrig, als auszusteigen und das schwere, hohe Tor selbst zur Seite zu schieben. Als ich wieder einstieg, stand er wie aus dem Boden gewachsen vor mir, hielt die Hand auf und sagte: »Für den Garagenmann!«

Er hatte gerade noch Zeit wegzuspringen, sonst wäre ich ihm mit dem rechten Vorderrad über seinen Pantoffel gefahren, so wütend war ich.

Wir fuhren am Hotel Greif vorüber.

»Dieser Schuft!« sagte Annette.

»Seine erste Frau hat mir besser gefallen.«

»Das war doch gar nicht seine Frau.«

»Eben deswegen.«

»Wie er uns so ein Flittchen ins Haus bringen konnte! Sonderbare Bekannte hast du manchmal, Johannes!«

Ich steckte den Tadel ein und gab Gas, denn ich wollte heute unbedingt die französische Grenze erreichen, um am nächsten Abend in Arles übernachten zu können. Wenn wir Glück hatten, fand in Arles ein Stierkampf statt. Caesar Bachar hatte uns am Abend davon erzählt, und da wir an einem Sonntag in Arles eintreffen würden, bestand für uns eine gewisse Chance. Das verlangte allerdings, heute ohne Aufenthalt sechshundert Kilometer herunterzuhasten, eine für meinen verstimmten Magen keine angenehme Aufgabe. Es war noch früh am Morgen, die Straße nach Trient war wenig befahren, ich liebe die hügelige Landschaft, die zum Gardasee hinunterführt. Niemals lasse ich mich verleiten, die gerade im Tal laufende Straße über Rovereto zu wählen, stets biege ich in Trient nach rechts ab, steil hinauf, mit einem herrlichen Ausblick auf die im Talkessel zurückbleibende Stadt, vorüber an verfallenen, kaum bewohnten Hütten, die ersten Palmen, die ersten Zitronenbäume, und nach einer Wegbiegung unerwartet der smaragdgrüne Gardasee mit seinen Felsen.

Wir waren schneller in Arco und in dem nur wenige Kilometer entfernten Riva, als ich geschätzt hatte. Annette war neben mir eingeschlafen, ich habe es gern, sie so dicht an mir zu spüren. In Riva bog ich nach Osten ab, ich wählte die Straße links vom See, die dreimal so breit ist wie die berühmte, in die Felsen geschlagene Gardesanastraße, wir hatten heute noch ein großes Tagespensum vor uns. Die Straße lief liniengerade, man hätte sich jetzt im Wagen rasieren können, so ruhig lief er seine hundertzwanzig Kilometer. Man merkte ihm geradezu die Freude an, dem Nebel, dem Schnee und Eis entronnen zu sein. Wie ein Wiesel lief er über die sonnenbedeckte Landstraße, vorbei an den ersten Orangengärten, den Olivenhainen. Überall sproß das Gras schon üppig, hellgrüne Flächen breiteten sich links und rechts der Straße aus. Wie schön Wiesen sein können, wenn man lange kein grünes Gras mehr gesehen hat, dachte ich mir.

Ich kannte die Gegend um den Gardasee gut. In Malcesine dachte ich an Marianne, ein junges Mädchen, von dem ich einmal hier vor vielen Jahren Abschied genommen hatte. Sie war ihren Eltern aus Krefeld davongelaufen, zu mir, weil wir uns liebten und ich mit meiner Werbung bei ihren Eltern ungnädig aufgenommen und unverrichteterdinge heimgeschickt worden war. Auf dem Bahnhof war Marianne in letzter Minute in den Zug gesprungen, nichts bei sich, als was sie am Leibe trug. »Wenn wir nicht zusammen leben dürfen, wollen wir wenigstens zusammen sterben!« hatte sie gesagt, und der Verdruß begann schon damit, daß sie keine Fahrkarte besaß. Sie hatte auch weder Koffer noch Paß, wir taten uns darum auf unserer Flucht nicht leicht, Unterkunft für die Nacht zu bekommen. Ich war damals zweiundzwanzig Jahre alt, schrieb Gedichte, gewiß, ich wollte Marianne heiraten, ich liebte sie mehr als mein Leben, ich wäre der glücklichste Mensch gewesen, sie zur Ehefrau zu bekommen, aber ungetraut durch die Gegend zu ziehen, kein Geld in der Tasche, nur Gedichte, die ich unterwegs in den Redaktionen verkaufte, wahrscheinlich schon von Mariannes Vater, einem Seidenfabrikanten, der Polizei avisiert, einen Haftbefehl wegen Entführung einer Siebzehnjährigen im Nacken... wir versuchten, über die Grenze zu kommen, ehe man uns gepackt hatte. Es gelang uns. Wir fanden auf der linken Seite des Gardasees unter Oliven eine verlassene Hütte, äußerlich wie für uns geschaffen, voller Romantik, grüne Eidechsen und vollbehangene Orangenbäume ringsum, im Innern aber alles andere als ein Liebesnest. Der Stall einer Ziege war es, die Gott sei Dank ihre Nächte im Freien zubrachte. Den Tag über lagen wir am See, die Sonne glühte auf uns nieder, Mariannes Arme wurden wie eine Haselnuß dunkel, der warme Duft ihrer Haut vermischte sich mit der Süße der Orangenblüten, die in der Luft lag, denn Orangen blühen und fruchten zur gleichen Zeit am gleichen Stamm. Auch Freesien fanden wir, die in einem weggeworfenen Topf blühten, ich schmückte Mariannes Haar damit, während ich sie küßte. Wir schwammen nackt im smaragdgrünen Wasser, auch nachts beim Mondschein. Wenn ein Fischerboot an uns vorüberglitt, mit seinen dunklen Segeln, schwammen wir darauf zu und baten um Brot und Wein. Wir bekamen beides reichlich, junge Menschen waren wir ja, verliebt, wie man uns ansah, das Glück leuchtete uns aus den Augen... So lebten wir viele Wochen im Garten Eden. Nur wenn ein Carabinieri auf seinem Rad auf der Landstraße vorüberkam, duckten wir uns tief ins Gras, denn wir besaßen ja keinen Ausweis, wir besaßen nichts als das Privileg Gottes, der die Liebe in unser Herz gesenkt hatte.

Eines Tages, als wir vor unserer Hütte saßen und gerade ein Herz mit unseren zwei Buchstaben in den Stamm einer Olive geschnitten hatten, besuchte uns eine schwarze Muttersau mit ihren sechzehn springlebendigen Ferkeln. Ich weiß nicht genau, was mich packte, war es, daß ich gerade noch das Messer in der Hand hatte oder um mich als kühner Jäger vor der Geliebten zu erweisen – ich griff mir eines der jungen Ferkel und lief mit ihm davon. Die Mutter setzte mir nach. Vor einem Schwein davonzulaufen, zumal wenn es kein wildes ist, steht einem Liebhaber nicht gut zu Gesicht. Ich machte darum kehrt, so schwer mir auch der Entschluß fiel, und nahm den Kampf auf. Er spielte sich auf einer Distanz von wenigen Zentimetern ab. Ich schrie das Schwein an, und das Schwein schrie mich an. Das Schwein hatte mehr Berechtigung, aber auch nicht mehr Mut als ich. Der Kampf endete damit, daß ich das kleine Ferkel wieder auf seine vier Füße stellte und der Muttersau zurief: »Na? Was denn? Es war doch alles nur ein Scherz!« Die Mutter grunzte mir etwas zu, was ich nicht verstand, etwas Freundliches war es nicht, und trollte mit ihrem Sprößling davon. Ich ging mit gemischten Gefühlen zu Marianne zurück, ein Siegfried, der nicht gut abgeschnitten hatte.

Marianne winkte mir schon von weitem.

»Großartig warst du, Johannes! Es war etwas Heidnisches in euerm Kampf! Schau her, was ich habe!«

Sie hielt triumphierend ein kleines Ferkel hoch, das sie während meines Kampfes schnell eingefangen, in ein Tuch gewickelt und unter einem alten

Weinfaß versteckt hatte, das auf dem Feld lag. Wir berieten, was mit dem Ferkel geschehen sollte. »Entweder wir ziehen es auf und schlachten es erst, wenn es zwei Zentner hat, oder wir essen es gleich«, sagte Marianne. Wir taten das Einfachere und brieten das Ferkel über dem trockenen Holz von Weinreben. Wir erwarteten einen Hochgenuß. Wahrscheinlich wäre es auch einer geworden, aber wir kamen nicht dazu. Der Rauch unseres Feuers hatte den Bauern angelockt, und er vertrieb uns mit groben Verwünschungen aus unserem Paradies. Das gebratene Ferkel nahm er mit.

So waren wir wieder obdachlos, besaßen nichts als unsere Liebe, was ja in Liedern sehr schön klingt, im praktischen Leben aber höchst strapaziös ist. Wir wanderten weiter, und da wir keinen anderen Ausweg wußten, verdingten wir uns in Malcesine bei einem Bauern gegen Quartier und Brot. Wir gaben uns als junges Ehepaar aus, ein Student, der seine Kommilitonin geheiratet hatte und nun hier mit ihr seine Hochzeitsferien verleben und mit Arbeit verdienen wollte. Ich mußte bei der Olivenernte helfen, Marianne hütete die Schafe, auch wieder ein romantisches Bild, wenn es im Schlafzimmer an der Wand hängt, zumal Marianne über ihrem blonden Haar ein rotes Kopftuch trug, das sie sich von der Bäuerin ausgeborgt hatte, aber je länger die Zeit hinstrich und ich darüber nachdachte, was weiter geschehen sollte, wurde mir doch ein wenig bang zumute, und eines Tages schrieb ich heimlich an Mariannes Vater nach Krefeld, wo wir uns befänden. Ich sagte Marianne nichts davon, sie hätte mich gesteinigt und behauptet, ich hätte unsere Liebe verraten. Aber gerade weil ich Marianne von Tag zu Tag mehr liebte, mußte ich das Opfer bringen. Hinterher, so hatte ich beschlossen, würde ich mich in den See stürzen, und kein Mensch hätte mehr etwas von mir gehört. Vier Tage nach meinem Brief sah ich den großen, dunklen Wagen des Krefelder Seidenfabrikanten auf Malcesine zurollen. Ich lief ihm in den Weg und hielt ihn auf. Mein Anblick schien einen Wutausbruch auszulösen. Mariannes Vater packte mich am Hals und schrie mich an:

»Wo ist meine Tochter?«

»Sie weiß nicht, daß ich Ihnen geschrieben habe.«

»Ist sie gesund?«

»Ja. Das ist sie.«

»Bringen Sie mich zu ihr.«

»Nein«, sagte ich, »das werde ich nicht tun. Sie müssen mir erst versprechen, daß Sie ihr kein böses Wort geben. Ich bin allein an allem schuld. Ich habe sie überredet, mit mir zu fliehen und bei mir zu bleiben.«

Er hob seine Hand zum Schlag.

»Ich werde Sie der Polizei übergeben!« schrie er.

»Das ist nicht das Schlimmste. Das Schlimmste ist der Abschied. Ich werde es Marianne jetzt sagen.

Steigen Sie im Hotel ab. Ich schicke Ihnen Ihre Tochter.« Damit ging ich. Er schrie mir nach:

»In spätestens zehn Minuten ist Marianne bei mir!«

Ich blieb stehen.

»Nein«, sagte ich ruhig und kam ihm wieder näher, »Marianne kommt morgen früh. Es hat keinen Sinn, wenn sie heute abend käme. Sie liefe Ihnen in der Nacht wieder davon, solange ich hier bin. Erwarten Sie Marianne morgen früh punkt acht Uhr im Wagen vor dem Hotel.«

Er starrte mich an, als ob er mich umbringen wollte.

»Ich habe Ihr Ehrenwort«, sagte ich. »Vergessen Sie nicht, Marianne kann nichts dafür. Ich war es, der sie überredete, mit mir zu kommen, bei mir zu bleiben, mit mir zu leben –«

»Und? Weiter! Sie wissen, was ich meine!«

»Nichts weiter«, sagte ich. »Sie können ohne Sorge sein.«

Am nächsten Morgen fuhr Marianne mit ihrem Vater nach Krefeld zurück. Ich lag im Gras unter unserm Olivenbaum mit dem Herzen, das wir in glücklichen Stunden hineingeschnitten hatten. Ich kam mir sehr unglücklich und männlich zugleich vor, als der Wagen an mir vorüberrollte. An diesem Tage haßte ich Autos, ich würde sie immer hassen, schwor ich mir, und heute saß ich selbst in einem und rollte über die gleiche Straße, über die wir damals Hand in Hand zum See gelaufen waren, gute zwanzig Jahre älter, vielleicht stand der Olivenbaum noch, unter dem ich damals lag und sterben wollte, vielleicht hat man ihn auch längst umgeschlagen und verheizt, und der Bauer, der uns damals aus dem Paradies vertrieb, hat sich seine Hände an dem Feuer gewärmt. Ich hätte doch gestern den Asti nicht trinken sollen! Er macht mich schläfrig und auch sonst nicht wohlgemut. Ich halte den Wagen an, um wieder ins Gleichgewicht zu kommen. Ich gehe ein paar Schritte ins Feld hinein und lehne, da mir schwindlig wird, meinen Kopf an einen Olivenbaum. Wenn ich jetzt erzähle, daß meine Stirn gerade auf dem Herzen ruhte, das ich vor zweiundzwanzig Jahren in den Baum hineinschnitt, keiner würde es mir glauben. Es kam mir selbst sehr unglaubwürdig vor, als ich es sah.

Als ich zum Wagen zurückkomme, ist Annette hellwach und eifrig damit beschäftigt, sich die Nase zu pudern. Sie hat den Rückspiegel zu sich gedreht.

»Wo warst du?« fragt sie, ohne aufzusehen.

Ich bin noch so sehr in meinen Gedanken bei Marianne und den jungen Jahren, daß ich mürrisch antworte:

»Ich hätte gestern den Asti nicht trinken sollen!«

»Ist dir nicht gut?«

»Nicht besonders.«

Annette nimmt überraschenderweise keine Notiz davon. Das ist sonst nicht ihre Art. Sie sagt statt dessen:

»Du solltest einmal den Spiegel richtig anbringen lassen, Johannes. Man sieht immer nur, was hinten vorgeht. Das eigene Gesicht sieht man nie.«

Ich versuche, den Spiegel wieder in die rechte Richtung zu drehen, da fällt er mir in die Hand.

Annette schaut unschuldig.

»Da fehlen zwei Schrauben«, sage ich.

»Sie fehlen nicht. Ich habe sie.«

Sie reicht sie mir mit spitzen Fingern.

»Ich konnte den Spiegel nicht so weit drehen, wie ich ihn brauchte. Da habe ich sie vorsichtig ausgeschraubt.«

»Ausgeschraubt??«

»Ja. Praktisch, wie?«

»Und womit hast du sie ausgeschraubt?«

»Jetzt wirst du schimpfen, Johannes.«

»Nein. Ich werde nicht schimpfen. Sag es endlich!«

»Mit deinem Taschenmesser.«

»Ich habe zwei Taschenmesser.«

»Dem goldenen. Es paßte besser in die Schrauben.«

»Zeig her!«

Mein kleines goldenes Taschenmesser, ein Geschenk meines verstorbenen Verlegers, das ich hoch in Ehren halte und nur hervorziehe, wenn eine

Dame einen Apfel schälen will, denn viel mehr würde es auch nicht aushalten, so viel hat mein Verleger für mich auch nicht ausgegeben, sieht aus wie ein Korkenzieher. Die Klinge ist abgebrochen, die goldene Schale mit meinem eingravierten Namen zerdreht und zermartert. In mir steigt ein gigantischer Zorn hoch.

»Ja, kann man dich Bettfedernvogel nicht einmal fünf Minuten allein lassen?!« brause ich auf.

»Ich war sehr allein, Johannes.«

»Keine fünf Minuten!«

»Du warst sehr weit weg, Johannes. In Malcesine bist du immer sehr weit von mir weg.«

»Komm mir nicht mit den alten Geschichten!«

»Sind es deine oder meine alten Geschichten?«

Ich werfe vor Zorn das Taschenmesser aus dem Fenster und will starten. Annette hält mich zurück.

»Das Gold, Johannes!«

»Was ist es schon wert!«

»Immerhin! Vielleicht muß jemand von uns einmal zum Zahnarzt.«

Wir sind ausgestiegen und suchen das Messer. In diesem Augenblick kommen Bachars vorbei. Sie bemerken uns zu spät, bremsen kräftig, daß uns der Staub um die Ohren braust, und fahren rückwärts zu uns zurück. »Picknick?« fragen sie fröhlich.

»Nein. Mein Mann hat sein Messer verloren.«

»Sollen wir suchen helfen?«

»Nicht nötig. Danke. Ich habe es schon.«

Ich habe es natürlich nicht. Aber warum soll ich es ihnen sagen?

»Wir essen in Turin«, rufen Bachars.

Annette schüttelt den Kopf:

»Wir haben ein Lunchpaket mitgenommen.«

»Jawohl«, bestätige ich, »wir haben ein Lunchpaket.«

Wir haben gar kein Lunchpaket. Aber ich will mittags nicht mit ihnen beisammen sein. Sie erinnern mich zu sehr an den Asti von gestern abend. Bachars fahren weiter, und wir beginnen wieder nach dem Messer zu suchen. Annette behauptet, ich habe es nach vorn geworfen. Ich bin überzeugt, es nach rückwärts aus dem Fenster geworfen zu haben. Nach zehn Minuten geben wir die Suche auf.

»Jetzt kannst du mir wenigstens keinen Vorwurf mehr machen«, bemerkt Annette. »Nachdem du dein Messer unauffindbar zum Fenster hinausgeworfen hast, bleibt es sich gleich, ob es ganz oder kaputt war. Im Gegenteil, es wird dich jetzt weniger kränken, weil es sowieso unbrauchbar war. Stell dir vor, du hättest ein gutes, intaktes Messer in deinem Unverstand weggeworfen. Du machst manchmal Sachen, Johannes!«

Sie hat während des Suchens ihre Jacke abgestreift und steht jetzt mit nackten Armen und Schultern in der Sonne. Ich vergesse Marianne, als ich Annette so sehe. Schade, daß keine Freesien in der Nähe sind! Aber wir könnten in einen Olivenbaum unser Herz und unsere Buchstaben schneiden, denke ich. Mit einem Messer. Ja freilich, damit das zweite Messer auch noch abbricht! Ich bin wieder im besten Zorn. Alle Schönheit verblaßt, und ich sage:

»Wir verlieren hier kostbare Minuten! Steig ein! Wir fahren weiter!«

Annette sieht mich von der Seite an, während wir fahren. Ich bin wieder normal. Nur Ehemann und Autofahrer. Annette ist eine großartige Frau. Jetzt trauere ich gar nicht mehr meiner verlorenen Jugend nach.

»Habe ich es erreicht?« fragte Annette.

»Was erreicht?«

»Du weißt es schon.«

Sie hat es erreicht. Wir fahren fröhlich dahin. Ich bin sehr glücklich, daß ich Annette habe.

Hinter Bergamo, wo gerade Markt ist und Annette unbedingt etwas einkaufen will, nicht weil sie etwas braucht, sondern nur, weil Markt ist, beginnt die Autobahn nach Mailand und Turin. Ich drehe auf. Von der Landschaft sehen wir wenig. Wir sehen nur rechts und links haushohe Schilder, welche Schuhe man tragen soll, welches Biskuit essen, welcher Vermouth der beste ist, auf welchen Autoreifen man am sichersten fährt, womit man sich die Zähne putzen soll und welche Öle gut für den Salat und gut für den Motor sind. Mit der Zeit kennen wir die Gesichter der beiden Monteure im blauen Overall auswendig, die einen überdimensionalen Reifen hochhalten, das drei Meter große Prachtweib mit dem kurzen Rock ist uns vertraut, das uns einen Kelch mit alkoholfreier Brause anpreisend entgegenhält, sie selbst hat sicher etwas ganz anderes getrunken, sonst säße sie sittsamer auf ihrem Stuhl. Zwanzigmal sind wir von links und einundzwanzigmal von rechts aufgefordert worden, nach San Remo zu kommen und dort unser Geld auf der Spielbank abzuliefern... Wir sehen nicht, was hinter den Plakaten liegt, ob es Berge sind oder Wälder oder idyllische Dörfer, wir fahren zwischen Plakaten. Dafür fehlen alle Warnschilder auf der Straße. Nicht einmal die Zufahrten sind gekennzeichnet, und manchmal braust einer von rechts vor unserm Kühler auf die Fahrbahn, daß mir angst und bange wird. Trotzdem erreichen wir verhältnismäßig schnell Turin. Als wir an den Fabriken vorbeifahren, hören wir gerade im Radio: »Warum ist es am Rhein so schön?« Wenn man durch Turin fährt, weiß man es.

Wir haben Turin verlassen, nicht ohne uns zweimal verfahren zu haben. Wir müssen wieder zurück. Daß wir dabei zweimal an Bachars vorbeikommen, die im Freien auf einem Platz frühstücken und uns verwundert nachschauen, macht die Sache nicht erfreulicher. Wir sehen auf diese Weise das ganze Menü, das sie essen.

»Habt ihr euch verfahren?« rufen sie uns nach.

Wütend gebe ich Gas. Endlich finden wir die Straße nach Lyon und fahren der französischen Grenze zu.

Plötzlich erklärt Annette: »Ich habe Hunger.«

»Warum hast du das nicht in Turin gesagt?«

»In Turin hatte ich noch keinen Hunger.«

»Jetzt wird es schwer sein.«

»Warum? Wir halten irgendwo und essen.«

»Beim nächsten Gasthof.«

»Wir brauchen keinen Gasthof. Wir haben doch das Lunchpaket vom Hotel.«

Wir haben kein Lunchpaket vom Hotel. Wie kommt Annette auf diesen Einfall? Ich sage es ihr. Ich habe weder ein Lunchpaket bestellt noch bezahlt. Annette schaut mich vergnügt an. Dann zieht sie unter ihrem Sitz eine mächtige Tragtüte mit dem Aufdruck des Hotels hervor.

»Und was ist das?« fragt sie.

Ich schnuppere. Es duftet köstlich.

Ich bewundere Annette.

»Daß du daran gedacht hast, Annette!«

»Mach dich nicht kleiner, als du bist, Johannes! Es war doch dein Einfall.«

»Mein Einfall?«

»Ja. Du hast daran gedacht, und ich habe es nur mitgenommen. Es stand neben unserm Tisch am Büfett.«

»Das Lunchpaket?«

»Ja.«

»Neben unserm Tisch?«

»Ja.«

»Am Büfett?«

Gott allein mochte wissen, wem das Paket gehörte. Gott und der Frühstückskellner des Hotels, der es dorthin gestellt hatte. Ich hatte weder ein Lunchpaket bestellt, noch es auf der Rechnung gefunden. Ich sagte es Annette, und Annette machte das dümmste Gesicht, das sie jemals in unserer Ehe gemacht hat.

»Es gehört nicht uns?«

»Niemals!«

»Dann habe ich es gestohlen?«

»Sozusagen ja.«

»Und wer hat es bezahlt?«

»Der Mann, der es jetzt nicht hat.«

»Feine Bescherung!«

Unser Hotelaufenthalt in Bozen bekam damit seine Krone aufgesetzt.

»Wer hat dich gesehen, als du es mitnahmst?«

»Jeder. Ich dachte, es gehörte uns.«

»Wo stand es?«

»Ich habe es dir doch gesagt. Am Büfett. Direkt hinter meinem Stuhl.«

Ich erinnere mich dunkel, daß ich während des Frühstücks den Koch bemerkte, wie er ziemlich rasch in den Frühstückssaal geschlüpft kam und die Tragtüte auf dem Büfett abstellte.

»Wir werden die Angelegenheit auf der Rückfahrt

in Ordnung bringen«, sage ich.

»Und was machen wir jetzt?«

»Das Corpus delicti aufessen.«

Wir kommen gerade an einem kleinen See vorüber, an dem ein Angler sitzt. Ich fahre den Wagen unter einen Baum, wir steigen aus, suchen uns einen Platz in der Sonne, es ist immerhin erst Februar, man kann die Sonne brauchen. Annette hat die Reisedecke aus dem Wagen mitgenommen, wir breiten sie aus und stellen das gestohlene Lunchpaket in die Mitte. Wir beginnen auszupacken. Neugierig schauen wir hinein. Eine Wurst schaut heraus, eine Salami, groß und hart, zwei gebratene Hühner kommen zum Vorschein, Schinken, eine Anzahl gekochter Eier, Orangen, Mandarinen, Äpfel, Weintrauben, eine Dreiliterflasche Chianti, eine Flache Asti spumante… dann wieder Nüsse, getrocknete Weintrauben, Bananen, Datteln, ein Glas mit Kirschen, nicht enden will der Vorrat aus der Tasche. Wir trauen unseren Augen nicht. Wir kennen die Lunchpakete und was man uns sonst in den Hotels einpackt. »Da ist ein Brief!« ruft Annette plötzlich und zieht einen Umschlag zwischen den Früchten hervor.

»Sicher die Rechnung, was das kostet. Laß sehen!«

Annette reicht mir den Brief. Sie ist sehr aufgeregt. Sie setzt sich neben mich, um mitlesen zu können. Es ist keine Rechnung. Es ist ein Brief mit ungelenker Handschrift.

»Lieber Benjamin«, lesen wir, »darf ich Dir, meinem alten Freund und Frühstückskellner, zu Deinem heutigen Geburtstag mit allen guten Wünschen dieses Freßpaket als kleines Angebinde überreichen? Mögest Du diesen Ehrentag noch recht oft erleben, viele gesunde Jahre, gute und hohe Trinkgelder und wieder wie in der vorigen Woche acht Tage lang das Frühstück aufs Zimmer servieren dürfen, wie bei der jungen Amerikanerin mit der französischen Wäsche. Beneidenswerter Beruf, den Du hast!

Dieses Jahr ist das Freßpaket etwas umfangreicher ausgefallen. Laß es Dir gut schmecken. Wir hatten gestern abend ein kleines Bankett im Haus, Gemüseimporteure, da ist alles, was die Tüte enthält, übriggeblieben und gar nicht erst aus der Küche herausgekommen. Es stand also nicht auf dem Tisch, nur auf der Rechnung. Der Wein ist ein lieber Gruß vom Oberkellner, der gestern abend beim Bankett bediente. Nochmals alles Gute und einen schönen Tag! Dein alter Ernesto, Küchenchef im Grandhotel.

PS. Hast Du heute Frühstücksgäste, denen Du den Honig vorenthalten kannst? Unsere Großmutter hustet wieder entsetzlich...«

Wir sind guter Dinge. Der Geburtstagsbrief des Küchenchefs an den Frühstückskellner hat uns einen guten Auftrieb gegeben. Ich lobe Annettes Umsicht, das Lunchpaket mitgenommen zu haben, das gar nicht uns gehörte. Wenn sowieso die Hühnchen und der Wein in die unrechte Kehle kamen, war die unsere genausogut wie jede andere. Außerdem war das Hotel nicht geschädigt, denn Speise und Trank standen auf der Rechnung, wie wir gelesen hatten. Gott sei Dank nicht auf der unseren. Unsere eigene war hoch genug gewesen, und der köstliche Lunch bot einen guten Abstrich. Das war nun schon die zweite Mahlzeit, die wir auf unserer spanischen Reise umsonst genossen. Wenn es so weiter ging, konnten wir den Schöpfer loben.

Während wir an unseren Hühnern knabbern, kommen Bachars vorbei.

»Haben Sie wieder ein Messer verloren?«

»Nein. Wir picknicken.«

»Guten Appetit! Wir sehen uns vor der Grenze!«

Damit sind sie vorbei, und wir fahren ihnen nach.

Ehe man über eine Grenze fährt, füllt man den Tank randvoll. Das ist eine alte Gewohnheit. Man weiß nie, was an der Grenze geschieht. Zöllner sind unberechenbar, man hat dann wenigstens den Tank voll und kann notfalls, allen Bargeldes entblößt, wieder heimfahren. So hatten wir es in Bozen mit Bachars besprochen, sie waren schon an der Tankstelle und warteten auf uns. Herr Bachar kommt zu meinem Wagen gelaufen, es sind noch fünf, sechs andere Autos zwischen unseren Freunden und uns, er fragt:

»Wollen Sie uns einen großen Gefallen erweisen?«

»Gern.«

»Wir haben in Turin ein kleines Möbel gekauft, das meiner Frau so gut gefiel. Dadurch fehlt uns jetzt der Platz für einen kleinen Koffer. Würden Sie ihn bis Arles mitnehmen?«

»Selbstverständlich«, sage ich.

Annette dreht schnell ihr Fenster herunter und fragt: »Was ist denn drin?«

»Wäsche, Schuhe, ein paar Kosmetika, nichts weiter.«

»Bestimmt nicht?«

»Liebe gnädige Frau, ich werde Ihnen doch keine Umstände bereiten.«

»Also gut.«

»Herzlichen Dank. Wir lassen den Koffer dort vorn neben der Zapfstelle stehen. Ein kleiner brauner Koffer. Auf Wiedersehen in Arles. Wir besorgen Zimmer.«

»Fein!« sage ich.

Bachar winkt zurück, läuft nach vorn, und nach einer Weile fährt er weiter. Wir rücken langsam nach. Es dauert. Endlich ist die Reihe an uns.

»Hoffentlich steht der Koffer noch da«, sagt Annette.

Er steht noch da. Wie besprochen. Direkt neben der Zapfstelle.

»Wenn man den Leuten den kleinen Finger gibt, nehmen sie gleich die ganze Hand«, sagt Annette und deutet hinüber. »Schau her, sie haben sich nicht entblödet, gleich zwei Koffer für uns dazulassen.«

In der Tat, statt des einen, den wir mitzunehmen versprochen hatten, haben Bachars zwei kleine Koffer nebeneinander hingestellt. Eine Zumutung! Ich steige aus, lasse Luft, Wasser und Öl prüfen, bezahle den Tankwart und hebe die zwei Koffer in meinen Wagen. Sie sind unverhältnismäßig schwer. Ich werfe sie auf die hinteren Sitze und fahre weiter.

»Morgen geben wir Bachars zwei Koffer von uns mit«, sagt Annette.

»Warum?«

»Aus Revanche.«

»Es ist doch nur eine kleine Gefälligkeit.«

»Man bittet unterwegs niemand um kleine Gefälligkeiten. Man kann nicht nein sagen, hat unnötige Mühe –«

»Das ist doch keine Mühe, Annette.«

»Du hast die Koffer in den Wagen heben müssen, du mußt sie wieder herausheben, möglichst ihnen noch zum Wagen tragen. Wofür?«

»Wenn man im Leben immer fragen möchte: wofür?«

»Soll das eine Spitze gegen mich sein?«

»Sei nicht so empfindlich!«

Man sieht, wir waren gereizt. Das sind wir immer, wenn wir uns einer Grenze nähern. Ohne Grund werden da die meisten Menschen nervös. Dabei geht heute alles so leicht an der Grenze.

»Haben Sie etwas zu verzollen?«

»Nein.«

»Danke. Gute Reise.«

Meist fragen sie nicht einmal. Trotzdem sind alle Menschen an der Grenze nervös. Wir hatten noch nie Ärger. Doch, einmal, in der Schweiz. Annette hatte ein neues Hemd im Koffer. Der Zollbeamte, der mehr, um etwas zu tun, als um etwas zu finden, sich den Koffer öffnen ließ, fragte, ob das Hemd schon getragen sei.

»Ja. Zweimal. Getragen und gewaschen.«

Der Zollbeamte glaubte es nicht. Wieso denn keine Löcher darin wären? »Die Hemden mit Löchern habe ich daheim gelassen. Ich will in Ihrem Land einen guten Eindruck machen«, sagte Annette. Der Beamte war mit dieser Auskunft nicht zufrieden, sondern hob das zarte Gewebe gegen den Himmel und betrachtete es mißtrauisch. Ein paar andere Beamte traten hinzu, offenbar gefiel ihnen der kecke Schnitt des Hemdes. Annette war sehr geniert. Sie traten mit dem Hemd zur Seite und machten ein paar Witze. Was sie sagten, hörten wir nicht, aber es war sicher unpassend, denn sie lachten, wie nur Männer am Stammtisch lachen. Dann kam der Beamte mit dem Hemd zurück, legte es in den Koffer und sagte abschließend, wie zur Entschuldigung:

»Es wird neuerdings sehr viel geschmuggelt.«

»Getragene Hemden?« fragte Annette spöttisch.

Das hätte sie nicht tun dürfen. Einem Zöllner darf man grob kommen, ironisch nie. Er hat es nicht gern. Er machte also sofort wieder ein dienstliches Gesicht und fragte:

»Wie viele Hemden führen Sie mit?«

»Vierundzwanzig«, sagte Annette.

Da verstand er die Welt nicht mehr und gab uns den Weg frei. Während wir weiterfuhren, fragte ich Annette, warum sie gelogen habe. »Wieso gelogen? Vierundzwanzig Hemden! Aber ich habe doch vierundzwanzig Hemden mit, Johannes, darunter zwölf funkelnagelneue Nylonhemden für deine Cousine Dagmar in Winterthur. Sie hat mich darum gebeten.« Mir wurde hinterher ganz blümerant zumute. Sonst aber hat man uns nie an der Grenze kontrolliert. Wir schmuggeln nicht. Wozu auch? Alles kostet in allen Ländern dasselbe, es lohnt sich nicht. Ja, wenn man es im großen betriebe! Uhren aus Liechtenstein nach Deutschland, einen ganzen Wagen voll. Aber da weiß man nie, wann einem die Stunde geschlagen hat und einer zu uns ins Zimmer tritt, der uns bittet, ihm unauffällig zu folgen. Wir lassen es also. Anders ist es mit Antiquitäten. Da kann ich nie widerstehen. Einmal kaufte ich in Salzburg einen Bischof aus Linz. Er war aus Stein, gute anderthalb Meter hoch und stammte aus dem 17. Jahrhundert. Als wir über die Grenze kamen, saß der Bischof im Auto. Er sei zu verzollen. Nun gut, ich war bereit, wieviel? Was wir dafür bezahlt hätten, wollte der Beamte wissen. »Nichts«, sagte Annette, »er gehört zur Familie, er ist mein Urgroßvater.« »Ein Heiliger Herr?« »Ja, wir sind eine heilige Familie.« »Trotzdem«, sagte der Zöllner und nach einer Weile: »Es ist ein Kunstwerk.« Mir hüpfte das Herz, daß er dies erkannt hatte und meinen Einkauf billigte. »Es ist ein Kunstwerk«, wiederholte er. »Nein«, sagte Annette, »es ist eine Gartenfigur, die Vögel sitzen im Freien auf seinem Kopf. Hier, bitte, sich nur überzeugen zu wollen!« Der Vogelschiß gab den Ausschlag. Der Bischof durfte unverzollt passieren.

Ein Stoppschild. Grenze. Douane. Zoll.

Ich reiche meinen Paß hinaus. Dann das Carnet. Neuerdings kann man sogar im Wagen sitzenbleiben. Es ist alles sehr vereinfacht. Der Beamte gibt den Paß zurück, mit dem Carnet geht er zum Schalter, stempelt es ab, kommt zurück und reicht es mir durchs Fenster.

»Rien à déclarer?«

Nein. Ich habe nichts zu verzollen. Er sieht dem gewölbten Aufbau unseres Wagens an, der Steppdecke vor allem, daß wir Touristen sind. Er geht mehr der Form halber um den Wagen herum, öffnet den Kofferraum, schließt ihn wieder. Annette wird ungeduldig.

»Sag ihm, er soll sich nicht so wichtig machen!«

Leider versteht der französische Zöllner Deutsch. Er läßt sich nichts anmerken, öffnet aber die Tür zum Fond und blickt auf unsere Rücksitze. Er deutet auf den kleinen Koffer und fragt höflich:

»Ihr Koffer, Madame?«

»Wäsche und Schuhe«, sage ich.

Es ist einer der beiden kleinen Koffer von Bachars.

Er hebt den Koffer kurz an. Der Koffer lastet schwer in seiner Hand.

Er bedeutet mir, ihn zu öffnen.

»Plaisir, monsieur«, sage ich und schicke mich an, vom Steuer aus den Koffer zu öffnen. Das Schloß klemmt. Es geht nicht auf. Mir bleibt nichts übrig, als auszusteigen und den Koffer herauszunehmen. Endlich springt das Schloß auf. Ich traue meinen Augen nicht. Von Wäsche und Schuhen und Kosmetika keine Spur. Dicht aneinandergepreßt, ohne Zwischenraum, in kleinen schwarzen Päckchen nichts als Nähmaschinennadeln. Eine typische Handelsware. Tausende von Nähmaschinennadeln. Fabrikfrisch verpackt. Ehe ich dazu komme, etwas zu sagen, nimmt mir der Beamte den Koffer aus der Hand und winkt mir, den zweiten, gleich aussehenden zu öffnen. Dieselbe Geschichte. Abermals Nähmaschinennadeln. Ein Vermögen an Nähnadeln. Ich habe die Sprache verloren. Ich sehe nur die beiden Koffer an und den Zollbeamten. Er winkt mir, ihm mit den Koffern zu folgen. Ich tue es, und Annette

sieht mir nach, als ob sie die Sache nichts anginge. Eine Gemeinheit von diesen Bachars, fluche ich. Schmuggeln Nähnadeln, um sich ihre zweite Hochzeitsreise zu verdienen, und lassen mich reinen Toren die Koffer über die Grenze befördern. Das wird er mir heimzahlen, dieser Hund!

Ich komme noch einmal mit einem blauen Auge davon. Man sieht von einer Strafe ab, verlangt von mir eine Zollerklärung, Fabrikat, Ursprungsland, Bestimmungsland, genaue Stückzahl. Ich schreibe irgend etwas hin, um die Sache nicht zu komplizieren. Bei der Stückzahl komme ich nicht weiter. Ich habe keine Ahnung, wie viele Nähmaschinennadeln so ein Koffer enthält. Nicht einmal schätzungsweise.

Ich deute auf die Zollwaage.

»Wiegen?« frage ich.

»Nein. Die genaue Stückzahl. Zählen bitte!«

»*Mais*– ich bin in Eile!« stoße ich hervor.

Bedauerndes Schulterzucken. Man läßt mich mit meinem Koffer allein und raucht Zigaretten. Der Raum ist überheizt. Mir steht der Schweiß auf der Stirn. Ich öffne ein kleines Päckchen, es enthält genau dreiundzwanzig Nadeln. Warum diese ungerade Zahl? Ich öffne ein zweites Päckchen. Abermals dreiundzwanzig Nadeln. Gott sei Dank, wenigstens das stimmt.

Ich beginne die Päckchen zu zählen und mit dreiundzwanzig zu multiplizieren. Hundert, fünfhundert, tausend, zweitausend zähle ich in den Koffer zurück. Bei viertausend ist der Koffer randvoll. Ich bringe nichts mehr hinein. Sie waren vorher eng gepreßt, Schicht um Schicht gelegt, fachmännisch, ich kann das nicht so gut, ich kann es überhaupt nicht, mir ist zum Übelwerden heiß, ich habe meinen Rock ausgezogen und zähle Päckchen um Päckchen. Eine Stunde zähle ich jetzt schon, viertausend Päckchen habe ich im Koffer, das sind zweiundneunzigtausend Nähmaschinennadeln, der Rest liegt auf der Bank, ich bekomme nichts mehr hinein ... ach was, sollen sie hier liegenbleiben, sage ich mir, ich lasse sie unter den Zolltisch fallen, die Frauen der Zollbeamten werden jetzt ihr Leben lang mit Nähmaschinennadeln versorgt sein. Ich schließe den Koffer und schreibe 92000 mit Zollkreide darauf, auf den zweiten Koffer schreibe ich 100000, es mag so stimmen, und setze die Zahl 192000 in die Zollerklärung ein.

Die Beamten lassen es durchgehen und geben ihre Stempel und Marken darunter. Ich habe ein Vermögen zu zahlen, nun gut, das wird mir Bachar ersetzen müssen, das ist das wenigste. Aber ich bin völlig erschöpft, das Hemd klebt mir verschwitzt am Leibe, meine Krawatte hängt mir wie ein Strick um den Hals, ich bin durstig wie eine Hundeseele, ein Königreich für ein Glas Bier. Aber ich will schnell hier weg. Wer weiß, was ihnen noch einfällt.

Als ich die Zollhalle mit den beiden Koffern verlasse, ist die Sonne hinter den Bergen verschwunden. Ich komme zum Wagen. Annette schläft. Annette schläft wie im tiefsten Frieden, hat von dem Zollkrieg nichts mitbekommen, und als ich jetzt die Tür öffne, erwacht sie und sagt:

»Ich habe etwas Wunderschönes geträumt, Johannes.«

Das macht meine Laune nicht besser. Ich brauche Trost und ermutigenden Zuspruch, Annette aber will mir sofort ihren Traum erzählen. Das ist wieder einer der Augenblicke, wo man sich fragt, warum man geheiratet hat. Ich werfe wütend den Gang ein und stiebe davon. Wir kommen nie im Leben heute mehr nach Arles. Ich rase dahin, daß es schon keine Art ist. Zorn ist schlimmer als Alkohol. Eine Henne muß daran glauben. Soll sie! Mag die Bäuerin, der sie gehört, künftig in den Kuchen ein Ei weniger nehmen, was geht's mich an. In mir kocht es. Ich bin wütend auf Bachar, der mir die ganze Geschichte eingebrockt hat, wütend auf mich, daß ich ihm aufgesessen bin, wütend auf Annette, die mich nicht davor bewahrt hat. Nie wieder im Leben erweise ich einem Menschen Gefälligkeiten. Ich bin gründlich kuriert. Hundertzweiundneunzigtausend Nähnadeln! Mich sticht es, als ob ich sie in der Hand hätte.

»Hinten will einer vorbei!« sagte Annette.

Jetzt höre ich auch das ungeduldige Hupen. Im Rückspiegel sehe ich ein kleines Fahrzeug folgen, das das Letzte hergibt, was es hat. Lächerlich, mich von so einem Floh überholen zu lassen! Ich gebe Gas und drehe auf. Aber ich werde ihn nicht los. Er hängt sich an meine Fersen, er jagt hinter mir her wie der Teufel und hupt ununterbrochen. Wo die Straße für mich unübersichtlich wird und ich das Gas wegnehme, holt er auf. Mich macht das mit der Zeit nervös.

»Laß ihn doch vorbei!« sagt Annette.

Gut, soll er die Freude haben, wenn sein ganzer Stolz darin liegt. Ich nehme das Gas weg, fahre rechts heran und lasse ihn an mir vorbei. Als er auf der gleichen Höhe ist, ärgere ich mich, daß ich es getan habe. Der Fahrer des kleinen, verwegenen Fahrzeugs hat das Fenster heruntergelassen und bedroht mich mit der Faust. Eine Frechheit von dem Lümmel, denke ich, ich hatte gar nicht nötig, ihn vorbeizulassen, er hatte weder die Kraft noch die Reserve, mich zu überholen. An sich hätte es mir zugestanden, ihm zu drohen, für das flegelhafte Hupen hinter mir. Aber so sind die Leute. Man läßt sie vorbei, und dann beschimpfen sie uns noch obendrein.

Jetzt schneidet mich der Kerl noch zum goldenen Überfluß, setzt sich unmittelbar vor mich und verlangsamt seine Fahrt. Ich versuche, links an ihm vorbeizukommen, aber er fährt genau in der Mitte und versperrt mir den Weg. Schließlich bleibt er überhaupt stehen, und ich muß kräftig auf die Bremse treten, um nicht aufzufahren.

Ich springe hinaus, ihm meine Meinung zu sagen, da hat er sich schon selbst aus dem Wagen geschwungen und kommt drohend auf mich zu.

»Sie Dreckskerl! Sie Verbrecher!« schreit er mich an.

»He! He!« schreie ich. Mir fallen keine Worte ein.

»Ihnen werde ich Ihr Handwerk legen!« schreit er und fuchtelt mir mit den Händen drohend im Gesicht herum. »Eine feine Kutsche fahren und andere Leute bestehlen!«

Der Kerl muß verrückt sein. Was will er von mir? Das Lunchpaket?

»Geben Sie das Zeug sofort wieder heraus! Aber dalli!« brüllt er.

Ich bin so vor den Kopf gestoßen, daß ich hilflos zu lächeln beginne.

»Welches Zeug?«

»Meine zwei Koffer, die Sie an der Tankstelle mitgenommen haben!«

»Moment!« sage ich. »Die gehören meinem Freund Bachar!«

»Ein Dreck gehört Ihrem Freund! Das sind meine Koffer. Ich hatte sie nichtsahnend dorthin gestellt, während ich ein Glas Bier trank. Als ich zurückkam, erfuhr ich, daß ein blauer Opel sie gestohlen hat. Wollen Sie das leugnen?«

»Natürlich habe ich die Koffer mitgenommen«, sage ich. »Ich hatte den Auftrag, den Koffer dort mitzunehmen, der für mich hinterstellt war.«

»Ersparen Sie sich Ihre dummen Ausreden!«

Ich weiß immer noch nicht, was hier gespielt wird.

Ich frage:

»Was war in den Koffern?«

»Nähmaschinennadeln.«

»Wieviel Stück?«

»Zweihunderttausend. Warum wollen Sie das wissen? Haben Sie sie vielleicht gezählt?«

»Ja«, sage ich kleinlaut, »ich habe sie gezählt, am Zoll.«

Und jetzt kam das Ärgste, was ich für meine Gefälligkeit noch ausstehen mußte. Der Mann wies mir nach und belegte es durch Zollquittung vom gleichen Zollamt und vom gleichen Tag, daß er zweihunderttausend englische Nähmaschinennadeln über Frankreich nach Italien eingeführt hatte. Die Ausfüllung der Zollpapiere in der überhitzten Halle wäre sehr langwierig gewesen, so daß er unmittelbar hinter der Grenze erst einmal ein Bier getrunken hätte, um sich wieder aufzufrischen. In dieser Zeit hatte ich nun die bereits verzollten Nadeln wieder nach Frankreich eingeführt, und er mußte jetzt ein zweites Mal bei der Ausfuhr den hohen Zoll bezahlen. Wir sahen ein, daß uns das Schicksal einen tükkischen Streich gespielt hatte, wir einigten uns im Guten, ich gab ihm meine Zollerklärungen und die Quittung, er solle sehen, was er damit anfangen könne, vielleicht bekam er sie damit wenigstens zollfrei zum zweitenmal über die Grenze. Ich war dreihundert Mark los, auf Nimmerwiedersehen, und hatte alle Hände voll zu tun, ihn loszuwerden, ohne ihm noch eine weitere Zahlung machen zu müssen. Außerdem war er immer noch nicht ganz von meiner Unschuld überzeugt.

»Lassen Sie sich das für die Zukunft eine Lehre sein«, sagte er zum Abschied. »Es ruht kein Segen auf solchen Manipulationen. Sie glücken selten.«

Von Bachars erfuhren wir erst viel später, denn wir sahen sie vor Barcelona nicht wieder, daß sie uns gar keinen Koffer neben die Zapfstelle gestellt hatten.

»Sie haben meinen Mann zu sehr merken lassen, wie wenig angenehm es Ihnen war, uns diese kleine Gefälligkeit zu erweisen«, sagte Frau Bachar. »Da haben wir darauf verzichtet und unseren Koffer lieber selbst mitgenommen.«

Das hat man nun von seinen Gefälligkeiten.

»... heißen wir Sie herzlich in Spanien willkommen. Wie Sie uns aus Arles depeschierten, wollen Sie in Barcelona im Hotel Ritz absteigen. Überlegen Sie es sich gut. Die großen Hotels sind sehr teuer, es gibt in Barcelona unzählige kleine Pensionen, wo Sie nicht den zehnten Teil bezahlen. Ebenso rate ich Ihnen, in den kleinen Restaurants links vom Hafen zu essen, wo Sie für fünfzehn Peseten, das sind nach Ihrem Geld eine Mark fünfzig, ein vorzügliches Menü erhalten, Wein, Brot und Trinkgeld inbegriffen. Geben Sie dann nie mehr, als die Rechnung ausmacht. Das ist in Spanien nicht üblich, die Kellner sind meist mit dem Patron verwandt. Man lacht die Touristen aus, die hohe Trinkgelder geben. Tontos nennt man sie. Dummköpfe.

Sie erwarten sicher einen Rat, was Sie sich in Barcelona ansehen sollen. Die Stadt bietet an sich nichts außer dem gotischen Viertel und den Ramblas. Hier spielt sich in den ersten Abendstunden das ganze Leben und Treiben ab. Sie können sich auf eine der Terrassen der Kaffeehäuser setzen und sich alles ansehen. Bestellen brauchen Sie nichts, wir sitzen immer so. Rufen Sie dem Kellner zu: ›*Mas tarde!*‹, ›Später!‹, er wird Sie in Ruhe lassen. Geben Sie auch kein Geld für eine sogenannte Stadtrundfahrt aus. Die Straßenbahn ist vorzüglich in Barcelona, und in jedem Reisebüro bekommen Sie umsonst einen Stadtplan mit allen Sehenswürdigkeiten. Lassen Sie sich mehrere geben, es ist jeweils eine bunte Ansichtspostkarte beigeheftet, Sie brauchen sich dann keine teuren Postkarten zu kaufen.

Ich möchte Ihnen noch einen Rat geben: Lassen Sie Ihren Wagen nie eine Minute unbeaufsichtigt stehen. Das ist in Spanien zu gefährlich. Geben Sie am besten den Wagen nachts in eine Garage, was zwar auch noch keine absolute Sicherheit bedeutet, denn einem Freund von mir wurde der in einer Garage untergestellte Wagen völlig zusammengefahren. Siebentausend Kilometer waren mehr auf dem Tachometer, sogar die neuen Reifen hatte man ihm ausgewechselt. Am besten, Sie nehmen jeden Abend den Verteiler heraus, das tun viele Touristen, um sich Ärger zu ersparen.

Meine Frau freut sich wie ein Kind auf Sie. Sie hat schon immer etwas für Künstler übrig gehabt. Während der Berliner Olympiade hat sie sogar einmal drei Reihen hinter dem Blonden Hans gesessen. Der Blonde Hans hat sich sogar dreimal zu ihr umgedreht und sie angelächelt. Sie behauptet es wenigstens, ich habe es nicht gesehen. Nun, wir wollen Ihnen schöne Tage auf der Insel bereiten, alles ist für Sie schon hergerichtet. Da Sie nach Ihrer letzten Nachricht Dienstag in Barcelona ankommen und sich sicher erst Barcelona ansehen wollen, schlage ich vor, das Schiff am Mittwoch zu nehmen, um am nächsten Morgen in Palma einzutreffen. Meine Frau

wird ein Festessen für uns vorbereiten, um Ihre Ankunft zu feiern, ich werde Sie am Schiff abholen. Machen Sie sich keine Sorgen, ich werde Sie bestimmt erkennen, denn ein so mächtiger und statiöser Mann wie Sie fällt ja auf…«
Ich lasse den Brief sinken.

»Woher weiß er, wie ich aussehe?«

»Ich habe ihm dein Bild geschickt.«

»Hat er es verlangt?«

»Er nicht. Seine Frau. Vorher schon.«

»Was heißt: vorher schon?«

»Ehe sie uns nahmen. Sie wollte wissen, wie du aussiehst.«

Da hatten wir die Bescherung. Ich bin ja kein Preisochse, den man vorher im Foto sehen will, ehe man ihn kauft. Was geht es die Leute an, wie ich aussehe? Vor allem die Frau, nach der sich der Blonde Hans dreimal umgedreht hat? Ich mache Annette heftige Vorwürfe über ihr Tun.

»Aber sonst hätten sie uns doch nicht genommen, Johannes.«

»Hast du dein Bild auch mitgeschickt?«

»Nein. Man hat keines verlangt.«

»Der Mann steht also unter dem Pantoffel.«

»Wieso?«

»Das verstehst du nicht, Annette. Gott sei Dank.«

Man wird sehen, was sich daraus entwickelt. Jetzt ist es zu spät. Wir können nicht mehr zurück. Wir haben den Austausch angenommen und müssen uns mit den Leuten abfinden, wie sie Gott hat wachsen lassen. Im Augenblick stehen wir in der Halle des Hotels, die Koffer liegen noch im Wagen, ein paar Briefe sind gekommen, darunter der von Jellinecks und auch ein Brief meines Verlegers, der mir mitteilt, daß meine Stücke schlecht gingen und seine Hoffnungen bei der letzten Vorschußzahlung sich nicht erfüllt hätten. Eine Überweisung käme daher für die nächste Zeit nicht in Frage. Ausgerechnet diesen Brief muß man mir von daheim nachschicken. Es hätte genügt, wenn ich es bei meinem Heimkommen im Sommer erfahre. Ich hatte ausdrücklich hinterlassen, mir nur erfreuliche Briefe nachzusenden. Andere mindern die Wanderlust in fremden Ländern und die Selbstverständlichkeit, in einem Prachtbau wie diesem, einem der sieben größten Hotels Europas, abzusteigen.

»Ich werde jetzt ein Zimmer nehmen, Annette.«

»An sich verbietet uns der Brief deines Verlegers –«

Ich beruhige Annette. In Spanien kann man getrost in den besten Hotels absteigen. Man ist vor Überraschungen sicher. Die Regierung setzt die Zimmerpreise fest und überwacht sie. Alle Hotels sind in fünf Klassen eingeteilt, für die einheitliche Preise gelten. Das Ritz war ein Luxushotel wie zehn andere in Bacelona, allerdings das größte und schönste. Daneben gibt es noch das Colon, das Oriente, das Principe und das Majestic, um nur einige zu nennen. Ich hatte in Madrid angefragt und mir auch vom Ritz einen Prospekt schicken lassen. Die besten Zimmer dieser Luxushotels mit eigenem Bad, Toilette, Telefon, Klimaanlage und Etagenkellnern kosteten laut Prospekt mit voller Pension, mittags und abends sechs Gänge, achtzehn Mark. Wenn man ein einfaches Zimmer nahm, war es noch billiger. Ich hatte es schriftlich.

»Geradezu geschenkt!« sage ich.

Annette traut dem Landfrieden nicht.

»Zu verschenken hat keiner etwas.«

Ich lasse mich nicht abschrecken.

»Bedenke den Komfort! In der Schweiz müßte man dafür mindestens vierzig Franken zahlen. Es wäre geradezu eine Sünde, wenn wir es uns entgehen ließen, einmal in unserem Leben für achtzehn Mark wie die Fürsten zu leben. Auf der Insel sind wir dann im Austausch, das kostet uns keinen Pfennig, und für die Heimfahrt wird Gott sorgen.«

»Immer du mit deinem liederlichen Gottvertrauen!« sagt Annette.

Es ist ihr ernst damit. Ich nicke ihr zu und gehe nach links hinüber, wo die Recepción ist. Hier empfängt man die Gäste, wenn sie kommen, und das Geld, wenn sie gehen. Je nachdem, mit was für einem Gesicht hier einer herauskommt, weiß man, ob er gerade angekommen ist oder abreist. Nun, mir kann nichts widerfahren, ich habe es schriftlich, dreimal sogar, einmal von meinem Automobilklub daheim, ein zweites Mal von der Dirección General de Turismo in Madrid und ein drittes Mal vom Hotel auf meine Anfrage direkt. Achtzehn Mark, das ist der Preis.

»Ein Doppelzimmer«, sage ich.

»Sie haben vorbestellt?«

»Nein. Ich –«

»Es war nur eine Frage.«

Der Empfangschef blättert in seiner Kartei.

»Mit Bad«, sage ich.

»Bei uns haben alle Zimmer ein Bad.«

»Wie erfreulich.«

Es ist mir gar nicht aufgefallen, daß der Empfangschef deutsch spricht. Jetzt fällt es mir auf. Ich kann nicht umhin, ich muß ihn fragen:

»Sie sind Deutscher?«

»Schweizer.«

»Die schöne Schweiz!«

»Sie kennen unser Land?«

»Ich schreibe für seine Zeitungen.«

»Sie sind Journalist?«

»Schriftsteller«, sage ich und freue mich, diese Tatsache diskret an den Mann gebracht zu haben. Große Hotels legen Wert auf große Schriftsteller. Jetzt bekomme ich bestimmt einen Vorzugspreis.

»Wie lange bleiben Sie?«

»Ein paar Tage.«

Er nickt und füllt eine kleine Karte aus.

»Zimmer 504«, sagt er und reicht mir die Karte. Er winkt einen Pagen, der den Schlüssel entgegennimmt und uns hinaufführt.

Zwei Fahrstühle sind im Hotel. Welch ein Komfort. Sie sind behaglich und bequem. Sogar ein kleiner goldener Barocksessel steht darin. Annette ist schon eingestiegen, ich muß zurücktreten, um einer Dame den Vortritt zu lassen. Die Dame ist über die Siebzig, riecht aber wie ein Brautbukett. Sie trägt einen Nerzmantel. Annette sieht mich bedeutungsvoll an. Ich weiß, denke ich, wenn wir allein sind, kommt die übliche Szene. Ich habe daheim Annette abgeraten, ihren Persianer mitzunehmen. Im Süden, liebes Kind, habe ich gesagt, wer trägt im Süden Pelze! Wir waren leider unterwegs im Süden schon drei Pelzmänteln begegnet; Annette hatte mich jedesmal darauf aufmerksam gemacht. Ich habe schon dreimal zugeben müssen, daß ich mich in meinem Rat geirrt habe. Das nützt nicht viel, aber wenn einer bekennt, daß er schuld hat, entgeht er weiteren Fragen. Übrigens, wenn ich Annette voriges Weihnachten nicht den Pelz gekauft hätte, wäre ich des ganzen Frage-und-Antwort-Spiels unterwegs ledig gewesen. Man ist als Ehemann immer der Dumme.

Wir kommen im fünften Stock an und schreiten über den Gang. Der Korridor ist hier vornehmer als anderswo der Salon. Dicke rote Teppiche, Provenienz Afghan, bedecken den Boden, kostbare Kommoden und alte Gobelins an der Wand.

So vornehm haben wir noch nie gewohnt. Das ist achtzehn Mark wert.

Der Page geht voraus und öffnet das für uns bestimmte Zimmer. Ich blicke durch die Tür, wir wagen kaum einzutreten, am liebsten hätte ich an die Tür geklopft, so vornehm ist das alles. Ein Vorzimmer, ein Salon, zwei Schlafzimmer, eine gekachelte Toilette, man wagt kaum zu husten... Ich bin von dem Luxus so befangen, daß ich dem Pagen stumm fünfundzwanzig Peseten in die Hand drücke und ihn zur Tür hinausschiebe.

Als wir allein sind, reden wir ganz leise. Als befänden wir uns bei höchsten Herrschaften, die jede Minute eintreten müßten und uns erst auffordern würden, Platz zu nehmen. Annette findet zuerst ihre natürliche Haltung wieder und läßt sich in einen mit Daunen gefütterten tiefen Sessel fallen.

»Hast du den Nerzmantel gesehen, Johannes?«

»Ja«, sage ich schuldbewußt.

»Ich bin jetzt froh, daß ich meinen schäbigen Schriftstellerpersianer daheimgelassen habe.«

Ich weiß nicht, soll ich erleichtert oder beleidigt sein? Ich bin beides. Wir treten auf den Balkon hinaus.

Wir haben von hier aus einen herrlichen Blick auf die Stadt. Links die Türme der Kirche de la Sagrada Familia, rechts die Kathedrale, dazwischen die breiten Avenuen und Plätze mit ihren beleuchteten Springbrunnen, der dunkle Park, vom Hafen her das dumpfe Nebelhorn der ausfahrenden Schiffe und unter uns die flinken Taxis und die roten Straßenbahnen... wir haben es gut getroffen und sind glücklich.

»Wie auf unserer Hochzeitsreise«, sagt Annette.

»Noch schöner.«

»Wie auf unserer Hochzeitsreise«, wiederholt Annette und nimmt meine Hand.

Ich mag an unsere Hochzeitsreise nicht gern erinnert werden. Wir hatten sie vor der Trauung gemacht und dabei allerhand Unangenehmes erlebt. Ich hatte es Annette verborgen, so gut ich konnte. Aber jeden Morgen fand ich beim Frühstück einen Zettel der Hoteldirektion, daß unser Zimmer für den nächsten Abend bereits vergeben und nichts anderes augenblicklich im Hotel frei sei. Man sah uns unser junges, unverbrieftes Glück wohl zu sehr an den Augen an, als daß man darüber hätte hinwegsehen können.

Wir gehen ins Zimmer zurück, das jetzt uns gehört, auf einige Tage unser Zuhause. Hier werde ich nicht so schnell wieder ausziehen, das nenne ich gut angewendete achtzehn Mark. Hier kommt die Muse von selbst zu Gast, um mich zu küssen. Unwillkürlich blicke ich zum Schreibtisch, auf dem vom Hotel ein großer Strauß roter Nelken steht, langstieliger, herrlicher Nelken, eine Briefmappe aus dünnem Saffianleder daneben, mit Briefbögen und Umschlägen, der Name des Hotels aufgedruckt. Annette überlegt schon, wen sie daheim mit diesen Briefköpfen ärgern kann.

»Das hast du großartig gemacht, Johannes! Verzeih meine Kleinmütigkeit!«

Es ist das erste Lob, das mir Annette auf unserer Reise zollt. Ich genieße es. Die Hausdiener bringen inzwischen unsere Koffer. Annette packt aus. Ich stehe im Zimmer herum, rauche eine Zigarette, suche etwas zum Lesen. Da ich nichts finde, nehme ich die kleine Karte mit unserer Zimmernummer, die mir der Empfangschef in die Hand drückte. Ahnungslos betrachte ich sie. Ich lese unsere Zimmernummer, 504, ganz richtig, den Tag unserer Ankunft, wirklich, heute ist schon der Sechsundzwanzigste. Wie doch die Zeit auf der Reise vergeht, jetzt sind wir schon fünf Tage von daheim weg. Ich lese weiter und lese den Pensionspreis für zwei Personen. Zwölfhundert Peseten lese ich. Ja, ja, denke ich, das mag schon sein, in fremder Währung klingt das viel, zwölfhundert Peseten, das sind nach unserem Geld hundertzwanzig Mark. Hundertzwanzig Mark?? Ich fahre zusammen, wie vom Blitz gestreift. Ich springe hoch. Hundertzwanzig Mark, das sind ja – mein Gott! – das sind ja sechzig Mark pro Tag und Nase! Ich muß dreimal schlucken. In meinem Kopf brennt ein Feuerwerk ab. Hundertzwanzig Mark! Zwölfhundert Peseten! Vielleicht hat er sich nur verschrieben, vielleicht ist eine Null zuviel, hundertzwanzig Peseten! Aber nein, das sind dann nur zwölf Mark, dafür können sie uns dieses herrliche Appartement unmöglich geben und das Essen dazu. Es ist auch kein Irrtum, auf der Rückseite der Karte lese ich den Preis von zwölfhundert Peseten ein zweites Mal und hinter der Tür unseres Zimmers zum drittenmal. Ich reiße die Karte schnell von der Tür herunter, ehe Annette sie erblickt, die im Schlafzimmer ihre Kleider in den Schrank hängt.

»Ich bin sehr glücklich, Johannes!« ruft sie vergnügt herüber.

Ich kann, da mir der Schreck noch in allen Gliedern sitzt, nicht antworten.

»Hörst du mich, Johannes?«

»Ja.«

Der Ton kommt gequetscht heraus, ich wiederhole ihn, mit Anstrengung frage ich:

»Bist du glücklich?«

»Ja. Sehr. Du bist ein großartiger Reisemarschall.«

Noch immer stehe ich da mit der Karte in der Hand. Wir müssen sofort ausziehen. Es hat gar keinen Sinn. Sechzig Mark für eine Nacht im Hotel – man ist doch kein Krösus. Also schleunigst verschwinden. Aber wie soll ich es meiner Frau sagen? Ich stehe entsetzlich blamiert vor ihr. Soeben hat sie mich noch gelobt. Mein Gott, hilf mir! Was soll ich tun? Ich starre immer wieder die Karte an. Vielleicht ist es doch ein Irrtum? Aber ja, was will ich denn, ich habe es ja schriftlich. Schwarz auf weiß. Die Leute haben einfach versucht, mich zu prellen! Mehr zu bekommen, als sie zu bekommen haben. Das macht man oft so auf der Welt. Wenn man es ihnen dann sagt, entschuldigen sie sich. Ein Versehen, Sie verstehen, verzeihen Sie! Ein Versehen, ich verstehe, ich verzeihe. Ich werde sofort hinuntergehen und die Sache in Ordnung bringen. Das wäre doch gelacht, wenn ich mich hier hochnehmen ließe!

»Ich gehe schnell einmal hinunter, Annette!«

»Was willst du unten?«

»Briefmarken kaufen.«

»Ja, tu das, Johannes!«

Jetzt laufe ich über den Gang. Die kostbaren Teppiche und die wertvollen Möbel beeindrucken mich überhaupt nicht mehr. Ich warte auch nicht auf den Lift, der goldene Sessel ist ein Unfug, ich eile die Treppe hinunter. Stock für Stock. Mir ist gar nicht recht wohl zumute. Ich bin nun einmal kein Held. Mir fehlt die Zivilcourage. Auch wenn ich im Recht bin wie hier, ist es mir äußerst peinlich, mich als armen Heinrich aufzuführen, für den hundertzwanzig Mark eine Rolle spielen. Man ist hier sicher Gäste gewöhnt, die mit Pfundnoten um sich werfen und die sich, wenn sie eine Zeitung kaufen, auf den Dollar nichts zurückgeben lassen. Aber es muß sein.

Wäre ich etwas Vernünftigeres geworden statt Stükkeschreiber, Strumpfgrossist beispielsweise oder Eierimporteur, könnte ich jetzt in die Bar gehen und mit einem Whisky, was in Spanien das teuerste ist, den Ärger einfach hinunterspülen.

In der Recepción steht mein Freund von vorhin. Er nickt mir herzlich zu. »Ich hoffe, Sie sind zufrieden, Herr Neumann. Haben Sie einen Wunsch?«

»Ja. Ich habe einen.«

»Schon erfüllt, Herr Neumann. Sie sollen sich bei uns wohlfühlen.«

Ich nehme allen Mut zusammen und stoße hervor:

»Was kostet mein Zimmer?«

»Mit voller Pension zwölfhundert Peseten. Ich habe es Ihnen aufgeschrieben.«

»Ich habe es auch gelesen. Aber es kann doch nicht stimmen. Hier ist Ihr Prospekt, den Sie mir geschickt haben. Hier ist die amtliche Hotelpreisliste. Hier sind die Preise, dic in Deutschland der Automobil-Klub für spanische Luxushotels nennt. Bitte, hier steht Ihr Hotel, Hotel Ritz, Barcelona – Zimmer mit Bad und Pension hundertachtzig Peseten.«

Der Empfangschef ist von meinen Ausführungen keineswegs beeindruckt. Er kommt auch nicht in Verlegenheit. Durchaus nicht. Er bleibt liebenswürdig und freundlich, lächelt mich wie einen Mitverschworenen an und sagt mit besonderer Grazie:

»Propaganda, mein Herr!«

Ich bin durch diese Antwort und die Art, wie er sie mir gibt, so beeindruckt, daß ich mich bei ihm noch für die Auskunft bedanke. *»De nada«*, sagt er, »gern geschehen.«

Ich ziehe mich zurück. Unverrichteterdinge. Was soll nun werden? Ich stehe vor der großen Glastür und schaue auf die Straße hinaus. Vor dem Hotel steht mein Wagen. Mein Blick schweift über sein Dach hinweg, auf dem immer noch die Steppdecke liegt, und ich sehe an der gegenüberliegenden Hauswand ein großes Schild. »Dirección General de Turismo, Madrid« steht darauf. Ich greife in meine Tasche und finde den Brief aus Madrid mit dem gleichen Aufdruck. Das ist die Rettung!

Schnell trete ich aus der Tür, gehe zum amtlichen Reisebüro hinüber und klage meine Not. Monsieur Jorg Brandts ist mir sofort behilflich und ruft das Hotel an. Er sagt in spanischer Höflichkeit, wobei er mir zulächelt und die Worte langsam spricht, damit ich sie auch verstehe, daß ich ein berühmter Schriftsteller sei und über Spanien zu schreiben beabsichtige. Er lauscht auf die Antwort und winkt mir zu, mich nicht länger zu beunruhigen. Das Telefongespräch dauert sehr lange. Ich verstehe kein Wort von dem, was gesprochen wird. Und es wird viel gesprochen, sehr lebendig sogar. Aber nach einer Viertelstunde ist alles geregelt. Ich gehe ins Hotel zurück und bekomme das Zimmer zwar nicht für achtzehn Mark, aber doch wesentlich billiger. So billig, daß es für dieses herrliche Hotel wirklich geschenkt ist. Man hofft, sagt der Empfangschef, daß ich mich für das Entgegenkommen revanchieren und etwas über sein Hotel schreiben werde. Ich habe es hiermit getan.

Als ich ins Zimmer zurückkomme, fragt Annette:

»Hast du die Briefmarken?«

»Welche Briefmarken?«

»Du bist doch deswegen hinuntergegangen.«

»Mein Gott!«

»Du wirst auch von Tag zu Tag vergeßlicher, Johannes!«

Ich gebe Annette schnell einen Kuß, das hat sich in unserer Ehe bewährt. Vor allem darf Annette nie erfahren, was wir hier wirklich bezahlen müssen. Sie weiß es bis zum heutigen Tag noch nicht und glaubt immer noch, daß wir damals für achtzehn Mark am Tag wie im Film gelebt haben.

Sie ist natürlich nicht undankbar. Sie erzählt es weiter. Allen Freunden und Bekannten, wen immer sie trifft. Sie hat mit dieser Erzählung schon viele ermuntert, nach Barcelona zu fahren und im Hotel Ritz abzusteigen. Für achtzehn Mark täglich. Schreibt mir gleich, wie es euch gefällt! Keiner hat geschrieben. Das hätte Annette auffallen müssen. Aber wenn die Spanienreisenden dann heimkamen und daran zurückdachten, was sie hatten zahlen müssen und was sie dafür bekommen hatten, waren sie Annette für ihren Rat trotzdem dankbar. Sie nannten sie nur eine kleine *poeta*, eine kleine Dichterin. Wenigstens, was die achtzehn Mark Pension betrifft.

Doch soweit sind wir noch nicht. Wir haben noch keine Mahlzeit zu uns genommen, wir sind erst eine Stunde im Hotel, und Annette ist noch beim Kofferauspacken. Plötzlich, wie aus heiterem Himmel, ich erhole mich gerade von dem ausgestandenen Schrecken, sagt sie:

»Ich habe mit dem Oberbürgermeister von Barcelona telefoniert.«

»Wie bitte?«

»Ich habe mit dem Oberbürgermeister telefoniert. Er erwartet uns in einer halben Stunde.«

»Was heißt das?«

Ich bin ernstlich wütend. Acht Stunden Fahrt liegen hinter mir, durchs Gebirge, bergauf und bergab, die Costa Brava entlang, über aufgerissene Straßen, durch enge Dörfer, dann die Einfahrt in die große fremde Stadt. Ich hatte mich natürlich wieder verfahren, wie konnte es anders sein, ich fuhr nach dem Stadtplan, und da ich ihn nicht zu lesen verstehe, kamen wir am anderen Ende von Barcelona wieder ans Meer, ohne in der Stadt selbst gewesen zu sein. Wir fuhren wieder zurück, diesmal dirigierte Annette, immer der Straßenbahn nach, das ist eine alte Weisheit in neuen Städten, die Straßenbahn führt immer irgendwie ins Zentrum, unsere Straßenbahn aber fuhr auf den Friedhof, wer konnte das wissen, sie sah so fröhlich aus... Endlich aber fanden wir das Hotel. Mehr durch Zufall. Ich wußte nicht mehr weiter, trat erschöpft auf die Bremse und sagte: »Laß uns einen Kaffee trinken und nach dem Weg fragen!«, da sah ich auf und stand vor dem Hotel. Ich dankte Gott für die Fügung, später erfuhr ich, daß in Barcelona alle Wege am Hotel Ritz vorbeiführen, es liegt im Schnittpunkt.

»Träum nicht, Johannes! Zieh dich um!«

»Ich denke nicht daran.«

»Wir können den Oberbürgermeister nicht warten lassen.«

Wir hatten eine Empfehlung an den Oberbürgermeister von Barcelona. Der spanische Konsul in München hatte sie uns gegeben. Annette war sofort Feuer und Flamme.

»Das wird ein Leben, Johannes!«

»Wieso?«

»Wir werden in den feinsten spanischen Kreisen verkehren.«

Wenn ich etwas verabscheue, dann feinen gesellschaftlichen Umgang, Besuche machen und Besuche empfangen. Man weiß nie, was man reden soll, wohin mit der Asche und wann der Moment gegeben ist, einen kräftigen Witz vom Stapel zu lassen. Ich setze mich dabei oft zwischen die Stühle. Annette ist anders, Annette ist mehr für das Vornehme.

Was sie daheim nicht hat, erhofft sie sich jetzt von der Empfehlung an den Oberbürgermeister.

»Das ist doch eine Dummheit, Annette! Erstens ist es schon sechs Uhr, also viel zu spät für einen Besuch…«

»Wir sind in Spanien, Johannes. Ich habe gelesen, vor vier Uhr gehen nur die Schweine und die Ausländer aus dem Haus. Um sechs Uhr ist Besuchszeit.«

»Ich möchte aber wenigstens vorher ein Bad nehmen.«

»Was? Jetzt um sechs Uhr?«

»In Spanien badet man um sechs.«

»Woher hast du diese Weisheit?«

»Aus derselben Quelle, der du entnommen hast, daß man um sechs Uhr offizielle Besuche macht. Wir verschieben den Besuch beim Bürgermeister auf morgen.«

»Unmöglich. Ich habe uns angemeldet.«

Wir streiten hin, wir streiten her. Ich lasse das Wasser in die Badewanne, Annette läßt es wieder aus. Ich behaupte mich. Versuche es wenigstens. Ich stelle mich nachgiebig, dann springe ich, während Annette in ihrer Aufmerksamkeit nachläßt, ins Badezimmer zurück und riegle die Tür ab. Ich drehe das Wasser wieder auf. Der Wasserhahn grunzt höhnisch, ein tiefes Gurgeln, es kommt kein Wasser. Kein warmes und kein kaltes. »Spanien!« fluche ich.

Zwanzig Minuten später sind wir beim Oberbürgermeister. Der Oberbürgermeister ist für uns nicht zu sprechen. Annette hatte nur mit seinem Sekretär telefoniert. Das hatte sie mir verschwiegen.

Der Sekretär, ein Grande zumindest, wenigstens gibt er sich so, fragt:

»In welcher Angelegenheit, mein Herr?«

»Wir haben eine Empfehlung und sollen Grüße bestellen.«

»Ich werde sie gern ausrichten.«

»Wir hätten lieber persönlich –«

»Leider völlig unmöglich. Ich bin verzweifelt, Ihnen nicht dienen zu können. Der Herr Oberbürgermeister ist voll in Anspruch genommen. Das Wohl der Stadt…«

»Aber mein Mann hat eine persönliche Empfehlung vom spanischen Konsul«, mengt sich jetzt Annette ins Gespräch.

»Die bekommen Sie im Ausland zu jedem spanischen Visum. Unsere Konsularbeamten sind dazu angehalten. Sie ist praktisch ohne Wert.«

»Wozu gibt man sie dann?«

Der Grande antwortet liebenswürdig:

»Aus Höflichkeit, mein Herr.«

Ich stehe mit Annette wieder auf der Straße.

Ich bin von Spanien begeistert. Das war ein Zwischenfall nach meinem Sinn. Annette ist den Tränen nahe.

»Jetzt ist es wieder nichts mit dem gesellschaftlichen Anschluß! Wir werden wieder wie daheim mit Krethi und Plethi an einem Tisch sitzen, wie du es vorziehst. Du machst ja immer so sonderbare Bekanntschaften. Ich bin gespannt, wen du diesmal wieder daherbringst.«

»Wir werden sehen«, sage ich.

Wir bummeln die Ramblas hinunter, die berühmten Straßen Barcelonas, den Boulevards von Paris nachgebildet. Nur daß hier die breite Mitte unter den mächtigen Platanen den Fußgängern vorbehalten ist, den Spaziergängern, dem Flirt, der Promenade, den großen Zeitungskiosken und daneben den Blumenfrauen mit Bergen roter, rosafarbener, gelber und weißer Nelken. In großen Körben liegen die mit ihrem süßen Duft die Ramblas erfüllenden goldenen Mimosen und darunter Sträuße bunter Anemonen auf dem dunklen Stein. Ein Korso von zwei Kilometern Länge, Stuhlreihen rechts und links, die vollbesetzt sind, Mütter, Kinder, Zeitungsleser, Müßiggänger und Geschäftsleute, zu ihren Füßen die Schuhputzer, die *limpiabotas*, schwarze Gesellen, eifrig bemüht, für zwei Peseten – zwanzig Pfennig, kein Kellner nimmt bei uns daheim ein so kleines Trinkgeld entgegen – die Schuhe wieder auf Hochglanz zu bringen. Dazwischen bieten Vogelhändler Singvögel in reicher Auswahl an, Hunderte von kleinen Käfigen mit gelben Kanarienvögeln und grünen Wellensittichen, eine Mark fünfzig der Vogel, der Käfig kostet das gleiche, daneben hängen an kurzen Stangen mit Wasser gefüllte, durchsichtige Frischhaltebeutel, in denen Goldfische schwimmen, zum Mitnehmen, zum Aussuchen, ein Riesengurkenglas mit lebenden Fröschen, stückweise und im Dutzend zu haben, eine große Kiste mit Schnekken, frisch von der Farm. Wir gehen hinunter von der Plaza de Cataluña mit ihrem Springbrunnen und ihren lustigen Wasserspielen, die schon beleuchtet sind, wie flüssiges Silber fällt das Wasser im Licht. Wir bummeln den lärmenden Korso hinunter, bis zu der hohen Säule, die man dem Andenken des großen Kolumbus errichtet hat, wir kehren um, sehen rechts und links die engen, schmalen Gassen in die Wohnviertel abzweigen, ohne Gehsteig, kaum breit genug für einen Wagen. Sie führen in das gotische Viertel, in die Altstadt. In der Höhe der Markthalle, in der Fischhändlerinnen mit kostbaren, handgestrickten, blütenweißen Spitzentüchern rote Langusten und weiße Tintenfische verkaufen, entdecke ich ein Kaffeehaus mit Stühlen auf der Straße. Ich finde einen freien Tisch, eine angenehme Möglichkeit, hier auszuruhen und den bunten Korso an sich vorüberziehen zu lassen, Matrosen aus aller Herren Länder, den Namen ihres Schiffes an den Mützenbändern, Japaner, Mulatten, Inder, Seefahrer mit ihrer gegerbten Haut, dazwischen Mädchen, zu dritt und zu viert meist, *guapas*, Schönheiten, wie ihnen die Männer ungeniert zurufen.

Ich habe mir soeben am Kiosk die neueste Nummer einer deutschen Automobilzeitung gekauft und finde darin auf der ersten Seite den Reisebericht eines deutschen Touristen über Barcelona. Der Bericht liest sich leicht und angenehm, es ist ein Vergnügen besonderer Art, über ein neues Land im neuen Land selbst zu lesen. Ich habe die berühmten Ramblas vor mir, über die ich lese. Ich sitze auf ihnen und lese, wie einer auf den Ramblas im Freien auf einem Stuhl sitzt und sich die Schuhe putzen läßt. Auch vor mir sitzt im Augenblick ein *limpiabotas* und putzt meine Schuhe. Es ist in der Tat ein Vergnügen, sich in Spanien die Schuhe putzen zu lassen, eine artistische Schau höchster Vollendung, wenn man zusieht, wie die Bürsten durch die Luft von der einen Hand in die andere knallen, wie die straffgezogenen Lappen das Leder in frischem Glanz erstrahlen lassen. Selbst ein uralter Schuh sieht nach dieser Manipulation wie neu aus, als hätte man ihn soeben im Schuhgeschäft erstanden. Schuhe, die man daheim wegwerfen würde, kein Bettler nähme sie mehr als milde Gabe – in Spanien erwachen sie zu neuem Leben und werden wieder der Stolz ihrer Besitzer.

Nun, ich trage diesmal keine alten, ich habe meine neuesten Schuhe an, für ein großes Stück Geld gerade daheim gekauft, das Beste an Maßarbeit. Ich trage nur Schuhe nach Maß, die Leute beurteilen einen nach dem Schuhwerk, das man trägt, einen Stückeschreiber zumal, der sowieso schon verdächtig ist, da ihm der bürgerliche Hintergrund fehlt. Ich rede mir das ein, in Wirklichkeit aber kann man Schuhe nach Maß schuldig bleiben, während die Schuhgeschäfte für ihre Ware stets bare Münze verlangen, es sei denn, ich kaufe meine Schuhe bei Löffelmann, der mir nie eine Rechnung schickt und mich nie mahnt. Mein Foto hängt bei ihm im Laden neben der Kasse, sozusagen als diskreter Hinweis »Hier wird Kredit gewährt«, denn wer mich als Kunden dort hängen sieht, weiß, daß der Geschäftsmann mit unsagbarer Langmut begabt sein muß, wenn er solche Kunden wie mich besitzt. Auch mein Schneider hat so ein Foto in seinem Atelier hängen, und wenn einer ihn fragen sollte, wen das Bild darstellt, wird er wahrscheinlich die Hände über dem Kopf zusammenschlagen und resigniert antworten: »Wenn ich mehrere solcher Kunden hätte, könnte ich mein Geschäft zumachen!« – Mein Gott, wie fern ist das jetzt alles hier in Spanien. Ich sitze auf den Ramblas, einer putzt meine funkelnagelneuen Schuhe, erst zweimal getragen, er wird nicht müde, das Fett bis in die kleinsten Falten des Leders einzumassieren. Ich lese dabei meine Zeitschrift und muß plötzlich auflachen.

»Was hast du?« fragt Annette. »Kitzelt er dich?«

Ich deute vergnügt auf eine Stelle des spanischen Reiseberichtes.

»Da hat einer wie ich«, sage ich und kann vor Lachen und Pusten kaum reden, »sich aus reinem Spaßvergnügen seine Schuhe auf den Ramblas putzen lassen. Er liest dabei seine Zeitung und spricht mit seiner Frau, genau wie ich es jetzt tue... und auf einmal, ehe er sich dessen versah, hat der Schuhputzer blitzschnell die guten Absätze heruntergerissen und ihm dafür neue, abscheuliche Gummiabsätze draufgenagelt und eine schwarze Gummisohle dazu und dann fünfzig Peseten verlangt! So einen Trottel muß man weit suchen, der nicht merkt, wenn man eine solche Gaunerei mit ihm anstellt. Mir könnte so etwas nie passieren.«

Ich schüttle mich noch immer vor Lachen, da ist der *limpiabotas* fertig mit seiner Arbeit. Ich reiche ihm zwei Peseten, nein, drei, eine Peseta als Trinkgeld. Er weist das Geld empört zurück.

»No! No!« sagt er immer wieder. *»No! No!«*

»Er geniert sich, ein Trinkgeld zu nehmen«, sage ich zu Annette.

»In Spanien sind selbst die Schuhputzer Caballeros.«

Ich drücke ihm die drei Peseten erneut in die schwarze Hand.

»Da! *For you!* Trinkgeld! Gluckgluck!«

Ich mache ihm die Geste des Trinkens vor.

»No!« sagt er und sagt es diesmal energisch. *»Cincuenta pesetas!* Fünfzig!«

Er deutet dabei auf meine Schuhe. Ich folge seinem Blick und erstarre. Um Gottes willen! Meine schönen neuen Maßschuhe sind nicht wiederzuerkennen. Abscheuliche, schwarz-weiße Gummiabsätze, eine schwarze, dicke Gummisohle, uneben, wulstig, mit gelben Riesenzwecken angeschlagen, die Sohle geht nicht einmal bis zum Rand, nach allen Seiten fehlt ein Zentimeter, er hatte sie wohl nicht in meiner Größe vorrätig. Ich schwanke wie ein Schiff, als ich jetzt aufspringe... meine besten Schuhe! Und ich hatte, während dies mit mir geschah, noch darüber gelesen und mich lustig gemacht! In der gleichen Minute! Kaum eine Stunde in Barcelona, und schon bin ich dem gleichen Trick aufgesessen wie hundert andere vor mir. Aber sie waren nicht gewarnt. Ich war gewarnt. Ich halte es schwarz auf weiß in der Hand. Wenn ich es einem später erzähle, er glaubt es mir nicht.

Aber ich gebe nicht klein bei. Ich weigere mich. Ich schüttle den Kopf, ich schüttle den Fuß, ich schüttle drohend meine Fäuste, ich bemühe mich vergeblich, es ihm begreiflich zu machen. Ich blicke mich hilfesuchend um, ob keiner käme, der Deutsch und Spanisch zugleich spricht. Aber es sind nur Schuhputzer, die zu uns treten, Kollegen des schwarzen Gesellen, Zunftbrüder, jetzt sechs Stück an der Zahl. Sie umringen mich, und jeder einzelne hebt mein Bein hoch, betrachtet die geleistete Arbeit sachkundig und nickt lobend:

»*Si! Si! Muy bien!* Prima!«

Da jeder dabei eines meiner Beine hochhält, bis

zur Höhe seiner Augen, sitze ich wie ein geprellter Frosch auf meinem Stuhl und kann mich nicht rühren. Ich zahle. Man ist es zufrieden und läßt meine Beine wieder los. Ich greife in die Tasche und ziehe einen Hundertpesetenschein hervor. Der *limpiabotas* kann mir nicht herausgeben und will wechseln gehen. Aha! Ein neuer Trick! Diesmal falle ich ihm nicht darauf herein. Ich stemme meine Füße fest auf die kleine schwarze Schuhputzbank, mit der er seinem Geschäft nachgeht. Er wird sein Handwerkszeug nicht im Stich lassen. Er aber trifft keine Anstalten, die Bank mitzunehmen, was mich beschämt. Er kommt zurück und überreicht mir sechzig Peseten. Er hat in der Zwischenzeit vergessen, daß er fünfzig verlangt hat. Jetzt nimmt er nur vierzig, und ich habe auf einmal die Empfindung, ein gutes Geschäft gemacht zu haben. So sind sie, die Touristen!

»Typisch!« sagt Annette, die den Ärger mit dem Oberbürgermeister noch nicht verwunden hat.

»Wieso typisch?«

»Das kann nur dir passieren!«

Wir haben das Kaffeehaus verlassen. Ich schwanke neben Annette her.

»Was ist mir dir? Bist du betrunken?«

»Es sind die neuen Sohlen. Sie sind zu kurz.«

»Man geniert sich ja geradezu mit dir.«

Ich stecke den Tadel ein. Es hat keinen Sinn, mit

Annette zu rechten. Wir gehen zum Hafen hinunter, denn wenn eine Landratte in eine Hafenstadt kommt, will sie zuerst die Schiffe sehen. Der Hafen liegt im Dunkeln.

»Hier ist die Welt zu Ende«, sagt Annette.

»Im Gegenteil, hier begann einmal die neue Welt«, sage ich und deute auf ein altes Schiff, das, von einem Lichtkegel angestrahlt, im Wasser liegt. »Von dieser Stelle aus fuhr Kolumbus nach Indien und entdeckte Amerika.«

»Immer deine Schulweisheiten!«

»Wir stehen vor seinem Schiff. Es ist historischer Boden.«

In der Tat, so ist es. Ich bin selbst ganz überrascht. Ich hatte es nicht erwartet. Vor uns, auf den Wellen, mit einem schmalen Steg zum Land für Neugierige, die sich ihre Neugier drei Peseten kosten lassen wollen, schaukelt leise im Abendwind die »Santa Maria«, das Segelschiff, auf dem Kolumbus Amerika entdeckte. Man hat es hier als Sehenswürdigkeit am Kai vertäut. Kurz und gedrungen liegt es im Wasser, wie ein vollgefressener Mops sieht es aus, zwei Rettungsringe mit dem Namen des Schiffes hängen an der Reling, und wer von den Besuchern will, darf auf die Kommandobrücke treten, das Steuerrad in die Hand nehmen und sich als kleiner Kolumbus fühlen.

»Sieh nur das alte Holz!« ruft Annette begeistert.

»Und wie gut erhalten!« sage ich neidvoll. »Wenn

ich an unsere Einbaukästen daheim denke, die erst fünf Jahre alt sind und schon Sprünge aufweisen!«

Der bürgerliche Gedankenflug wird von der Andacht dieser Stunde verschluckt. Wir stehen ergriffen vor diesem Denkmal mittelalterlicher Schiffsbaukunst, und ich erzähle Annette alles, was ich noch aus Schulzeiten von der Entdeckung Amerikas weiß. Ich gebe meiner Verwunderung Ausdruck, daß das Schiff nicht im Baedeker erwähnt ist, nach meiner Meinung verdient es drei Sterne. Hier zu stehen, ist ein gewaltiger Eindruck. Jahrhunderte wehen uns an. Wir fassen uns an der Hand, wir armseligen Lebewesen, die nur noch ein paar Jahre auf der Erde sein werden. Das Schiff vor uns aber hat schon hier gelegen, als unsere Urgroßväter mit Murmeln spielten. Es wird hier liegen, wenn unsere Urenkel selbst Großväter geworden sind... Wir sind mächtig beeindruckt. Annette sagt es auch.

»Ich bin mächtig beeindruckt, Johannes!«

»Das sind die Momente im Leben, in denen man sich der eigenen Unzulänglichkeit bewußt wird«, sage ich ernst und meine es auch.

Es macht uns nichts aus, daß wir eine Stunde später im Hotel erfahren, daß dieses Schiff gar nicht das Schiff des Kolumbus war und niemals den Hafen dieser Halbinsel verlassen hat. Es wurde vor acht Jahren von einer Filmgesellschaft gebaut, als man den Film Kolumbus drehte. Wir taten, als hätten wir es gewußt.

Fünf Tage sind wir bereits in Barcelona. Wir haben für Sonntag Karten für einen Stierkampf. Wir wollen ihn uns nicht entgehen lassen und haben bereits Jellinecks verständigt, daß wir erst nächsten Montag ankommen. Außerdem sind wir von dem Hotel so beglückt, daß wir nicht ausziehen wollen.

»Für achtzehn Mark, Johannes!«

»Eben. Eine einmalige Gelegenheit.«

Ich habe Annette noch immer nichts gesagt.

Wir sind hier schon ganz zu Hause. Nur mit der Tageseinteilung kamen wir zuerst nicht zurecht. Das Abendessen, zum Beispiel, findet in Spanien erst um zehn Uhr statt. Jedenfalls nicht vor zehn Uhr. Wer nach Mitternacht kommt, kommt gerade zurecht.

Annette mochte am zweiten Abend nichts essen und ließ sich eine Portion Tee und zwei trockene Zwieback aufs Zimmer kommen. »Wie ich dich kenne, Johannes –«

»Wie kennst du mich?«

»Du wirst dir Barcelona bei Nacht ansehen wollen.«

Ich bedankte mich bei Annette und eilte aus dem Haus. Ich hatte bei unseren Tagesspaziergängen ein paar Lokale entdeckt, die mir Vergnügen versprachen, kleine Bars mit jungen Mädchen hinter den Fenstern, rotes Licht über dem Nummernschild des

Hauses, für Erfahrene ein untrügliches Zeichen, daß dieser Ort der Lebensfreude dient. Andalucía nennen sich hier die Nachtklubs, Calipso, Tito, Pirata. Das Lokal, das ich betrat, hieß Bar Felipe. Ich setzte mich an die Theke und nahm einen Cognac. Es war kurz vor zehn Uhr. Es ist eine alte Gewohnheit von mir, in Nachtlokalen, in denen keine Preise aufliegen, das erste Getränk sofort zu bezahlen. Man fällt dann nicht so leicht herein.

»Fünf Peseten«, sagte der Mixer.

Ich war hocherfreut ob der Billigkeit und bestellte sofort einen zweiten und dritten Cognac, für fünfzig Pfennig das Glas, das kann man sich leisten. Ich trank auch noch einen vierten und fünften. Es war inzwischen zehn Uhr geworden. Ich war nicht mehr allein. Rechts und links von mir an der Bar saßen spanische Tänzerinnen in ihren prachtvollen Gewändern. Sie waren alle reizend zu mir, als ob wir uns schon Jahre kennen würden, plapperten und redeten auf mich ein, obwohl ich kein Wort Spanisch verstand. Eine von ihnen, Mercedes, ein Prachtweib, streifte mir zwei Kastagnetten über den Daumen und lehrte mich mit viel Lachen und naher Zärtlichkeit, wie man sie bedient. Es ging ganz leicht. Mit der rechten Hand, vom kleinen Finger anfangen, eins, zwei, drei, vier und dann einmal mit der linken Hand fünf! Bald holte Mercedes ein zweites Paar Kastagnetten aus ihrem weiten Rock hervor, eigentlich unter dem Rock, wenn ich genau sein will, und wir begannen, von der Musik begleitet, kastagnettenschlagend zusammen einen Flamenco zu tanzen. Rings um uns bildeten die anderen Tänzerinnen einen Kreis, klatschten mit den Händen den Takt und feuerten uns mit ihren heiseren Stimmen an. Der Kellner, wie ein Torero gekleidet, sang und stampfte mit den Füßen, daß es knallte, als ob er Zündplättchen unter den Absätzen hätte, alle riefen »Olé!«, und ich muß gestehen, ich habe mich selten so gut unterhalten. Auch die anderen unterhielten sich prächtig. Man möge bitte bedenken, daß ich von mächtiger Statur bin, gute zwei Zentner wiege und mich also nicht gewöhnlich mit den Kastagnetten ausnahm. Allerdings, der Cognac floß dabei in Strömen. Sogar den Musikern und dem singenden Kellner ließ ich mehrmals einschenken. Für fünfzig Pfennig das Glas, dachte ich mir, das ist der Spaß einmal im Leben wert.

Ich war nicht betrunken, als ich gegen zwölf Uhr die Rechnung verlangte. Um zwölf Uhr beginnt die Fiesta, das eigentliche Programm, dem ich nicht beiwohnen wollte. Ich hatte meinen Spaß gehabt, außerdem hatte ich noch nicht zu Abend gegessen und wollte gehen.

»*La cuenta!*« »Die Rechnung!«

Der Mixer rechnete einundvierzig Cognacs, nun gut, das konnte ungefähr stimmen. Das Glas zu fünf Peseten, macht zweihundert Peseten, zwanzig Mark, kein Hauskauf. Einmal ist keinmal. Der

Abend war schön gewesen. Man hat wieder etwas daheim zum Erzählen.

Der Mixer verlangte *ochociento veinte pesetas.*

»Wie bitte?« fragte ich.

Die spanischen Zahlen hatte ich sicherheitshalber gelernt. Aber diese Zahl erschien mir ungewöhnlich.

»Ochociento veinte pesetas«, wiederholte er.

Er sprach sicher mallorquinisch, das sich vom Spanischen gewaltig unterscheidet. Nach meiner Zahlenkenntnis hieß *ochociento veinte* achthundertzwanzig Peseten. *»Si, si, ochociento veinte!«* sagte der Mixer und schrieb die Zahl auf.

»Mais – mais – mais –«, sagte ich und fiel vor Schreck ins Französische oder gab, wie man es auffassen will, reine Urlaute von mir, *»un cognac cinco pesetas!«*

»O nein«, sagte der Mixer und verstand plötzlich prächtig Deutsch, »der Preis gilt nur bis zehn Uhr abends. Ab zehn kostet der Cognac zehn Peseten und wenn Tänzerinnen eingeladen werden und mittrinken, kostet das Glas zwanzig Peseten. Das ist landesüblich, mein Herr!«

Ich erfuhr es zu spät. Es ist tatsächlich in allen spanischen Nachtlokalen so der Brauch. Es ist die Gage der Tänzerinnen. Sie bekommen von jedem Getränk, das in ihrer Gesellschaft getrunken wird, vom Wirt die Hälfte in bar ausgezahlt. Darum heißen sie auch die Fremden so herzlich willkommen und trinken alle so gern und unermüdlich. Ich war um eine Erkenntnis reicher: Spanien ist gar nicht so billig.

An diesem denkwürdigen Abend, vom Cognac angeregt und hungrig, ging ich nur ein paar Schritte weiter und kehrte in der *Caracol,* der »Schnecke«, ein, einem ungenierten Restaurant mit katalanischer Küche. Dort ist die Bouillabaisse zu Hause, die Fischsuppe. Mitten im Raum steht der Herd, und man sieht zu, wie sie darauf bereitet wird. Man sitzt zwischen hohen Fässern, auf der glühenden Herdplatte rösten die Gambas und die Langusten, in mächtigen Töpfen; sieden die Muscheln, acht Köche in weißen Kitteln stehen um den Herd herum und rühren mit mächtigen Löffeln in großen Töpfen, Küchenbuben, ebenfalls weiß, schieben kniend Holzscheite nach... Es ist unerträglich heiß in diesem Raum, der Dunst des kochenden Öls mischt sich mit dem der schmorenden Langusten und dem noch süßeren der heißen Gambas, der dunkle Wein meldet sich aus den Fässern und Gläsern, nicht zu vergessen den scharfen Atem des Knoblauchs, der in langen Zöpfen über dem Herd hängt, griffbereit, das süße Parfüm der spanischen Frauen an den Tischen und das noch stärkere der spanischen Männer, die alle wie Bonbons riechen, selbst der spanische Reis, der an uns vorübergetragen wird, und die Hühner vom Holzgrill haben ihren spezifischen Geruch.

Kein Wunder, daß man da müde und munter zugleich wird, die Gedanken nicht mehr recht ordnen kann und mit Leuten am Tisch in ein Gespräch kommt und mit ihnen Freundschaft schließt, so wie es mir geschah. Mein Gegenüber war ein prächtiger Geselle, ein echter Spanier, wie er in den Büchern steht, gastfreundlich, ich mußte alle Speisen auf seinem Teller kosten, den Wein, den er trank, den Palo, einen herrlichen Kräuterschnaps, von dem er nach dem Essen zwei große Gläser für uns bestellte... ich weiß nicht, wie ich in dieser Nacht heimgekommen bin, aber als wir uns trennten, hatten wir uns ewige Bruderschaft geschworen, und er versprach, mich am nächsten Morgen im Hotel abzuholen, um mir Barcelona zu zeigen, wie es die Fremden sonst nicht zu sehen bekommen.

Er kommt am nächsten Morgen in demselben Anzug, den er gestern abend getragen hat.

Annette schnupperte. »Schon wie er riecht!«

»Das sind wir beide. Das ist der Öldunst vom Herd, wo wir gestern gewesen sind.«

Nach einer Weile:

»Findest du, daß er angenehm spricht?«

»Jawohl. Das finde ich.«

»Was will er überhaupt?«

»Er holt uns ab, um uns Barcelona zu zeigen, wie es keiner kennt.«

»Ohne mich!« sagt Annette.

»Mit dir!« antworte ich.

Gelegentlich muß man als Ehemann einmal energisch werden. Es war gut so. Für uns beginnen herrliche Tage. Der Mann, der uns Barcelona zeigt, ist ein wahrer Schatz. Er hat uns beide in sein Herz geschlossen. Warum? Ich weiß es nicht. Annette macht es ihm schwer genug. Nicht einmal seinen Namen merkt sie sich. Dissenta heißt er, und Denada sagt Annette zu ihm. Herr Denada, Herr Nichts. Es scheint ihm Spaß zu machen, er lacht darüber, er ist von der Art, wie ich die Männer liebe, geradeheraus, ohne falsche Pose, ohne Dünkel, dafür das Herz am rechten Fleck. Ich danke den Göttern im stillen, daß sie nicht das Gebet meiner Frau erhört haben und ich nicht mit dem Bürgermeister von Barcelona herumzuziehen brauche. Unser Freund zeigt uns die Stadt von ihrer schönsten Seite. Das Schönste aber ist seine ungezwungene Art, wie er uns zu seinen Freunden mitnimmt. Wir werden überall willkommen geheißen, und seine Freunde sind wie er. Nur Annette kann sich immer noch nicht an ihn gewöhnen. Sie trauert ihrer Empfehlung an den Bürgermeister nach.

»Ein unmöglicher Mensch, dieser Denada!«

»Ich finde ihn großartig.«

»Ich kenne deinen Geschmack, Johannes.«

»Mir ist er jedenfalls am kleinen Finger lieber als dein Bürgermeister, der uns nicht empfing!« sage ich zornig.

Am nächsten Tag begegnen wir Bachars. Bachars sind, wohl in Erinnerung an den Zoll, noch immer nicht sehr freundlich zu uns. Frau Bachar erzählt uns vom Stierkampf in Arles. Er sei einmalig gewesen.

»Ich habe ihn dank meiner Gefälligkeit verpaßt«, brumme ich.

»Am Sonntag können Sie es hier nachholen.«

»Ich weiß. Wir haben schon Karten.«

»Es ist recht grausam.«

»Tat Ihnen der Stier leid?« frage ich.

»Ach, wegen des Ochsen! Er wird ja sowieso geschlachtet. Aber in Arles hat er den Torero auf die Hörner genommen! Stellen Sie sich das vor! Genau unter uns! Und er war so hübsch, so jung, so vollendet gewachsen! Nein, wirklich, Sie haben etwas verpaßt.«

Herr Bachar steht stumm daneben. Er sieht nicht gut aus. Er ist sichtlich nervös und drängt zum Aufbruch.

»Mein guter Mann hat seine Vorliebe für alte Kirchen entdeckt«, sagt Frau Bachar. »Er besucht, während ich es mir im Hotel gemütlich mache, jeden Tag eine andere Kirche. Gestern war er den ganzen Nachmittag in der Kirche de la Sagrada Familia.«

»Aber das kann doch Neumanns nicht interessieren, Caecilie!«

»Doch. Es interessiert mich sogar sehr«, sage ich vergnügt.

»Mein guter Mann hat gestern dort ein Orgelkonzert gehört, ein weltliches, er kam völlig aufgelöst nach Hause. Es war mit ihm nichts mehr anzufangen.«

»Du hast dich beim Friseur angesagt, Caecilie«, drängt Herr Bachar und reicht mir die Hand zum Abschied. Ich halte sie wie zerstreut fest, während ich zu seiner Frau sage:

»Sie persönlich kennen die Kirche de la Sagrada Familia nicht?«

»Nein. Lohnt es sich wirklich?«

»Und ob es sich lohnt! Sie werden Ihre Überraschung erleben. Kommen Sie! Hier steht ein Taxi. Fahren wir hin!«

»Meine Frau muß zum Friseur!« schreit Herr Bachar, der genau weiß, was ich vorhabe.

»Warum bist du so aufgeregt, Caesar? Wenn Neumanns schon so nett sind und mich mitnehmen... ich möchte auch einmal den großen Altar sehen, der dich so entzückt hat. Kommst du mit?«

Herr Bachar kommt nicht mit. Er muß ebenfalls zum Friseur. Sich das Haar schneiden lassen, ehe ihm der Kopf gewaschen wird. Ich empfehle ihm den Friseur Asinus. Er blickt mich wütend an.

Die Kirche der Heiligen Familie, de la Sagrada Familia, ist die meistverschickte Ansichtspostkarte von Barcelona. Es gibt nachweisbar keinen Touristen, der Barcelona besuchte und diese Karte nicht gekauft und »mit herzlichen Grüßen von hier« beschrieben und verschickt hat. Die Kirche de la Sagrada Familia steht unweit der großen Stierkampfarena und ist das Werk eines vom Unglück verfolgten Architekten, der den Bau nicht vollenden konnte, da ihm die von den Gläubigen gesammelten Mittel ausgingen. So steht bisher nur das so oft fotografierte, äußerst eigenwillige, monumentale Portal mit der überlebensgroßen Darstellung von Christi Geburt. Hinter dem Portal, wo das Kirchenschiff in einer Höhe von hundertsechzig Metern geplant war, befindet sich ein leerer Bauplatz mit angehäuften Bruchsteinen und ein paar Sandhügeln. Die Kirche de la Sagrada Familia ist also nur ein Portal ohne Kirche, eine leere Fassade. Ich ahnte es gleich, vor welchen Altären Herr Bachar kniet, wenn seine Frau ihn in der Kirche wähnt. Ich freue mich auf das Gesicht, das sie machen wird, wenn wir vor dem Portal stehen.

Fünf Minuten später sind wir dort. Fremdenführer drängen sich um unseren Wagen. Sie wollen uns die Geschichte der unvollendet gebliebenen Kirche erzählen. Ich glaube, diesmal ist keine Erklärung nötig. Frau Bachar steigt gar nicht erst aus, sie behält das Taxi und fährt ins Hotel zurück. Wir haben Bachars nicht wiedergesehen.

Am Sonnabend regnet es. Unser erster Regentag in Spanien. Ich gehe zum Portier und bestelle Karten fürs Schiff.

»Für morgen abend«, sage ich.

»Am Sonntag fährt kein Schiff nach Palma.«

»Warum nicht?«

»Die Kirche«, sagt der Portier.

Ich nehme also zwei Karten für Montag. Wenigstens müssen wir nach dem Stierkampf, auf den ich mich mit Ungeduld freue, nicht ins Hotel zurück und zum Hafen hetzen.

»Es ist fraglich«, sagt der Portier und klopft gegen das Barometer.

»Was ist fraglich?«

»Wenn der Regen anhält, wird der Stierkampf abgesagt.«

Der Regen hält an. Es regnet den ganzen Sonnabend. Es regnet auch noch am Sonntag. Zu Mittag wird durch das Radio bekanntgegeben, daß die *corrida* wegen des Wetters ausfällt und auf den kommenden Sonntag verlegt wird. Die Karten behalten ihre Gültigkeit. Unsere Karten behalten nicht ihre Gültigkeit. In einer Woche sind wir längst in Palma. Ich gebe die Karten zurück und bin sehr verdrossen. Nachmittags um drei Uhr scheint die Sonne. Sie scheint herrlich, wolkenlos und warm, das richtige Wetter für eine *corrida*. Ich fahre mit Annette zur Arena hinaus, ob nicht doch noch, vielleicht in letzter Minute... Wir müssen vor verschlossenen Türen umkehren und besuchen ein Kino. Es läuft ein Stierkampffilm. Er ist ungeheuer aufregend. Jetzt ärgere ich mich erst recht, daß uns der Regen einen Strich durch die Rechnung gemacht hat, denn schließlich sind wir nur deswegen so lange in Barcelona geblieben. Der Film zeigt mir, daß es sich gelohnt hätte. Als der Film zu Ende ist und wir wieder auf die Straße treten und an allen Litfaßsäulen die großen, bunten Plakate für den Stierkampf hängen, mag ich Barcelona nicht mehr. Ich komme mir vor wie ein Bräutigam, dem das begehrte Mädchen am Tage der Hochzeit davongelaufen ist. Jede Tasse Kaffee tut mir leid, die ich auf den Ramblas trank. Auch das Essen im Hotel schmeckt mir nicht mehr. Wer kann diese Unmengen jeden Tag verschlingen? Immer diese albernen gebratenen Hühner, dazu der Langustensalat, den ich nicht mehr ausstehen kann! Wie stumpfsinnig, sich ansehen zu müssen, wie der alte, wacklige Kellner entnervend langsam die Orangen auseinanderfieselt! Das ist ja zum Aus-der-Haut-Fahren! Ich will nicht mehr. Ich habe es satt. Ich fahre ins Hotel zurück, lasse das Badewasser ein, werfe mich in die Wanne und würde am liebsten morgen wieder heimfahren.

Ganz anders ist Annette. Annette tut, als ob sie das gar nicht berühre.

»Nimm dich doch ein wenig zusammen, Johannes!«

»Haben die sich zusammengenommen? Abgesagt

haben sie! Voreilig abgesagt! Du hast ja die Sonne gesehen.«

»Du bist wie ein ungezogener Junge, dem man sein Spielzeug weggenommen hat!«

»Ja. So bin ich. Warum nicht? Ich habe das Recht, zu sein, wie ich will. Von mir kann niemand verlangen, daß ich immer und immer nur gute Laune habe!«

»Stell dir vor, der Stierkampf hätte nicht stattgefunden.«

»Er hat ja auch nicht stattgefunden!« brülle ich aus der Badewanne und stoße mir dabei im Zorn die Zehe gegen den Ring im Abflußstöpsel, daß es schmerzt.

»Ich will sagen: der Stierkampf wäre von vornherein gar nicht angekündigt gewesen.«

»Dann drück dich deutlicher aus, daß man versteht, was du sagen willst!« schreie ich unbeherrscht und reibe mir die schmerzende Zehe. »Aber schließlich war er angekündigt, und wir sind nur deswegen fünf Tage in diesem sündteuren Hotel geblieben, und dann regnet es, und ich sitze statt im Stierkampf hier in der Badewanne – ja, wofür hältst du mich denn eigentlich?«

Ich weiß, wofür Annette mich hält. Aber sie sagt es nicht. Sie zieht ihr schönstes Kleid zum Abendessen an, und sie zieht es vor mir an, und ich komme dabei auf andere Gedanken. Es ist doch gut, wenn man glücklich verheiratet ist.

In dieser Nacht träume ich von Clarissa. Clarissa aus der Lido-Bar in Palma, wie ich sie von den Bildern Herrn Wendlers kenne. Ich bin mit Clarissa bei einem Stierkampf, der Stier sieht Herrn Bachar zum Verwechseln ähnlich, er sieht ihm nicht nur ähnlich, jetzt erkenne ich ihn genau, es ist Caesar Bachar, und vor ihm steht mit dem Degen in der Hand Clarissa. Sie ist völlig nackt und hat nur die rote Muleta vor sich, gegen die Herr Bachar anspringt. Er läuft dagegen, um nach Clarissa zu greifen, greift aber nur die Muleta. Clarissa hat sich gewendet und erwartet den zweiten Angriff. Jetzt kommt Frau Bachar, hoch zu Roß, als Picador, und sticht ihrem Mann mit dem Regenschirm in die Flanken. Ich erwache schneller, als ich es will, denn ich hätte gern zuvor noch einen langen Blick auf Clarissa geworfen. Aber in zwei Tagen werde ich sie ja nicht nur im Traum sehen. Ich male mir aus, wie das sein wird.

Am nächsten Morgen packen wir unsere Koffer. Wir müssen uns beeilen, denn Señor Dissenta hat versprochen, uns sofort nach dem Mittagessen abzuholen und uns das Pueblo Español, das spanische Dorf auf der Anhöhe von Montjuich, zu zeigen. Wir müssen daher am Vormittag gepackt haben, denn unser Wagen muß mit dem Gepäck noch vor fünf Uhr zum Hafen gefahren werden, damit er rechtzeitig auf Deck verladen werden kann. Der Chauffeur des Hotels hat mir versprochen, das für mich zu erledigen.

Während wir die Koffer packen, sagt Annette:
»Ich bin gespannt, was fehlt.«
»Was soll fehlen?«
»Wir haben den Wagen mit einem Teil unseres Gepäcks fünf Tage auf der Straße stehen lassen. Du weißt, was uns Jellinecks über Spanien geschrieben haben.«
»So schlimm wird es nicht sein.«
Es ist noch schlimmer. Als ich mit dem ersten Koffer zum Wagen hinunterkomme, sehe ich zu meinem Entsetzen, daß ich völlig vergessen hatte, den Wagen abzuschließen. Weder der Koffer noch die Türen sind versperrt. Mein erster Blick sucht die Schreibmaschine. Sie ist noch da. Auch alle anderen Dinge, die ich schnell registriere. Die Mäntel, die Reisedecke, der Koffer mit den Badesachen, die nasse Steppdecke auf dem Dach. Nichts fehlt. Sechs Tage lang stand der Wagen unverschlossen Tag und Nacht auf der Straße – andere nehmen den Verteiler heraus –, das versuche man einmal in einem anderen Land.
Mein Blick fällt auf einen Zettel, der am Steuerrad befestigt ist. Es ist ein Stück weißes Papier, mit Bleistift beschrieben:
»Unbekannter, unbesonnener Freund!« lese ich. »Sie haben mir mit Ihrem grenzenlosen Leichtsinn sechs schlaflose Nächte bereitet! Einen Wagen tagelang unverschlossen auf der Straße stehen zu lassen! Glauben Sie, daß alle Menschen Engel sind? Es lau-

fen genug Ausländer in unserem schönen Barcelona herum, die auf solche Gelegenheiten lauern. Fünf Nächte habe ich auf Ihren Wagen aufgepaßt, damit es nicht heißt: in Spanien wird gestohlen. Ein Spanier stiehlt nicht. Lassen Sie sich das eine Lehre sein: ich hätte fünfmal Ihren Wagen bis zum letzten Koffer ausplündern können, ich habe sogar in der Nacht vom Samstag zum Sonntag, in der es so stark regnete, in ihm geschlafen, damit Ihr Wagen auch in dieser, dem lichtscheuen Gesindel so willkommenen Regennacht bewacht blieb... nicht Ihretwegen, mein Herr, sondern für den Ruf meines Landes, für den Ruf des großen Spanien. *Viva España!* Ein Spanier.«

Als wir uns am Abend um neun Uhr auf der Playa de Formentor nach Palma einschiffen, steht Señor Dissenta, unser täglicher Begleiter, am Kai. Er ist mit einigen Freunden gekommen, uns einen schönen Abschied zu geben. Einen großen Bahnhof, wie wir daheim sagen. Alle haben Blumen mitgebracht und drücken sie Annette in die Hand, als wir mit unseren Koffern an Deck gehen.

»Reizende Leute!« sagte Annette in der Kabine.

»Meine Bekanntschaft!«

Ich freue mich, diesen Trumpf ausspielen zu können.

»Wieviel gibst du ihm, Johannes?«

»Wem?«

»Herrn Denada. Er ist sicher einer der Fremdenführer, die davon leben.«

»Wie kommst du darauf?«

»Hätte er sonst jeden Tag einen großen Teil seiner Zeit geopfert, um uns Barcelona zu zeigen?«

»Glaubst du wirklich?«

»Ich bin überzeugt.«

Da hat Annette recht. Ich sehe es ein. Aber wieviel gibt man so einem Mann? Er hat doch große Auslagen durch uns gehabt, hat uns oft eingeladen, das Taxi bezahlt, wenn wir gemeinsam fuhren, auch bei seinen Freunden waren wir zu Gast.

»Hundert Peseten?« frage ich Annette.

»Das ist zu wenig.«

»Zweihundert Peseten?«

»Das mag angehen.«

»Dreihundert Peseten?«

»Bleiben wir bei zweihundert. Wir sind auf der Reise.«

Ich lege zwei Hundertpesetenscheine in meiner Hand zurecht, klein gefaltet, und wir gehen wieder von Bord.

Herr Dissenta kommt freudig auf uns zu. Er hat jetzt ein Paket in der Hand. Er reißt das Seidenpapier herunter. Ein Bild von Barcelona mit einem schweren, handgearbeiteten Silberrahmen kommt zum Vorschein. »Wenn Sie mir die Freude machen wollen, es anzunehmen, gnädige Frau«, sagt er. »Das schickt Ihnen zur Erinnerung die Stadt Barcelona.«

Ich frage erschrocken: »Die Stadt Barcelona?«
Er nickt. »Durch mich.«
»Ja, wer sind Sie denn?«
Er lächelt bescheiden:
»Der Oberbürgermeister von Barcelona.«

Achtes Kapitel

»Wie war die Überfahrt?« fragt Herr Jellineck, als er uns vom Schiff abholt.

»Meine liebe Frau hat sehr gelitten«, sage ich.

»Du auch, Johannes! Gesteh es nur!«

Ich lächle mager.

»Das Entsetzliche war, daß unsere Kabine direkt neben den Toiletten lag und es die ganze Nacht darin zuging wie in einem Taubenschlag. Tür auf, Tür zu.«

»Ein Taubenschlag hat keine Tür, Johannes.«

Aha! Annette wird schon wieder munter. Kaum festen Boden unter den Füßen, und schon bin ich wieder die Zielscheibe ihres Spottes. Trotzdem freue ich mich. Die grüne Farbe in ihrem Gesicht beginnt langsam zu schwinden.

»Ist das Ihr Wagen?« fragt Herr Jellineck.

Er deutet auf ein Traumschiff, einen mächtigen, kanariengelben Cadillac, der gerade hochgehievt wird und, von einem Stahlnetz umschlungen, langsam zu Boden schwebt.

»Nein. Der Blaue dahinten – mit dem weißen Dach.«

»Wo die Steppdecke drauf ist?«

»Ja.«

»Auch sehr schön.«

»Mir gefällt er.«

Ich bin schon beleidigt. Was geht ihn mein Wagen an? Er soll froh sein, wenn er einmal mitfahren darf. Ich betrachte mißvergnügt Herrn Jellineck, der noch immer meinen Wagen mustert, als sollte er ihn kaufen. Vielleicht bin ich auch gereizt und von der stürmischen Überfahrt übernächtigt. Herr Jellineck hat etwas von einer verblichenen Eleganz. Ich bin überzeugt, daß sein Anzug auf Seide gefüttert ist. Was die Futterseide gekostet hat, hat er am Schneider gespart. Er sieht fast selbst aus wie ein reich gewordener Schneider, der sich vorzeitig zur Ruhe gesetzt hat. Er ist schmal im Gesicht, hat die Augen dicht nebeneinander, was ihm einen tückischen Ausdruck verleiht, über den der lachende Mund mit einer Batterie blendendweißer Zähne – die dritten, die der Mensch bezahlen muß –, nicht hinwegtäuschen kann. Da ich sehr groß bin, muß er zu mir hinaufsehen. Das behagt ihm sichtlich nicht.

»Jetzt kommt Ihr Wagen dran«, sagt er. »Er ist gar nicht so klein, wie ich dachte. Wir haben alle darin Platz.«

»Sicherlich«, sage ich, nur um etwas zu sagen.

Was soll ich mich mit ihm in ein Gespräch einlassen?

»Meine Frau wartet dort drüben mit ihrer Freundin. Die beiden Damen wollen Sie gern begrüßen, und wir fahren dann gemeinsam nach Hause.«

»Sie haben einen Wagen?«

»Ja. Den Ihren.«

Ich bedaure.

»Fünf Personen? Unmöglich. Der Wagen ist bis obenhin mit Gepäck angefüllt.«

»Das macht nichts. Wir rücken zusammen.«

Herr Jellineck winkt den beiden Damen, über den Damm zu kommen. Ich traue meinen Augen nicht. Zwei überaus jugendliche Gestalten kommen winkend in kurzen Schritten, denn der enge Rock erlaubt ihnen keine größeren, über die Straße getippelt. Man würde ihnen von weitem keine fünfundzwanzig geben. Als sie jedoch näherkommen, gibt man ihnen gern das Doppelte. Es sind zwei prächtig erhaltene Persönchen, beide tomatenrot gekleidet, die eine ein flottes grünes, die andere ein flottes gelbes Hütchen auf dem Kopf. Am tollsten ist der tomatenrote Mantel.

»Eine Fehlfarbe!« sage ich zu Annette.

Annette blickt erschrocken zu Herrn Jellineck. Er scheint nichts gehört zu haben. Aber der tomatenrote Mantel ist tatsächlich eine Katastrophe. Und just die Person in diesem Mantel stellt uns Herr Jellineck zuerst vor.

»Das ist meine bessere Hälfte«, sagt er und paßt auf, was wir für ein Gesicht machen. Ganz sicher scheint er seiner Sache nicht zu sein. Aber vielleicht irre ich mich. Frau Jellineck macht einen schelmischen Knicks, wobei irgend etwas unter ihrem tomatenroten Mantel hörbar knackt. Ich vermute, es ist ein neues Korsett, das noch nicht eingetragen ist und dessen Kauf zu den Vorbereitungen unseres Besuches gehörte. Sie hat ein Gesicht wie ein Boskop, ein Apfel, in den man eine Nase hineingesteckt hat, richtige Pausbäckchen, einem Weihnachtsengel nicht unähnlich, blonde Locken, porzellanblaue Augen, ein wenig zu viel Rosa auf den Wangen und riecht weithin nach Tosca.

»Fipps«, sagt sie zu ihrem Mann, »willst du Neumanns nicht meine Freundin vorstellen?«

Fipps, wie Frau Jellineck ihren Mann nennt, stellt vor:

»Frau Spillers, ihr Mann ist Kriminalschriftsteller, Sie haben sicher von ihm gelesen.«

Ich verneige mich.

»Sein bekanntestes Werk ist ›Das rote Licht‹«, sagt Frau Spillers, während sie mir die Hand reicht. »Erinnern Sie sich?«

»Ich erinnere mich«, sage ich kurz.

Ich habe natürlich keine Ahnung. Ich habe im Leben schon so viele rote Lichter zu sehen bekommen, nicht alle hielten, was sie versprachen, warum soll nicht auch das rote Licht von Herrn Spillers darunter gewesen sein. Ich bin im Augenblick nicht zu solchen nichtssagenden Gesprächen aufgelegt.

Unser Gepäck ist noch in der Kabine, der Wagen wird gerade vom Deck gelassen. Annette stößt mich leise mit dem Schirm an, ein wenig verbindlicher in meinen Umgangsformen zu sein.

»Hatten Sie eine gute Überfahrt?« fragt Frau Jellineck.

»Danke. Es ging.«

»Sie sehen ein wenig blaß aus.«

»Gegen Sie, gnädige Frau, allerdings.«

Ich kann es nicht lassen. Um einer Pointe willen verderbe ich mir die besten Hoffnungen. Frau Jellineck schluckt es tapfer hinunter und bleibt liebenswürdig.

»Nun, Sie werden sich schon bei uns erholen. Ihre käsige Farbe wird bald verschwunden sein. Ist das unser Wagen?«

Sie deutet auf den richtigen, meinen Opel Kapitän, der gerade am Kai abgesetzt wird.

Ich nicke stumm.

»Fipps, was sagst du? Hättest du gedacht, als du das Inserat aufgabst, daß wir in einem so schönen Wagen sitzen werden? Blau mit weiß, eine angenehme Farbe.«

»Paßt großartig zu Ihrem Mantel«, sage ich.

Sie überhört es. Sie lächelt mich an.

»Ich freue mich. Ich kann Ihnen gar nicht sagen, wie ich mich freue. Die Insel ist so schön. Wir machen jeden Tag einen anderen Ausflug. Ich koche daheim alles vor, und wir machen ein Picknick. Hat unser Wagen einen elektrischen Kaffeesieder?«

Er hat ihn nicht. Ich bedaure es.

»Macht nichts. Ich nehme dann die Thermosflasche mit. Darf ich vorn neben Ihnen sitzen? Hinten wird mir leicht schlecht.«

»Meiner Frau wird hinten leider auch schlecht«, sage ich.

»Ach, dann wechseln wir einfach ab. Wir Frauen einigen uns schon, nicht wahr, Frau Annette?«

Ich habe Annette schon in manchen Situationen gesehen. Sie ist immer damit fertig geworden. Diesmal wird sie es nicht. Sie starrt das papageiähnliche Wesen vor sich an wie das arme Hühnchen die Schlange. Sie hebt wie zum Schutz die Schirmspitze gegen Frau Jellineck und sagt nur: »Wollen wir nicht gehen, Johannes?«

»Spielen Sie Bridge?« fragt Frau Spillers.

Nein, Annette spielt nicht Bridge. Annette hat überhaupt nichts fürs Kartenspielen übrig. Und für Kartenspielen mit Damen gleich gar nicht.

»Schade! Ich hätte Sie sonst gern in unsern Klub eingeführt. Aber Ihr Gatte spielt doch sicher?«

»Nein. Mein Mann spielt leider auch nicht.«

»Unverständlich. Wie bringen Sie dann Ihre Abende zu?«

»Wir lesen.«

»Wie? Bücher?«

»Nein. Illustrierte.«

»Dann geht's ja noch.«

Das Gespräch wird immer unerträglicher. Gott sei Dank kommt in diesem Augenblick ein Mann und überreicht mir die Wagenpapiere und die Wagenschlüssel.

»Geben Sie dem Mann ein Trinkgeld«, flüstert mir Herr Jellineck zu.

Ich gebe dem Mann zehn Peseten. In zwei Scheinen.

»Viel zuviel«, sagt Herr Jellineck, nimmt dem Mann einen Schein wieder aus der Hand und schiebt ihn mir in die Tasche. »Sie dürfen die Leute hier nicht verwöhnen.«

Es scheint hier auf der Insel oft vorzukommen, daß man einem Hilfsbereiten die Hälfte des schon erhaltenen Trinkgelds aus der Hand nimmt, denn der Mann zieht seine Mütze tief und grüßt besonders höflich. Ich habe den Eindruck, daß er Herrn Jellineck höflicher grüßt als mich.

»Ich habe noch mein Gepäck in der Kabine«, sage ich.

»Ich helfe Ihnen«, sagt Herr Jellineck.

Wir eilen auf das Schiff zurück. Meine Koffer stehen schon oben an der Reling. Ein Matrose, der sie herausgetragen hat, hält neben ihnen Wacht.

»Zu unserem Wagen!« befiehlt Herr Jellineck, und der Matrose trägt die Koffer hinunter. Ich will ihm die fünf Peseten geben, die Herr Jellineck mir in die Tasche gesteckt hat. Ich finde sie nirgends. Ich habe auch sonst kein Kleingeld.

»Können Sie es für mich auslegen?« frage ich Herrn Jellineck.

Er kann es. Er reicht dem Matrosen einen Fünfpesetenschein, und ich werde den Verdacht nicht los, daß es mein Fünfpesetenschein ist. Er ist ein wenig eingerissen, und rechts oben fehlt ihm eine Ecke. Aber ich kann mich auch irren. Drei Tage später finde ich den Schein in meiner Tasche. Ich bitte Herrn Jellineck vieles ab. Aber da war es schon zu spät.

Der Hafen von Palma, zu Füßen der gotischen Kathedrale, die 1230 erbaut wurde, als die Streitkräfte des Königs Jaime I. auf dem Wege nach Mallorca auf See von einem gewaltigen Sturm überrascht wurden und der König in höchster Seenot der Jungfrau Maria den Bau einer Kirche gelobte, gehört zu den unvergeßlichen Eindrücken. Wir fahren an seinem rechten Ufer entlang, an den altersschwachen Windmühlen hoch oben auf der Felswand vorbei, in deren meerseitigen Höhlen Zigeuner ihre Wohnstatt aufgeschlagen haben und ihre bunten Wäschefetzen auf aus der Felswand wachsendem Gestrüpp zum Trocknen hängen, ein pittoresker Anblick über dem gepflegten Pomeranzengarten des Club Náutico. Immer am Meer entlang mit seinen weißen Schaumkronen und bunten Booten, vorüber an den braunen, zum Trocknen aufgespannten Fischernetzen, auf einer dreistraßigen Palmenallee, dem Paseo Sagrera, hinaus nach Terrano, über die Plaza Gomila hinweg, die bis zur Fahrbahn mit Hunderten von Korbstühlen besetzt ist, ein Kaffeehaus neben dem andern und vor jedem die dicken Trauben der Korbstühle, noch leer, als wir jetzt vorüberfahren, aber am Nachmittag und Abend dicht besetzt, dabei ist der Platz nicht größer als ein Theatersaal eines mittleren Stadttheaters, die Logen eingerechnet.

Wir haben die Plaza Gomila hinter uns, wir fahren weiter, und plötzlich ruft Herr Jellineck, der neben mir sitzt:

»Jetzt rechts hinein!«

»Was? Da hinauf?«

»Der kürzeste Weg.«

»Und der längere?«

»Es gibt keinen andern.«

Ich stoße den Wagen ein wenig zurück, um mit Mühe die enge Kurve in die noch engere Gasse zu bekommen, wir holpern die steile Gasse aufwärts, biegen nach links ab, die Straße wird breiter.

»Abermals rechts!« ruft Herr Jellineck.

Ich protestiere. Ich bringe den Wagen zum Stehen. »Hier kann doch kein Wagen fahren! Die Straße ist völlig aufgerissen!«

»Nur ein Stück.«

»Wieviel?«

»Vierhundert Meter. Nur Mut!«

Ich könnte Herrn Jellineck umbringen.

»Da oben wohnen Sie?« frage ich wütend.

»Sie werden es sehen.«

Was bleibt mir übrig? Ich gebe Gas und fahre langsam im ersten Gang. Der Wagen sitzt ein paarmal auf, es kracht und donnert, er reißt sich wieder los, nach mir die Sintflut, aber wir kommen vorwärts und schleichen den steilen Berg hinauf. Auf einmal wird die Straße wieder gut, sie ist geschottert und geteert, ein wahres Vergnügen.

»Die Straße ist noch nicht fertig«, belehrt mich Herr Jellineck.

»Das habe ich gemerkt.«

»Aber geplant ist sie. Es wird an ihr gebaut.«

Ich entsinne mich, an zwei Mann mit einem kleinen Körbchen vorübergekommen zu sein. In dem Strohkörbchen, das sie an zwei Henkeln trugen, lag eine Handvoll Straßenschotter. Sie trugen ihn von einem Haufen heran und schütteten ihn in ein tiefes Loch.

»Arbeiten auch manchmal vier Mann mit zwei Körbchen?« frage ich spöttisch.

»Es sind immer vier Mann. Sie wechseln sich ab. Zwei vormittags und zwei nachmittags.«

Ich kann mir ungefähr vorstellen, wann die Straße fertig sein wird. Wahrscheinlich bin ich dann längst im Himmel und sehe mir die Sache von oben an.

Ich blicke fragend in die Gegend. Wir entfernen uns immer mehr vom Meer. Ein sehr ungastliches

Stückchen Erde, durch das ich jetzt fahre.

»Hast du es Neumanns schon gesagt, Fipps?« ruft plötzlich Frau Jellineck, die hinten mit meiner Frau und Frau Kriminalschriftsteller Spillers auf unseren Koffern hockt.

»Eine Überraschung?« frage ich.

Herr Jellineck druckst herum.

»Ja. Eine Überraschung!« sagt er. »Ich hatte vergessen, Ihnen zu schreiben, daß wir noch kein elektrisches Licht im Haus haben. Aber geplant ist es.«

»Und womit behelfen Sie sich am Abend?«

»Mit Petroleum. Nur –«

»Ja?«

»Nur im Augenblick, das kommt hier öfter vor, gibt es keines.«

»Reizend!« sage ich.

Plötzlich ist hinter mir ein Geräusch, eine Unruhe. Die Damen gleiten von ihren Koffern.

»Wir sind da!« rufen sie.

Ich hätte das Haus nicht wiedererkannt. Auf den Bildern sah es ganz anders aus.

Herr Jellineck springt aus dem Wagen.

»Wir sind da!« sagt er.

»Ich ahne es.«

»Sie sehen dem Haus von außen nicht an, wie hübsch es innen ist.«

»Auf den Bildern sah das Haus größer aus.«

»Das täuscht.«

»Genau das meine ich.«

»Als die Fotos vor vier Jahren gemacht wurden, stand unser Haus noch allein. Inzwischen hat man ein paar Häuser ringsherum dazugebaut.«

»Eben. Ringsherum zugebaut.«

»Wenn Sie auf dem Dach stehen und sich auf die Zehenspitzen stellen, vor allem ein Mann in Ihrer Größe, sehen Sie das Meer.«

Das ebenerdige Haus, das von außen nur zwei Zimmer zu haben scheint, ist von einem dürftigen Garten umgeben. Zwanzig winzige Beete, mit Fundsteinen umkränzt, ein paar kümmerliche Geranien, ein Rosenstrauch mit Mehltau, den noch nie eines Gärtners Hand geschnitten, mit roten Fruchtständen vom vorigen Jahr, verblühte und vom Unkraut erstickte gelbe Calendulas, eine rechte Bettlerburg. Vor der Haustür steht eine Palme, an der eine schmiedeeiserne Lampe mit einer roten Kerze darin angenagelt ist.

»Meine Frau gibt sich viel Mühe mit dem Garten«, sagt Herr Jellineck.

»Warum erzählst du das, Fipps? Das sieht Herr Neumann selbst.«

Ich sehe es selbst und entdecke jetzt hinter dem Haus neben einer Schuttgrube zwei krumme Pinien, die mit einer Lampionschnur verbunden sind, drei Lampions in Grün, Gelb und Rot.

»Wir haben kürzlich eine italienische Nacht gegeben«, sagt Frau Hedwig. »Schade, daß Sie nicht dabei waren, Meister! Ich hatte mich als Hollandweibchen verkleidet. Zum Anbeißen!«

Der Himmel allein weiß, wer da angebissen haben mochte.

»Ich bedaure es«, sage ich höflich.

»Wir können es ja wiederholen«, zwitschert Frau Hedwig, »vielleicht schon nächsten Freitag? Ich besorge frische Kerzen. Sie tanzen doch sicher sehr gern?«

Wenn ich etwas hasse, so ist es ein Tänzchen im Familienkreis. Es gibt nichts Schlimmeres als diese Einladungen zu acht, neun Personen, bei denen die Hausfrau in die Hände klatscht und ruft: »Jetzt ein flottes Tänzchen, meine Herren!«, und es sind nur drei Herren da, einer mit vierzig, einer mit fünfzig und einer mit sechzig, aber dafür sechs Damen, zwei mit vierzig, zwei mit fünfzig, zwei mit sechzig. Die Veranstaltungen enden meist damit, daß die Damen miteinander tanzen und die Männer schuldbewußt in einer Ecke hocken. Eine Frau bleibt eben doch länger jung als ein Mann.

Diesmal bin ich scheinheilig. Frau Hedwig hat ein so flottes Tempo vorgelegt, wir sind noch nicht zwei Stunden in ihrem Besitz, und schon rechnet sie sich aus, wieviel Vergnügen sie an uns haben wird. Ich gehe auf ihren Vorschlag mit der italienischen Nacht ein.

Ich schaue ihr tief in die Augen.

»Schenken Sie mir den ersten Tanz?« frage ich.

Sie erbebt. Man sieht es deutlich.

»Einen Tango!« haucht sie.

»Ob ich ihn noch kann? Ich habe zum letztenmal vor zwölf Jahren getanzt.«

»Dann einen Wiener Walzer!« seufzt sie sehnsüchtig.

»Da wird mir schwindlig.«

»Dann einen English Waltz. Das ist etwas für ältere Herren.«

Sie ist gar nicht so dumm. Sie hat gemerkt, daß ich sie auf den Arm nehme. Ich hätte es nicht so deutlich tun dürfen. Jetzt ist es zu spät, und ich habe mir für die nächsten zehn Minuten ihre Gunst verscherzt. Frau Jellineck läßt mich stehen und geht zu den Damen hinaus, die unsern Wagen auspacken. Frau Kriminalschriftsteller Spillers hilft meiner Frau handfest. Sie scheint gar nicht so unrecht zu sein. Oder ist es nur die weibliche Neugier, zu sehen, was wir an Gepäck haben, die sie veranlaßt, die Koffer aus dem Wagen zu heben und ins Haus zu tragen. »Oh, ein Rakett haben Sie auch?« ruft sie plötzlich erfreut. »Wir haben hier einen wunderbaren Tennisklub mit acht Plätzen. Sie müssen Mitglied werden. Ich führe Sie ein. Ich habe früher Turniere gespielt. Das war zu der Zeit, als Edgar Spillers, mein Mann, gerade sein ›Rotes Licht‹ schrieb. Ich schlage noch heute eine prächtige Backhand.«

Wir tragen die Koffer ins Haus, und damit sind wir zu Hause. Für vier Wochen, wie wir annehmen, für zwei Monate, was wir nicht ahnen. Das Haus, »die Villa«, wie Herr Jellineck es in seinem Inserat nannte, hat überraschenderweise mehr als zwei Räume: zwei Schlafzimmer, einen gemeinsamen Wohnraum, ein Bad und eine Küche. Die Räume sind nicht sehr groß, weiß getüncht, haben einen Steinfußboden und sind auf das bescheidenste möbliert. Es sind nur drei Sitzgelegenheiten vorhanden, den Schaukelstuhl nicht eingerechnet und auch nicht die beiden mahagoniglänzenden Fauteuils, auf denen man nicht sitzen kann. Es sind Gebärstühle, wie ich sogleich erfahre, der hartgepolsterte Sitz ist herauszuheben, und auf ihnen bekamen die spanischen Frauen noch bis zum Ende des vorigen Jahrhunderts ihre Kinder. Diese Stühle gehören sozusagen zur Mitgift jeder spanischen Familie, standen im Schlafzimmer und durften nur für den vorbestimmten Zweck benützt werden. Kein Wunder, daß bei dem seltenen Gebrauch sich diese Stühle bis zum heutigen Tag gut erhalten haben und noch heute herrlich anzusehen sind. Nur bequem sitzen kann man in ihnen nicht. Sie sind für gewaltige Anstrengungen und die Anspannung aller Muskeln gebaut; Entspannung kann man auch heute noch nicht in ihnen finden.

Herr Jellineck folgt meinem Blick, als ich die Einrichtung mustere.

»Die meisten Möbel haben wir verliehen. Aber morgen kommen ein paar Stücke zurück.«

»Wieso verliehen?«

»Schrieb ich Ihnen das nicht? Ich habe ein Geschäft. Ich verleihe Möbel.«

»Die eigenen?«

»Fremde Möbel zu verleihen, wäre wohl unmöglich«, sagt Herr Jellineck und lacht über den eigenen Witz. »Ich muß etwas hinzuverdienen, meine Rente ist nicht hoch, da habe ich das Möbelgeschäft angefangen. Es geht großartig. Auf Mallorca mieten sehr viele Fremde möblierte Häuser und ganze Wohnungen. Die Häuser sind alle nur fürs Vermieten eingerichtet, also nur mit dem Notwendigsten möbliert. Wenn nun einer ein wenig komfortabler wohnen will, sich einen bequemen Sessel wünscht, eine Nachttischlampe, einen Teppich, ein Bild an der Wand oder einen Petroleumherd, weil er mit dem vorhandenen mallorquinischen Küchenherd nicht umzugehen versteht, dann kann er sich alle diese Dinge bei mir gegen eine Monatsmiete holen. Wir sind zwei Geschäfte hier in Palma, die das machen. Ich habe sogar ein Klavier, das sich augenblicklich ein französischer Senffabrikant ausgeliehen hat. Für vier Monate. Er spielt gar nicht Klavier. Aber vorher hatte mein Klavier ein deutscher Schlagerkomponist gemietet, der just über dem Senffabrikanten wohnte. Jetzt ging es den ganzen Tag Trullala und Trallala über seinem Kopf. Der Komponist war sehr fleißig. Als nun der Mietvertrag mit dem Schlagerkomponisten abgelaufen war und er ihn bei mir erneuern wollte, konnte ich es nicht, da der Senffabrikant das Klavier vorher gemietet und auf vier Monate bezahlt hatte. Es steht jetzt bei ihm, kein Mensch spielt darauf, aber der Fabrikant hat endlich seine Ruhe.«

»Ein sonderbares Haus!« sagt Annette, als wir endlich allein sind.

»Das Haus?«

»Das Ganze!«

»Sehr komisch.«

»Ich würde am liebsten sofort wieder ausziehen.«

Ich denke eine Weile nach und lehne mich dabei an den Vorhang, der vor dem Fenster hängt. Da kracht auch schon die Stange von oben herunter und donnert mir auf den Kopf.

Frau Hedwig steht sofort im Zimmer.

»Was ist geschehen? Der neue Vorhang!«

»Verzeihen Sie –«

»Es ist nicht Ihre Schuld! Mein Mann hat ihn erst heute früh eingegipst. Der Gips ist noch weich. Hoffentlich ist dem Vorhang nichts passiert und die Stange noch ganz.«

»Entschuldigen Sie bitte«, sagt meine Frau wütend, »der Kopf meines Mannes ist mir wichtiger!«

»Mag sein«, sagt Frau Hedwig, »aber meinem Mann ist sie heute früh auch schon auf den Kopf gefallen, und wenn er sie jetzt wieder anmachen muß –«

Sie rollt den Vorhang zusammen und trägt ihn mit der schweren Stange aus dem Zimmer. Wir haben nie wieder einen Vorhang ins Zimmer bekommen. Unser einziges Fenster geht auf eine Mauer hinaus, die zwischen uns und dem Nachbarhaus liegt. Sie ist nur einen Meter von unserm Fenster entfernt, das gibt dem ganzen Zimmer etwas Tristes. In der Mitte steht ein Doppelbett mit zwei dünnen Wollmatratzen. Annette prüft sie und sagt gar nichts mehr. Sie sieht sich im Zimmer um, wo sie ihre Kleider aufhängen kann. Es ist kein Schrank da, nur eine Kommode, von der zwei Laden abgeschlossen sind.

»Wir haben ein Fach für Sie freigemacht«, sagt Frau Hedwig, die Annette hereinruft. »Ich nehme an, Sie reichen damit.«

»Wir reichen leider nicht damit.«

»Ich nahm nicht an, daß Sie auf der Reise –«

»Wäre es Ihnen nicht möglich –?«

»Sie bringen mich in Verlegenheit – ich müßte meine gute Tischwäsche sonst in die Truhe im Vorhaus legen. Da ist sie mir aber nicht sicher genug. Wenn Sie Ihre Wäsche in diese Truhe legen wollen?«

Wir legen unsere Wäsche in die Truhe im Vorhaus. Es ist zwar ein wenig unbequem, denn wenn ich mein Hemd wechseln muß, muß ich jedesmal in Unterhosen durch das Speisezimmer und an der Küche vorbei, aber man gewöhnt sich mit der Zeit an alles. Im Austausch ist es anders als im Hotel.

Annettes Kleider und meine Anzüge müssen wir auf Nägel an die gekalkte Wand hängen.

»Wir haben zwei Schränke«, sagt Herr Jellineck, »aber die sind zur Zeit ausgeliehen.«

Es ist auch nur ein Nachttisch vorhanden. Wahrscheinlich ist der zweite zur Zeit ebenfalls ausgeliehen. Auf den Nachttisch hat die Hausfrau zu unserm Empfang ein paar Blumen gestellt, drei Nelken, immerhin, man erkennt den guten Willen. Neben den Blumen steht ein Monstrum. Es ist aus gebrannter mallorquinischer Erde und stellt einen Fruchtkorb mit Orangen dar, ungefähr dreißig Orangen in natürlicher Größe. Was die Form an Schönheit vermissen läßt, machen hundertfach die grellen Farben wieder gut. Obenauf, in eine Orange hineingesteckt, eine Kerze. Sie ist als Nachtlicht gedacht. Da der Korb sehr hoch ist und die Betten sehr tief sind, ist es unmöglich, vom Bett aus die Kerze auszublasen. Ich tröste Annette, daß man eines Tages vielleicht auch dieses Prachtstück verleihen und uns dafür eine Kerze auf einem einfachen Teller hereinstellen wird.

Frau Hedwig, die immer wieder ins Zimmer kommt, erklärt uns das Ungetüm.

»Ist es nicht allerliebst?« sagt sie. »So natürlich! Ich habe das schöne Stück im Trocadero beim Preistanzen gewonnen.«

Sie hebt das Oberteil des steinernen Kolosses ab und sagt:

»Das Innere ist als Schmuckkassette gedacht.«

»Schade, daß ich meinen Schmuck daheimgelassen habe. Der Topf wäre voll geworden«, sagt Annette boshaft, als sie ins Innere blickt, das für einen Viertelzentner Platz hat. »Wir werden unsere Trauringe nachts hineinlegen.«

Frau Hedwig, die unsern Ton nicht gewöhnt ist, nimmt es für bare Münze und guckt dumm:

»Sind sie Ihnen nachts lästig?«

»Nein. Aber wir schonen sie.«

Fünf Minuten später stehe ich mit Herrn Jellineck im Badezimmer. Er hat mich diskret hinausgewinkt und erklärt mir das Wasserklosett. Man kann nicht wie handelsüblich einfach an der Kette ziehen. Man muß nach getanem Geschäft auf die Brille steigen, hoch hinauflangen, tief hinein in den Wasserkasten greifen und langsam den Schwimmer hochheben, dann funktioniert es.

»Ist das nicht ein wenig umständlich?« frage ich.

»Man gewöhnt sich daran.«

»Wäre es nicht einfacher, einen Installateur kommen zu lassen?«

»Einfacher schon. Aber unlogisch. Das Haus gehört nicht uns.«

Ich blicke überrascht auf.

»Sie haben das Haus nur gemietet?«

»Ja. Ich komme so günstiger. Ich zahle eine niedrige Miete. Ihnen kann ich es ja anvertrauen: ich zahle achthundert Peseten im Monat. Im Hochsommer, während der Saison, vermiete ich das Haus an die Fremden für dreitausend Peseten im Monat, mit Möbeln und Geschirr selbstverständlich, das sind in vier Monaten zwölftausend Peseten. Ich wohne also praktisch das ganze Jahr umsonst.«

»Und was machen Sie in den Monaten, in denen Sie Ihr Haus vermietet haben?«

»Wir gehen in Austausch. Diesmal zu Ihnen.«

»Vier Monate? Sie haben mehrere Austauschgäste?«

»Jedes Jahr nur eine Familie. Aber alle bleiben länger, als sie vorhaben. Sie können sich von der Insel nicht losreißen.«

Nun, wir werden jedenfalls nicht länger bleiben, denke ich bei mir. Am liebsten zöge ich gleich heute wieder aus. Aber es ist das leidige Geld. Wir haben auf der Reise und in Barcelona mehr ausgegeben, als wir vorhatten. Geld schmilzt auf der Reise wie Eis in der Sonne. Nun, wir werden ja die meiste Zeit unterwegs sein, am Strand, in den Pinienwäldern, auf Ausflügen, auch Palma lockt uns mit seinen Kirchen und alten Palästen, der Hafen, die berühmte Osterprozession, die uns bevorsteht – wir haben schon soviel Geld für die Reise und die Überfahrt ausgegeben, jetzt bleiben wir erst einmal. Später kann man weitersehen.

Noch einmal bietet uns das Schicksal eine Chance.

»Haben Sie gut geschlafen?« fragt Frau Hedwig am nächsten Morgen, als sie das Frühstück auf den Tisch bringt und sich selbst in einem gesteppten seidenen Schlafrock, der mit Papageien bemalt ist, mir gegenübersetzt. »Es macht Ihnen doch nichts aus, wenn ich im Schlafrock frühstücke.«

»Nein«, sagt Annette, die völlig angezogen ist und taufrisch aussieht.

»Mein Mann kommt auch gleich.«

Herr Jellineck kommt ebenfalls im Schlafrock. Als er eintritt, glaube ich zuerst, daß sein Großvater mit im Hause wohnt und jetzt mit uns frühstücken will. Aber es ist Herr Jellineck selbst, der in einem farblosen, grauen Kittel erscheint, einem Staubmantel nicht unähnlich, der total zerknittert ist, als hätte Herr Jellineck die ganze Nacht darin geschlafen. Noch zerknitterter ist sein Gesicht.

»Mein Mann pflegt sich immer erst nach dem Frühstück zu pflegen«, sagt Frau Hedwig. »Er ist darin ein halber Franzose. Wir haben vorher fünf Jahre in Sete gewohnt.«

Meinetwegen braucht sich einer den ganzen Tag nicht zu waschen. Es gibt berühmte Leute, die haben ein Vorurteil gegen Wasser und Seife. Ich hatte einmal einen Bürgermeister, der sagte von früh bis spät: »Ich wasche mich später!« Er arbeitete von früh bis spät in seinem Garten, strich sich die Hände im Gesicht ab, dann setzte er sich zum Mittagessen in die Sonne, die Erde trocknete ihm im Gesicht, dann machte er ein paar Falten, und der Schmutz fiel von selber auf das Tischtuch. Aber er gab wenigstens keinem Menschen die Hand. Man nannte es Hoffart, aber es war Takt. Herr Jellineck hat den Takt nicht. Er streckt mir seine Hand entgegen. Ich komme ihm nicht aus. Annette greift schnell nach einem Brötchen und mit der anderen Hand nach der Kaffeekanne, um das Unheil für sich zu verhüten. Sie schafft es. Ich bewundere sie wieder einmal.

»Wie schmeckt Ihnen unser Kaffee?« fragt Frau Hedwig.

»Kaffee? Ich dachte, es wäre Tee.«

»Haben Sie ihn noch nicht gekostet?«

»Doch.«

Frau Hedwig schnappt nach Luft. Aber es ist der erste Tag unseres Zusammenseins, sie behält ihre gastfreundliche Miene.

»Ihr Mann ist schrecklich verwöhnt, Frau Annette«, sagt sie nur. »Wie werden Sie nur mit ihm fertig? Was macht man mit so einem Mann?«

»Ihn lieben«, sagt Annette.

Ich nicke ihr vergnügt zu.

Herr Jellineck in Schlafrock und Pantoffeln ist inzwischen über das Frühstück hergefallen. Ich hatte früher daheim eine Sau im Stall und sah ihr gern zu, wie es ihr schmeckte. So ein Tier ist gar nicht so unmanierlich, denke ich, während ich Herrn Jellineck zusehe, wie er sich einen Löffel grüne und einen Löffel rote Marmelade auf den Teller häuft, einen Riesenklecks Butter nimmt und das Ganze durcheinander mischt. Dann bröselt er die Scheibe eines Weißbrots darauf, zerdrückt und knetet das Ganze mit einer Gabel, um es danach mit einem Löffel zu verschlingen.

»Im Magen kommt es ja sowieso durcheinander«, sagt er, als er meinen erstaunten Blick bemerkt.

Ich sehe, wie Annette ihren Teller zurückschiebt.

Ich unternehme einen Vorstoß.

»Sie sind sicher gewohnt, später zu frühstücken«, sage ich.

»Nein. Wir richten uns selbstverständlich nach Ihnen.«

»Das sollen Sie eben nicht. Machen Sie sich bitte keine Ungelegenheiten. Wir frühstücken ebenso gern allein.«

»Noch lieber!« fügt Annette hinzu. Sie hat Mut.

Frau Hedwig verzieht ihr Gesicht wie ein gekränktes Kind, das gleich zu weinen beginnen wird.

»Wir hatten uns so sehr auf das gemeinsame Frühstück mit Ihnen gefreut«, klagt sie. »Ich hoffte, wir könnten zusammen plaudern, uns über Filme und Schauspieler unterhalten. Sie kennen doch sicher eine Menge Leute. Wir haben so lange nichts von Deutschland gehört... Und dann könnten wir Pläne schmieden, wie wir uns gemeinsam den Tag gestalten... wohin wir am Nachmittag fahren werden...«

Ich will Annette an Mut nicht nachstehen.

»Liebe gnädige Frau«, beginne ich.

»Warum so förmlich, Meister? Nennen Sie mich doch einfach Frau Hedwig oder nur Hedwig, wie es unter Freunden üblich ist.«

»Liebe Frau Hedwig«, sage ich, »halten Sie es bitte nicht für ungezogen, aber meine Frau und ich sind gewohnt, allein zu frühstücken. Ich rede früh nicht gern viel, meine Frau noch weniger. Wir wären schlechte Gesellschafter. Und noch eine Bitte habe ich: wenn das heute Kaffee war, hätten wir morgen lieber Tee zum Frühstück.«

Am Nachmittag werden wir Jellinecks nicht los. Sie wollen uns unbedingt die Stadt zeigen.

»Sind Sie fertig?« fragt Frau Jellineck.

»Ja.«

»Darf ich diesmal vorn neben Ihnen sitzen, Meister?«

»Gern, gnädige Frau.«

»Bitte – Hedwig!«

»Gern, Frau Hedwig!«

Der Teufel hole dieses Geschöpf!

Wir fahren mit Jellinecks in die Stadt. Herr Jellineck sitzt hinten neben meiner Frau im Wagen und kann den Mund nicht halten. Er redet ununterbrochen. Die belanglosesten Dinge, wichtig vorgetragen. Mancher hat nichts zu sagen. Aber der hält dann wenigstens den Mund. Oft schiebt er seinen Kopf zu mir vor und sagt mir etwas laut ins Ohr. Ob er sich einen Hund anschaffen sollte und wie ich darüber dächte? Ich denke überhaupt nicht, ich fahre. Ich fahre durch eine fremde Stadt mit ungewohnten Fahrsitten, ich brauche meine ganze Aufmerksamkeit für die Straße. Neben mir sitzt Frau Hedwig. Gott sei Dank hat sie heute ihren tomatenroten Mantel daheimgelassen, die Fehlfarbe. Sie trägt ein grasgrünes Lederkostüm, und ich komme mir vor, als ob ich mit dem Jäger aus Kurpfalz ausritte.

»Piff! Paff! Puff!« sagte ich zu ihr, als sie einstieg. Sie sah mich verständnislos an.

Ich sang ein paar Takte: »Der Jäger aus Kurpfalz...«

»Sie sind sehr gut aufgelegt, Meister!«

»Ihr Anblick, gnädige Frau!«

»Hedwig!«

»Komm, steig ein, grüne Hedwig!«

Annette sah mich mißbilligend an, aber so bin ich nun einmal, wenn ich mich ärgere. Das liegt jetzt schon zehn Minuten zurück, ich fahre mit meinem Wagen über den Borne und parke ihn neben dem Schildkrötenbrunnen.

Der Borne ist eine Miniaturausgabe der berühmten Ramblas von Barcelona. Platanen, der breite Korso mit den Zeitungsständen, Stühlen und Schuhputzern in der Mitte, ein Stehkaffee für den Espresso, aus den zahlreichen Kaffeehäusern rechts und links klingt uns Musik entgegen, ein paar Klubs lassen uns durch ihre großen Fensterscheiben in das Innere schauen. Es ist in Spanien ein sonderbares Ding um das Klubleben: da steht in einzelnen, wohlausgerichteten Reihen aufgereiht ein bequemer Lehnstuhl neben dem andern, und in jedem schläft ein anderes Klubmitglied. Sie schlafen immer im Klub. Sie unterhalten sich nicht, sie lesen nicht, sie trinken nicht, sie schlafen. Ob es sich nun um den Automobilklub oder um den Klub der Freunde Palmas handelt. Sie tun es ganz ungeniert, liegen mit herunterhängendem Kinn und schiefem Kopf im tiefsten Schlaf in ihren Sesseln, und man hat, durch das Fenster gesehen, den Eindruck, daß sie laut schnarchen. Da ich meinen Wagen nach der langen Fahrt waschen will, gehe ich in den Automobilklub und frage nach einer guten Garage. Ich weise mich als Mitglied eines befreundeten Automobilklubs in Deutschland aus. Die Empfehlung nützt. Ich erfahre vom Klubwart, den ich erst wecken lassen muß, wo ich hier preiswert amerikanische Zigaretten kaufen kann und welche Schuhgeschäfte zehn Prozent Rabatt geben und in welchem Hotel ich umsonst telefonieren kann. Nur von der Garage erfahre ich nichts. Sie wissen von keiner, weder von einer guten, noch überhaupt einer am Borne, im Automobilklub von Palma, und ich verbürge mich für die Wahrheit dieser Anekdote.

Wir gehen durch eine schmale Gasse, die mit ihrem runden Katzenkopfpflaster uns vor ungewohnte Aufgaben stellt. Es sind unregelmäßig verlegte Steine, schief in den Boden gebettet, ein normales Gehen darüber ist unmöglich, am besten, man watschelt nach Entenart über sie. Annette, die hohe Absätze trägt, muß öfter stehenbleiben und ihren zwischen zwei Steinen festgeklemmten Stöckel wieder herausziehen. Wir gehen zu viert hintereinander, sozusagen im Gänsemarsch, denn die Mitte der nur vier Schritte breiten Gasse gehört den Autos, die nicht dulden, daß zwei Fußgänger nebeneinander gehen. Dazwischen aus den Nebengassen herausschießende Radfahrer, Bäckerjungen mit Kuchenblechen auf dem Kopf, Brennholzverkäufer mit ihren Zweiräderkarren und blutjunge Zigeunerinnen, ihr Kind auf dem Arm, die sich an unsere Fersen heften. »Herr, das Kind hat schon seit zwei Tagen nichts gegessen!« Oder, wenn das nichts nützt: »Herr! Mein Mann liegt tot im Hause, ich habe kein Geld, ihn begraben zu lassen. Er riecht schon!«

All das begegnet uns in den ersten Minuten. Es ist ein beglückender Spaziergang, man kann sich dem Zauber dieser Stadt nicht entziehen, den Fensterbögen, den gotischen Toren, den Patios mit ihren geschwungenen, breiten Freitreppen und Palmen im Innern der Höfe. Wir sind immer wieder von neuem verzaubert, wie eine Gasse von der anderen sanft aufgenommen wird, wie Schwestern liegen sie sich in den Armen. Plötzlich tut sich vor uns ein Platz auf, wie einem Märchenbuch entnommen. Wie verträumt liegt er da, ohne jeden Verkehr, als ob man ihn vergessen hätte, und er ist doch nur zehn Minuten vom Borne entfernt. In der Mitte ein Brunnen und ringsum schmale, hohe Häuser, balkonübersät, keine Fenster, nur Balkone, wie eine Bienenwabe sehen die Häuser aus. Von oben bis unten auf dem dunklen Eisen der Balkongitter Wäsche zum Trocknen aufgehängt, bunt, in hunderterlei Farben die kleinen und großen Stücke, viele Kinderschürzen darunter, rote, blaue, grüne und gelbe Kinderhemdchen und Kinderhöschen, auch die mächtigen Unaussprechlichen der Mütter hängen dazwischen, die wollenen Leibbinden des Mannes... In den bunten Farbflecken, vier Stock hoch, acht Häuser nebeneinander, spielt der Wind. Frauen beugen sich heraus und blicken hinauf und hinunter, hinüber und herüber, in welcher Richtung sie gerade ihr Gespräch mit der Nachbarin führen. Und unten plätschert der Brunnen, stehen die Messingbecken mit dem Holzfeuer vor den Türen, Kinder spielen zwischen den Palmen ihre alten Spiele, Verstecken, Abklatschen, Ochs am Berg. Sie laufen davon, sie kommen zurück, mit einer Handvoll Sand, im Anschlag gegen einen größeren Jungen, dann sich aber doch nicht trauend, den Sand zu werfen, und so rinnt er ihnen wieder leise aus der kleinen Hand, zwischen den

Fingern hindurch, zu Boden.
Jellinecks haben dafür kein Auge. Für das, was uns beglückt, haben sie keinen Sinn.

Sie zeigen uns dafür andere Dinge.

»Hier kaufen wir unsere Butter – hier ist der beste Bäcker von Palma – wenn Sie Wein kaufen wollen, hier ist er am billigsten«, sagen sie und zeigen auf eine kleine Bodega an der Plaza Santa Eulalia. Das geht so weiter. Wir sehen nur Geschäfte, keine Kirchen, keine Brunnen, nicht die berühmten arabischen Bäder oder den Bogen der Almudaina, des ältesten Bauwerks aus der Zeit, als noch die Araber die Insel besiedelten, wir besuchen nicht die Kathedrale und nicht den verträumten Klostergarten der Franziskaner... wir gehen von Geschäft zu Geschäft.

»Hier kaufen wir unser Fleisch«, sagen Jellinecks, »hier ist der Kaffee am billigsten... hier ist der beste Schneider. Wenn Sie sich einen Anzug machen lassen wollen, sagen Sie es mir vorher, dann gehe ich mit Ihnen hin und lasse mir zehn Prozent geben, die wir dann teilen... Wenn Sie Schuhe kaufen wollen, sagen Sie es mir vorher wegen der zehn Prozent... Sie werden doch hier kein Obst kaufen! Ich weiß ein Geschäft, dort ist es halb so teuer...«

Wir lassen uns belehren und gehen mit Herrn Jellineck, Orangen einzukaufen. Der Weg führt durch die Silbergasse. Eine kleine Gasse, keine vierzig Häuser lang, in der ein Silberschmied neben dem anderen wohnt. Jeder hat nur ein winziges Fenster, eine schmale Tür, zwei Stufen, die hinunterführen, Silberschmied neben Silberschmied.

Frau Hedwig ist plötzlich stehengeblieben und deutet aufgeregt auf einen goldenen Anhänger.

»Fipps!« ruft sie. »Hast du die Spendierhosen an?«

»Die hängen daheim im Schrank!« sagt Herr Jellineck und blickt sich nach uns um, ob wir ihm für die schlagfertige Antwort Beifall zollen.

»Die hängen leider bei dir schon zwanzig Jahre im Schrank! Genau seit dem Tag, als wir geheiratet haben. Schau dir diesen Anhänger an! Den wünsche ich mir seit Jahren. Jetzt wäre eine gute Gelegenheit, ihn mir zu schenken.«

»Gelegenheit? Hast du etwa schon wieder Geburtstag?«

Er bleibt aber trotzdem stehen, betrachtet den Anhänger und prallt plötzlich erschrocken zurück.

»Fünftausend Peseten!« ruft er. »Der ist ja aus Gold!«

»Deswegen wünsche ich ihn mir ja.«

»In deinen Jahren, Hedwig! Da rentiert sich doch Gold nicht mehr!«

Ich horche auf und erkundige mich interessiert, warum sich für eine Frau von fünfzig ein goldenes Schmuckstück nicht mehr rentiert.

»Eine einfache Rechenaufgabe«, sagt Herr Jellineck. »Wie lange hat meine Frau voraussichtlich noch zu leben? Sagen wir: zehn, höchstens fünfzehn Jahre. Der Anhänger kostet fünftausend Peseten.

Wie oft kann sie ihn tragen? Einmal in der Woche, höchstens, das sind in zehn Jahren fünfhundertmal. Dann kostet es jedesmal, wenn sie den goldenen Flatterer umhängt, zehn Peseten, eine Mark. Das steht nicht dafür.«

Ich habe dieser grausamen Rechenaufgabe nichts zuzufügen, aber Annette und ich drücken uns heimlich die Hand, dankbar, daß wir beide so schlechte Rechner sind und es wohl auch bis zum Ende unserer Tage bleiben werden.

Wir sind weitergegangen, jetzt stehen wir vor den Ständen und kaufen Orangen ein. Das Kilo kostet vier Peseten. So steht es angeschrieben. Herr Jellineck bietet drei Peseten. Man einigt sich auf drei Peseten fünfzig. Herr Jellineck sieht mich triumphierend an. Ich bin gespannt, ob ich die ersparten fünfzig Centimos mit ihm teilen muß. Ich wußte es noch nicht, ich mußte es nicht. Also drei fünfzig, gut, schön. Wenn wir aber zehn Kilo auf einmal nähmen? Im großen einkauften? »Es ist Ihnen doch recht?« fragt mich Herr Jellineck. Es ist mir recht. Wir wollten zwar nur ein Pfund einkaufen, höchstens zwei, wie wir es von daheim gewohnt sind. Aber meinetwegen, zwanzig Pfund. Wir werden uns einmal richtig an Orangen satt essen, in Orangen schwelgen, zwei Stück hintereinander, drei Stück, vier, es kommt nicht darauf an, im Lande der Orangen ißt man eben Orangen wie daheim die Kirschen und Pflaumen. Wir werden sie verschwenderisch essen, einfach in der Mitte durchschneiden und nur den Saft auslöffeln, wir werden Orangensalat machen mit Nüssen, wir werden auf das Bratenfleisch kühle Orangenscheiben legen. Gut, gern, einverstanden, zehn Kilo.

»Zehn Kilo zu drei fünfzig«, wiederholt der Orangenverkäufer.

»Nein. Bei zehn Kilo höchstens drei zwanzig.«

Es gelingt Herrn Jellineck, zwei weitere Pfennige herunterzuhandeln, und wir bekommen die Orangen für dreiunddreißig Pfennig das Kilo. Damit ist aber Herrn Jellinecks Aufgabe für uns noch lange nicht erschöpft. Jetzt erst beginnt seine eigentliche Tätigkeit. Er läßt sich einen leeren Korb reichen und beugt sich zu der großen Orangenkiste hinunter, nimmt Stück für Stück heraus und prüft jede einzelne Orange. Er wägt sie in der Hand, an der Schwere der Frucht erkennt man, ob sie saftig ist. Je schwerer innerhalb ihres Umfanges, desto saftiger. Das wissen die wenigsten, Herr Jellineck sagt es mir. Auch darf die Schale beim Druck der Hand nicht nachgeben, sie muß fest und hart sein. Herr Jellineck nimmt Orange für Orange aus der Kiste. Zeigt die Frucht einen schwarzen Punkt, einen kleinen Riß, ist sie mit einer anderen Orange zusammengewachsen oder ist das Gold ihrer Schale nicht gleichmäßig verteilt, auf der einen Seite heller als auf der anderen, also im Schatten des Baumes gewachsen, legt er sie abseits, während er die guten, ausgewählten in meinen Korb gibt.

Als er die schönsten Früchte für mich ausgewählt hat, wahre Ausstellungsstücke, das muß ich ihm zugestehen, haben wir erst fünf Kilo beieinander, und Herr Jellineck verlangt eine zweite Kiste. Der Südfruchthändler erfüllt widerspruchslos seinen Wunsch und trägt eine zweite Kiste herbei. Dasselbe Manöver beginnt von vorn. Frau Hedwig kostet inzwischen Mandarinen und die noch süßeren, dunkelroten Celestinen und bietet auch Annette davon an, die sich geniert. Hedwig beruhigt sie. Kosten kostet nichts, und so verspeisen die beiden Damen eine recht stattliche Anzahl dieser süßen Früchte.

Endlich hat Herr Jellineck meine zehn Kilo zusammen. »Aber gut wiegen! Nicht zu knapp und noch ein paar Früchte obenauf!«

Der Händler lacht ihm zu, als ob sie Freunde wären, und legt noch ein paar ungewogene Früchte in meinen Korb. Ein paar tut Herr Jellineck noch selbst obendrauf, als der Händler gerade nicht hinsieht.

Ich bezahle, und wir wollen gehen. Herr Jellineck bleibt stehen, winkt den Händler zu sich heran und deutet auf die von ihm aussortierten Früchte mit den kleinen Fehlern.

»Was verlangen Sie für den Ausschuß?«

»Es sind tadellose Früchte.«

Herr Jellineck beutelt mit dem kleinen Finger

sein Ohr, als ob er schlecht höre. »Sie können sie nicht verkaufen. Sie verlieren damit Ihre Kunden.«

»Sie sind makellos.«

»Sie haben Druckstellen, morgen sind sie faul, dann müssen Sie sie wegwerfen. Ich zahle Ihnen eine Pesete für das Kilo.«

Was ich nie für möglich gehalten hätte: Herr Jellineck bekommt seine acht Kilo für fünfzig Pfennig das Pfund. Der Spanier bleibt sogar freundlich dabei. Er ist wohl zu stolz, sich mit so einem zu streiten. So gehen wir nebeneinander die Straße hinunter, jeder von uns mit einem Korb voll Orangen.

»Sie haben immer noch viel zu teuer eingekauft«, sagt Herr Jellineck neben mir, während vor uns seine Frau meine Frau mit einer großen Weintraube füttert, die sie ungesehen mitgehen ließ. »Sie haben drei dreißig für das Kilo bezahlt und ich nur eine Pesete. Es sind die gleichen Orangen.«

Mir bleibt vor soviel Unverfrorenheit der Verstand stehen.

Neben unserem Wagen am Borne steht der Parkwächter. Eine Pesete verlangt er für die Bewachung. Ich gebe ihm zwei.

Herr Jellineck nimmt dem Parkwächter eine Pesete aus der Hand. »Una!« sagt er betont und zum Parkwächter gewendet: »Der Herr versteht nicht Spanisch!«

Während wir einsteigen, drücke ich, weil ich

mich wegen des Vorfalls geniere, dem Parkwächter heimlich fünf Peseten in die Hand. Ich deute ihm an, den Schein schnell verschwinden zu lassen. Er zwinkert mir verständnisvoll zu. Ich klopfe vergnügt auf die Hupe, als wir wegfahren, und der Parkwächter winkt mir nach.

»Sehen Sie, er winkt uns!« sagt Herr Jellineck triumphierend. »Man soll die Leute nicht verwöhnen. Sie haben es nicht gern.«

Neuntes Kapitel

Am Abend ist Annette ein wenig müde. Das ungewohnte Klima, sagt sie. Vielleicht sagt sie es auch nur, denn sie sieht mich sehr vergnügt dabei an.

»Wie ich dich kenne, Johannes, möchtest du dir heute gern Palma bei Nacht ansehen.«

»Wie ich mich kenne – ja.«

»Zieh dich um! Ich habe dir den dunklen Anzug und ein neues Hemd aufs Bett gelegt. Aber den Jellinecks sagen wir nichts. Die Frau versteht in dem Punkt keinen Spaß. Sei froh, Johannes, daß du mit dieser Frau nicht verheiratet bist.«

»Mit dem Mann ist auch kein Zuckerschlecken.«

»Wann ist in der Ehe schon mit dem Mann ein Zuckerschlecken«, sagt Annette und seufzt. Ich nehme mir vor, mich zu bessern. Ab morgen.

Während ich mich umziehe, suche ich überall das Bild Clarissas, die Fotografie, die ich Herrn Wendler gestohlen und heimlich mitgenommen habe. Ich glaubte, ich brauchte sie nur aus dem Buch herauszunehmen, in das ich sie daheim gelegt hatte. Aber dort ist sie nicht. Ich suche sie überall. Umsonst. Zu dumm, wie soll ich mich, des Spanischen nicht mächtig, in der Lido-Bar verständlich machen? Es wäre so leicht gewesen, mit dem Bilde in der Hand nach Clarissa zu fragen und auf diese Weise schnellen Anschluß zu finden. Ich suche weiter. Aufgeregt. Habe ich sie unterwegs verloren? Es wäre peinlich, wenn Annette sie fände. Kostbare Zeit verrinnt. Ich gebe es auf. Ich binde eine weiße Krawatte um und schlüpfe in den Rock. Da fällt etwas zu Boden. Es ist die gesuchte Fotografie. Jemand muß sie direkt auf mein Jackett gelegt haben. Ich hebe sie auf und finde auf der Rückseite, von Annettes Hand geschrieben: »Komm nicht zu spät nach Hause! Morgen ist auch noch ein Tag!«

Die Lonja, die alte Börse, ein gotisches Bauwerk von einmaliger Schönheit, liegt an dem palmenbestandenen Paseo de Sagrera, gegenüber dem Meer. Ihr zur Seite ein kleiner Garten, in dem sich ein Tor des alten Stadtwalls befindet. Es stammt aus dem 17. Jahrhundert, und durch dieses Tor trat man früher, vom Meer kommend, in die Stadt ein. Heute tritt man von dort in die Lido-Bar ein.

Drei Bars liegen auf dem kleinen Platz wie Fischer am Meer, auf einen guten Fang hoffend. Die Lido-Bar, das Monte Cristo und das Tanzkabarett Casablanca. Vor dem Tanzkabarett hatte man mich schon auf dem Schiff gewarnt. »Sie werden dort tausend Peseten im Handumdrehen los!« hatte man mir gesagt. Nun, ich bin gegen die Dummheit gefeit, in solchen Lokalen meinen Beutel umzustülpen. Trotzdem bleibe ich vor dem Eingang stehen und betrachte die Bilder und Fotografien der Tänzerinnen, die dort in zwei Kästen hängen und uns Vergnügen versprechen. Die Fotografien versprechen kein Vergnügen, sie sind verblichen und vergilbt, man hat sicher den Schlüssel zum Kasten verloren und kann sie nicht auswechseln. Die Tür geht auf, und aus Neugier schaue ich hinein. Ich recke den Kopf vor, um besser zu sehen. Und schon umfängt mich ein Schwarm von jungen Mädchen, mindestens vierzehn an der Zahl, das wirrt und wurlt durcheinander, das plappert und kichert und faßt mich am Ärmel, das zieht mich hinein, und von der Bar her winken weitere Schöne. Ich komme mir vor wie ein Seemann auf einer Insel mit schiffbrüchigen Mädchen, und ich bin der erste Mann, den sie wieder zu sehen bekommen. Ich gebe zu, ein solches Willkommen schmeichelt. Ich erschrecke darum auch nicht, als aus einem winzigen Loch rechts in der Wand eine weibliche Hand nach mir greift und fünfundzwanzig Peseten von mir verlangt, ehe ich die heiligen

Hallen der andalusischen Tanzkunst betreten darf. Ich erfahre, daß in diesem Preis ein Drink nach Wahl eingeschlossen ist. Das läßt sich hören. Zwei Mark fünfzig ist mir die Sache wert. Ich werde mich hier ein wenig aufmuntern, bevor ich Clarissa in der Lido-Bar gegenübertrete. Ein junges Mädchen gibt den Ausschlag, es ist höchstens neunzehn Jahre alt und spricht sogar ein wenig Deutsch. »Kussi Kussi«, sagt sie und deutet auf sich und beweist mir damit ihren guten Willen, mich prächtig in meiner eigenen Landessprache zu unterhalten.

Da ich der erste und vorläufig einzige Gast dieses Etablissements bin, fühle ich mich ein wenig unbehaglich. In solchen Fällen rette ich mich sonst an die Theke. Kaum aber treffe ich Anstalten, mich auf den Barhocker zu schwingen, schwirrt der ganze Vogelschwarm der Mädchen rechts und links von mir auf die Barhocker und blickt erwartungsvoll auf mich. Ich finde gerade noch Gelegenheit, in letzter Minute eine Kehrtschwenkung zu machen, und setze mich an einen winzigen Tisch, unmittelbar an der Tanzfläche, der nur einen Stuhl hat und mich somit vor den Nachstellungen der durstigen Seelen sichert. Ich habe gar nicht die Absicht, eine Schöne einzuladen, auch nicht Kussi Kussi, die an der Bar eine Extravorstellung gibt, immer wieder ihren Pullover hochzieht, um sein Inneres zu betrachten, es ist schön und angenehm, ich habe es jetzt gesehen...

aber ich will nicht, mein Glück erwartet mich in der Lido-Bar, dazu bin ich zweitausend Kilometer gefahren, um sie zu finden, Clarissa. Ich habe meinen Kopf wirklich nur aus Neugierde hier hereingesteckt, und auch jetzt, nachdem ich meine fünfundzwanzig Peseten bezahlt habe, will ich weiter nichts als meinen Drink trinken, mir vielleicht eine oder zwei Tanznummern ansehen, sozusagen als Aperitif auf Clarissa, und dann meiner Wege gehen.

Ich habe die Rechnung ohne die Mädchen gemacht. Kaum habe ich mir eine Zigarette angezündet, kommt schon die erste hüftenschwenkend auf mich zugetänzelt und fragt, ob eine Zigarette gestattet sei. Meinetwegen eine Zigarette. Ich bin erlöst, daß sie nicht mehr von mir verlangt. Zigaretten sind billig in diesem Land, das ganze Päckchen Camel sechzig Pfennig, was kann da sein? Eine Zigarette – *por favor* – bitte sehr! Ich halte ihr die Packung hin, sich zu bedienen. Sie aber nimmt mir zu meiner Überraschung das ganze Päckchen aus der Hand und trägt es zur Bar hinüber, von Stuhl zu Stuhl, jedem der Mädchen eine Zigarette anbietend. Da es ein neues Päckchen ist, das ich gerade angebrochen habe, bleiben noch fünf Stück übrig. Soll sie sie doch behalten, in Teufels Namen, was liegt daran? Aber nein, sie kommt mit der halbleeren Packung zu mir zurück, eine Statue von einem Weib, mit einer Büste, keinem Busen mehr, und fragt, ob sie auch der Musik Zigaretten anbieten darf. Natürlich, sage ich, selbstverständlich, bitte sich nur zu bedienen! Ich habe zwar jetzt selbst keine Zigaretten mehr, aber ich bleibe ja nur eine Zigarettenlänge. Dann nichts wie hier hinaus. Auf dem Borne kann ich mir neue Zigaretten kaufen.

Ich blicke vergebens nach dem Kellner, mir den bezahlten Drink zu bestellen. Er ist nicht zu sehen. Dafür kommt die Schöne vom Musikpodium wieder herunter und ein drittes Mal zu mir. Wir sind sozusagen schon befreundet, intim, wir haben schon zweimal miteinander gesprochen, das genügt ihr als Beweis meines Interesses. Sie zieht, ohne zu fragen, einen Stuhl vom Nebentisch herüber und setzt sich zu mir.

Jetzt hilft nur noch eines: unhöflich werden.

»*No!*« sage ich.

Ich versuche, den Stuhl wegzuschieben.

»*No! No!*«

»*No me quieres?*«

»*No!*« sage ich so heftig, daß ich selbst erschrecke.

»*Yo no te gusto?*«

»*No comprendere!*« sage ich.

Ich verstehe auch wirklich nicht, was sie von mir will. Aber ich ahne es. Meine Seele ist es nicht. Ich habe richtig geraten.

»*Un whisky?*«

»*No! No comprendere!*«

»*Un coctail?*«

»No comprendere!«

»Tu quieres flamenco?«

Ich weiß nicht, ob das auch wieder etwas zum Trinken ist. Auf jeden Fall bin ich nicht gewillt, mich schröpfen zu lassen, und schreie laut:

»No!«

Ein erstauntes Gesicht:

»Tu no quieres música?«

Doch, Musik liebe ich. Ich will nicht als Banause dastehen.

»Si! Quiero música!«

Oh, hätte ich es nie gesagt! Sie gibt der Kapelle ein Zeichen, der Gitarrespieler klettert mit seinem Instrument vom Podium, zieht einen dritten Stuhl zum Tisch, und nun hebt ein Flamenco an, daß mir Hören und Sehen vergeht. Die Schöne neben mir schreit, als ob sie am Spieße stäke, sie preßt ihre Stimme so gewaltig heraus, daß ich fürchte, ihr Kehlkopf müßte sichtbar werden. Sie plärrt mir ins Ohr, ein Boschhorn ist nichts dagegen. Ich verstehe kein Wort und wage ihr nicht ins Gesicht zu blikken, denn es ist vom Schmerz des Liedes verzerrt. Immer heftiger werden ihre Schreie, aber sie schreit nicht mehr allein, der ganze Schwarm der andalusischen Tänzerinnen ist um unsern Tisch versammelt, sie schreien mit, stampfen mit den Füßen, klatschen in die Hände... auf einmal ist alles vorbei, der Flamenco ist zu Ende.

»Bien?« fragt die Schöne neben mir jetzt wieder

mit milder Stimme und lächelt mich verheißungsvoll an.

»*Muy bien*«, sage ich erschlagen.

Ich bin froh, daß mir die Stimme noch gehorcht. Morgen muß ich sicher zum Ohrenarzt.

»Du lieben sehr Flamenco!«

Sie sagt es nicht als Frage, sie sagt es als Feststellung, lobend, anerkennend. Es ist Kussi Kussi, die zu mir spricht. Wie ist sie überhaupt neben mich gekommen? Sie hat meine Hand gefaßt, küßt sie und sagt strahlend:

»Kussi! Kussi!«

Ich sitze da in höchster Not. Ich verwünsche meine Neugier, den Kopf hier hereingesteckt zu haben. Einer gegen achtzehn, die Musik eingerechnet. Wenn doch wenigstens noch ein anderer Gast käme! Aber es kommt keiner. Aufstehen und davonlaufen kann ich nicht. Erstens habe ich meinen Drink noch nicht bekommen, den ich bereits bezahlt habe, ich werde doch diesen Brüdern nichts schenken! Aber selbst, wenn ich es wollte, ich bin so festgekeilt zwischen den Tänzerinnen, daß ich höchstens zwischen ihren Beinen auf allen vieren hinauskriechen könnte, und selbst dies erscheint mir noch ungewiß.

Kussi Kussi sieht mir meine Not an. Sie flüstert mir ins Ohr:

»Du wollen sein solo mit Kussi Kussi?«

Das ist die Rettung. *»Si!«* nicke ich heftig. *»Si! Si!«*

Mit einer allein werde ich eher fertig.

»*Tu me quieres?*«

»Ja. Ich dich *quieres*!«

Da sind sie auf einmal alle verschwunden. Wie durch ein Zauberwort. Ich sitze mit Kussi Kussi allein, die Musikanten haben wieder auf ihrem Podium Platz genommen, und die andalusischen Tänzerinnen schwingen wieder zur Bar zurück. Sie sind beleidigt. Man sieht es ihren Rücken an. Auch die Kapelle schaut nicht gerade freundlich. Was kümmert's mich? Die erste Rückzugsschlacht ist gewonnen, der Rest ist ein Kinderspiel. Ich ziehe meine Uhr.

»Was? Schon?« sage ich erschrocken. »Ich muß gehen!«

»Und Kussi Kussi?«

»Kussi Kussi bleibt brav hier und wartet, bis ich wiederkomme.«

»*Tu regresarás?* Heute?«

»*No. Mañana.* Morgen.«

Da nimmt Kussi Kussi meine Hand und legt sie auf ihren Busen.

»Du fühlen, wie mein Herz klopft!«

Es klopft ganz hübsch. Ich bin nicht aus Eisen.

Kussi Kussi hat ein reizendes Gesicht. Das fällt mir erst jetzt auf. Ganz jung ist sie. Als ob sie meine Gedanken erriete:

»Neunzehn Jahre! Und du?«

»Etwas mehr.«

»Ich liebe die Deutschen.«

»Ich liebe die Spanier.«

Eine Höflichkeit ist der anderen wert.

»Du lieben Kussi Kussi?«

»Ja. Ich lieben Kussi Kussi.«

»Und du läßt Kussi Kussi sterben? Vor Durst?«

»Ich muß gehen. *No tengo tiempo.*«

»Armes Kussi Kussi tot, wenn du wiederkommst. Armes Kussi Kussi verdurstet.«

Also gut, eine Flasche Wein, es soll mir nicht darauf ankommen. Der Wein ist billig in Spanien. Ich winke dem Kellner im weißen Jackett, der jetzt vor der Theke steht und erwartungsvoll, bereits zwei Gläser in der Hand, zu mir herüberstarrt. Er kommt zum Tisch, und ich nehme ihm die Weinkarte aus der Hand.

»Blanco o tinto?« frage ich meine Nachbarin.

Sie macht ein entsetztes Gesicht, als ob ich ihr etwas Ungebührliches angetragen hätte.

»No vino!« sagt sie mit einem Zeichen des Abscheus. »Kussi Kussi nur trinken Champagner!«

»Champagner kostet viel Geld.«

»*Tu Alemán. Alemanes* haben Geld. Alle *Alemanes* trinken Champagner.«

Was bleibt mir übrig? Der Champagner ist durchaus zahlbar. Zwölf Mark die Flasche. Ich deute auf den billigsten.

Der Kellner tut, als sieht er es nicht. Kussi Kussi schiebt meinen Finger zu den teureren Sorten.

»*Este es mal! No bueno!* Kopfweh!«

Sie greift sich an die Stirn und zeigt, wie schlecht ihr davon wird.

»*Este!*«

Sie deutet auf eine Marke zu zweihundert Peseten. Der Kellner wartet meine Bestellung gar nicht erst ab, sondern geht davon, die von der Dame ausgewählte Flasche zum Tisch zu bringen. Er füllt die Gläser.

»*Salud!*« sagt Kussi Kussi.

Das Glas ist leer, ehe ich das meine nur an die Lippen bringe.

Ich nippe. Der Champagner ist nicht schlecht. Ein wenig zu süß für unseren Geschmack.

Ich habe mein Glas noch nicht auf den Tisch zurückgestellt, da füllt der Kellner ein neues Glas. Die mächtige Schöne mit der Büste, die mich zuerst beglückte und mir den Flamenco ins Ohr sang, kommt von der Bar herüber, nimmt das Glas und trinkt mir zu.

»*Salud!*«

»*Salud!*« Schwupp! Weg ist es!

Das geht so dreizehnmal hintereinander. Flottweg. Jede der Tänzerinnen kommt zum Tisch, sagt *Salud* und verschwindet. Aus der ersten Flasche sind schon zwei geworden. Ohne daß ich gefragt werde. Dabei sind noch nicht fünf Minuten seit meinem ersten Schluck vergangen.

»*Salud!*«

»Salud!«

Die Reihe ist jetzt endlich zu Ende. Trotzdem nähert sich der Kellner mit einem frischen Glas.

Er schenkt ein, hebt das Glas, trinkt mir zu:

»Salud!«

»Salud!«

Nun, auch dieser Kelch geht an mir vorüber. Aber was will der Kellner jetzt wieder?

Er bringt abermals ein neues Glas. Diesmal schenkt Kussi Kussi ein. Es ist der Rest der dritten Flasche.

»Salud a mamá in der Garderobe!« sagt sie und reicht dem Kellner das Glas, der es davonträgt.

Ich werfe das Geld auf den Tisch, ein Trinkgeld obenauf, ja, auch etwas für die Musik, ich weiß, was sich gehört, mein Herzchen, und da ist noch etwas für Zigaretten für dich – ja, bitte, auch noch ein *pollo,* ein Hühnchen, für dich und *mamá* in der Garderobe, laßt es euch schmecken –, und mache, daß ich aus dem gastlichen Tempel hinauskomme, und verwünsche meine Neugier, die mich wieder einen runden Taler gekostet hat.

Ich stehe draußen, an der frischen Luft, unter den Palmen, der Lido-Bar gegenüber. Soll ich noch hineingehen? Natürlich gehe ich. Irgendwie haben mich die zwei Glas Champagner auf nüchternen Magen beschwingt, meine Sehnsucht nach Clarissa ist stärker geworden, ich werde bei ihr Trost für die mir widerfahrene Beutelschneiderei finden, ich bin überzeugt davon. Ich ziehe im Schein einer Laterne Clarissas Bild hervor und betrachte es. Sie muß eine großartige Frau sein, diese großen, verträumten Augen, dieser stolze Mund, die steile Stirn und der Ansatz ihres blonden Haars... Es gibt Frauen, von denen sich jeder Mann eine Besserung des alten Ichs verspricht. Clarissa gehört zu diesen Frauen, und so eile ich die fünfzehn Schritte hinüber zur Lido-Bar, ein runder Bogen über der Tür, rotes Licht, unter Glas ein paar Preise, darunter geschrieben: »Man spricht Deutsch!«

Eine heitere Atmosphäre umfängt mich. Die Wände sind strohbespannt, an der Decke kleine Fahnen aller schiffsfahrenden Nationen, ein Radio spielt Schallplatten, eine Espressomaschine summt, fünf Tische mit Korbsesseln, ein Schild an der Wand »Eisbein mit Sauerkraut« und im Hintergrund eine Bar, die die ganze Breitseite einnimmt. Auch hier ist noch kein Gast da. Drei Frauen stehen hinter der Theke, sie sehen sehr solide aus. Eine mit einer goldenen, randlosen Brille, ungefähr vierzig, den Mund verkniffen. Sie erweckt den Eindruck einer Lehrerin auf einem verregneten Schulausflug. Die zweite in ungefähr gleichem Alter, rund und feist, mit groben Gesichtszügen, einem weiblichen Dienstmann nicht unähnlich. Und dann ist noch ein Persönchen da, blond, zierlich, angenehm anzusehen, wenn auch schon über die Jahre hinaus, in denen sich eine Frau hinter der Theke aufhalten und die Männer zum Trinken, zum Salute anhalten sollte. Aber sie hat einen liebenswerten Ausdruck im Gesicht, sogar die Schürze, die sie jetzt abbindet, erinnert an gemütliches Familienleben, ein wenig gleicht sie meiner Tante Dorle Götte, der ich als Vierzehnjähriger meinen ersten Liebeskummer anvertraute.

Ich habe meine weltmännische Haltung, die ich in der Casablanca restlos verloren hatte, wiedergefunden, schwinge mich auf den Barhocker und bestelle einen Martini.

»Trocken?« fragt im vollendetsten Deutsch die Blonde.

»Bitte, trocken.«

Sie mixt mir einen vorzüglichen Martini und stellt das Glas vor mich hin. »Gefällt es Ihnen in Palma?« fragt sie.

Sie fragt das jeden neuen Gast beim ersten Glas. Das gehört dazu.

»Ich bin erst zwei Tage hier«, sage ich.

»Sie werden sich sehr wohl fühlen. Ist der Martini recht?«

Er ist mir recht. Ich lobe ihn. Das freut sie.

Ich frage, ob sie etwas mittrinken würde.

»Gern. Ein Bier.«

Neue Gäste kommen, und die Blonde wendet sich ihnen zu. Es sind zwei Männer, der eine ist ein Baron, wenigstens läßt er sich so nennen, und der zweite ist ein Schriftsteller, wie ich sogleich erfahre, ein Franzose, wie er sich ausgibt. Sie trinken beide ein Bier und zahlen.

»Sechs Peseten«, sagt die Blonde.

Als die beiden Männer gegangen sind, sagt sie:

»Bei manchen Gästen ist es ratsam, sie vorher zahlen zu lassen. Es kommt oft vor, daß sie hinterher kein Geld in der Tasche haben.«

»Was tun Sie dann?«

»Nichts. Sie werden wiederkommen, wenn sie wieder Geld in der Tasche haben. Es sind immer dieselben. Sie kommen von der Insel nicht fort, sie finden immer wieder einen, der ihnen mit ein paar hundert Peseten aushilft und damit glaubt, etwas für die Literatur getan zu haben.«

Ich bestelle eine zweite Runde, einen Martini für mich, ein Bier für die Dame. Sie deutet zum Radio und fragt, was ich gern hören will. Ich erfahre, daß ihr die Bar gehört. Seit zehn Jahren ist sie schon hier. Ihr Mann arbeitet in Deutschland. In vier Wochen besucht er mich, sagt sie glücklich.

Ich hebe mein Glas und trinke auf das Wohl ihres Mannes.

Zur nächsten Runde ladet sie mich ein. Ich bin ein wenig geniert, man ist es seit Jahren nicht gewohnt, daß der Wirt einen ausgibt. Und das auch nur bei alten Stammgästen. Ich aber bin das erstemal hier und aus einem besonderen Anlaß gekommen. Ich taste mich an den Zweck meines Kommens heran.

»Haben Sie noch andere Damen hinter der Bar?« frage ich.

»Ja«, sagt sie, »ich arbeite mit zwei Besetzungen. Zwei Damen, die nachmittags Dienst haben, und diese beiden hier für die Nacht. Nachmittags ist übrigens ein besonders hübsches Mädchen hier. Sie wird Ihnen gefallen.«

Aha! Clarissa! Ich bin über diese Auskunft beglückt.

»Kommen Sie einmal nachmittags«, sagt die Blonde. »Sie muß abends um acht Uhr daheim sein, ihre Eltern sind sehr streng.«

»Heißt das junge Mädchen zufällig Clarissa?« frage ich.

Komisch, manchmal klopft einem das Herz bis zum Hals.

»Clarissa?« wiederholt sie.

Sie fragt so merkwürdig.

»Ja. Clarissa.«

»Clarissa bin ich.«

Ich falle fast vom Stuhl. Aber nein, das ist Clarissa niemals! Ich habe doch Clarissa in voller Figur auf dem Bild gesehen, sie ist um einen guten Kopf größer.

»Haben Sie vielleicht eine Tochter, die zufällig ebenfalls Clarissa heißt?«

»Nein. Ich habe keine Kinder. Warum?«

»Ein Freund von mir –«

Ich ziehe die Fotografie hervor.

»Kennen Sie dieses Mädchen?«

»Nein. Noch nie gesehen. Sie ist hübsch.«

»Sehr hübsch sogar. Ihretwegen bin ich nach Spanien gefahren.«

»Wo soll sie sein?«

»Bei Ihnen. In der Lido-Bar. Mein Freund hat sie vorigen Sommer hier kennengelernt.«

Die Blonde nimmt das Bild nochmals in ihre Hand und betrachtet es eingehend.

»Vielleicht war sie bei Ihnen als Gast?« forsche ich.

»Nein. Ich kenne meine Gäste. Ich bin immer hier.«

»Aber mein Freund hat mir versichert –«

»Wie sah Ihr Freund aus?«

Ich schildere Herrn Wendler. Ich schildere ihn plastisch. Der Martini heizt mir ein.

»Er schwimmt im Geld. Wenn er bei Ihnen war, hat er bestimmt nur Champagner getrunken, möglichst die teuerste Marke!«

»Groß ist er, sagen Sie?«

»Einen halben Kopf größer als ich und schlank.«

»Trägt er einen Bart?«

»Ja. Einen kleinen.«

»Heißt Ihr Freund zufällig Weller oder Bandler oder ähnlich?«

»Ja. Wendler heißt er. Horst Wendler.«

In Clarissas Gesicht verbreitet sich Freude.

»Ich erinnere mich an ihn. Ein guter Gast! Er war täglich hier. Er verlangte immer die Witwe.«

»Die Witwe?«

»Veuve Cliquot, französischen Champagner. Ich mußte eigens für ihn eine ganze Kiste besorgen.«

»Das ist er. Und die Dame?«

»Welche Dame?«

»Die mit ihm war. Clarissa.«

»Clarissa bin ich. Daß er sich an mich erinnert!«

Ihr Gesicht bekommt einen Schein von mildem Glück.

Ich verliere langsam die Geduld.

»Aber Sie sind doch nie und nimmer diese Frau!« sage ich und klopfe ärgerlich auf die Fotografie.

»Daß er sich meinen Namen gemerkt hat!«

»Mit wem war er denn hier?«

»Er kam immer allein und trank mit mir Champagner.«

»Und dieses Mädchen?«

Die falsche Clarissa wendet sich an ihre beiden Helferinnen und reicht das Bild hinüber.

»Habt ihr das Mädchen schon einmal hier gesehen?«

Die beiden Heben starren neugierig auf die Fotografie.

»Vorigen Sommer!« setze ich hinzu.

»Verano pasado«, übersetzt Clarissa.

»No«, sagt die mit der Brille.

Der weibliche Dienstmann betrachtet das Bild genauer. Sie reibt es zwischen ihren Fingern.

»Zu mager! Nichts fürs Geschäft! So etwas könnten wir hinter der Bar gar nicht gebrauchen. Die Gäste liefen uns davon.«

Sie sagt es spanisch. Deswegen verstehe ich es nicht. Aber ich sehe ihrem Gesicht an, daß sie abfällig über das Bild spricht. Sie soll sich selber erst einmal im Spiegel betrachten.

Das Foto macht die Runde im Lokal. Es geht von Hand zu Hand. Auch unter den Gästen, die inzwischen gekommen sind und an den Tischen sitzen. Ich lasse es geschehen, denn ich gebe die Hoffnung nicht auf, doch noch einen Hinweis auf Clarissa zu erhalten, die echte Clarissa, die wunderschöne, die einmalige. Wenn ein alter Esel aufs Eis tanzen geht, dann tanzt er gründlich.

»Champagner!« rufe ich.

Der Champagner kommt. Wieder trinkt alles mit. Der Dienstmann säuft wie ein Schlauch.

»*Salud!*«

»*Salud!*«

»*Salud para Clarissa!*« rufen alle.

Als ich in der Nacht heimkomme – wieviel Uhr es war, weiß ich nicht mehr genau, mein Wagen benahm sich prächtig, wie in seinen besten Tagen, er fuhr wie der Teufel, er hat sich schnell an das neue Klima und an das spanische Benzin gewöhnt und nahm die steile Straße bis zu unserm Haus mit einem wahren Karacho, wie Blücher, als er die Spicherer Höhen stürmte – als ich an diesem Abend heimkomme und mich gerade leise auszuziehen beginne, damit Annette nicht wach wird, finde ich auf meinem Kopfkissen einen Brief. Er stammt vom Januar, Annette hatte ihn mir daheim vorenthalten und hat ihn heute nacht auf mein Kopfkissen gelegt. Er ist von Wendlers.

»Liebe Freunde«, lese ich, »uns ist gestern ein Irrtum unterlaufen. Das hübsche Mädchen, das Johannes so gut gefiel, heißt nicht Clarissa, sondern Aiga. Wir haben es nicht in Spanien, sondern einen Sommer vorher auf den Lofoten kennengelernt. Wann fährt Johannes nach Skandinavien?«

Zehntes Kapitel

Jetzt sind wir schon zwei Wochen bei Jellinecks. Im Austausch. Eine gloriose Idee! Zu Menschen zu ziehen, die man nicht kennt, nur aus purem Übermut. Um etwas Ungewohntes zu erleben. Denn etwas anderes war es doch nicht bei uns. Wenn wir reisen wollten, handelten wir bisher wie zwei vernünftige Menschen. Wir fuhren irgendwohin, wo es uns gefiel, quartierten uns in ein Hotel ein, hatten wir Geld, wählten wir ein gutes Hotel, hatten wir keines, nahmen wir uns eine bescheidene Unterkunft. Wir taten es wie jedermann, der eine Reise tut. Paßte es uns nicht, konnten wir ausziehen. Gefielen wir dem Wirt nicht, konnte er uns hinauswerfen.

Hier aber waren wir Gefangene. Wir hatten uns selbst in die Falle begeben. Wir konnten nicht gehen, und Jellinecks konnten uns nicht hinauswerfen. Wir hatten einen Vertrag miteinander geschlossen. Wir mußten – ob wir wollten oder nicht – miteinander in Harmonie auskommen. Dabei konnten wir uns schon vom ersten Tag an nicht riechen. Wir waren zwei Welten, grundverschieden. Wir hatten es leicht im Leben gehabt. Sie hatten eine schwere Zeit hinter sich. Das färbt ab. Natürlich färbt das ab. Aber was ging das uns an? Wir wollten fröhlich sein und den Tag genießen. Für uns. Allein. Wir waren froh, wenn wir sie nicht sahen. Aber wir sahen sie leider immer.

Es war zum Verzweifeln. Wir bezahlten unseren Übermut, auf Austausch zu gehen, bitter. Ich aber wollte nicht bezahlen. Wenn es schon so ist, wie es ist, sagte ich mir, will ich wenigstens meinen Spaß an dieser verteufelten Situation haben. Und dazu war mir alles recht. Ich stellte mich verliebt in das blondgefärbte Persönchen, das seine Jahre nicht nachzählte, ich übertrieb in meinem Benehmen schamlos, renommierte mit Abenteuern, die ich nie erlebt hatte, nur um sie vor Neugier zum Zittern zu bringen und Herrn Jellineck wissen zu lassen, was er alles im Leben versäumt hatte. Irgendwie wollte ich meinen Ärger über diesen Reinfall abreagieren, den er uns mit seinem Inserat, dieser Mausefalle, eingebrockt hatte. Ich hatte noch nie mit einem Mann dieser Gattung zu tun gehabt, die nichts anderes im Sinn hat als Verdienen und Sparen, die das Geld zu ihrem Gott erhoben hat und kein anderes Thema weiß als dieses, wo man einen Pfennig ersparen und diesen sofort wieder nutzbringend anlegen kann. Da waren wir doch ganz andere Leute. Wir verdienten und gaben es aus. So wie es Gott gemeint hat, als er uns das Leben und das Geld zum schönen Leben gegeben hat. Herr Jellineck hielt sich aus Sparsamkeit nicht einmal eine Zeitung und las erst dann die Zeitung und was darin steht, wenn ihm der Metzger die gekaufte Wurst in eine alte Nummer einwickelte. Dann strich er sie glatt und las sie vom Anfang bis zum Ende. Er hätte am liebsten beim Radiohören zwei Stationen zugleich eingestellt, um für dasselbe Geld das Doppelte zu hören. So einer war er. Was aber das allerschlimmste an ihm und unserer Situation war: er ließ sich nichts zuschulden kommen. Er blieb stets höflich, liebenswürdig und gefällig. Das machte uns rasend. Wir konnten ihm nichts vorwerfen, und damit bekam er die Zügel in die Hand, und wir mußten traben, wie er pfiff. Dabei nahm ich ihn nicht ernst, ich hielt ihn für harmlos, für unbedeutend, mit einer Handbewegung abzuservieren... Was wollte schon dieser Zwerg von mir, diese kleine, spießige Ratte? Wie gesagt, ich nahm ihn nicht ernst und ließ es ihn merken. Er wurde noch höflicher und liebenswürdiger. Er wußte, warum er es tat. Ich würde eines Tages die Rechnung begleichen müssen. Damals ahnte ich es noch nicht.

Wir hatten uns an das Haus gewöhnt. Wir hatten uns daran gewöhnt, daß es in der »Villa« nachts kein Licht gab, tagsüber keinen Sonnenstrahl, daß in den Nächten der Mann im nahen Nachbarhaus so laut schnarchte, daß wir die Fenster schließen mußten, die Fensterscheiben aber von der Erschütterung des Schnarchens so laut klirrten, daß wir sie schleunigst wieder öffneten. Wir hatten uns an die dünnen Türen gewöhnt, die immer von selbst aufsprangen oder, wenn sie einmal zu waren, nicht aufgingen und klemmten, und wenn man an ihnen rüttelte, hatte man nicht nur die Klinke, sondern die ganze Tür in der Hand. Wir hatten uns daran gewöhnt, daß die einzige Waschgelegenheit, das Badezimmer, stets besetzt war, weil Frau Jellineck gerade eine Verjüngungskur machte, und wenn es zufällig einmal nicht besetzt war, wir auf den verstreuten Seifenstückchen ausrutschten und uns auf die rote Zementbadewanne setzten. Wir hatten uns daran gewöhnt, daß Schmalhans Küchenmeister war und daß das Essen nicht nur knapp, sondern auch äußerst ungenießbar zubereitet war – »Mein Mann hat keine Köchin geheiratet.« – »Wenn man einmal bei Ihnen gegessen hat, Gnädigste, merkt man es«, – der sonntägliche Filetbraten wurde in dem Fett gebraten, der aus den tags zuvor verzehrten Bratwürstchen ausgeflossen war. Wir hatten uns sogar schon an die jeden zweiten Tag servierten gebratenen Goldfische gewöhnt, die von einer Winzigkeit waren, daß man sie besser mit dem Löffel als mit der Gabel aß. Dabei gibt es prächtige Fische an den Küsten Mallorcas, Seezungen, Steinbutt, Heilbutt, Denton, Calamares, die köstlich schmeckenden Tintenfische, die man in Ringe schneidet und in Öl ausbäckt, aber diese Fische kosten Geld. Die Goldfische bekommt man geschenkt, das Pfund kostet sieben Pfennig, da läßt es sich leicht Austauschgäste einladen. Friß, Fremder, oder stirb! Wir hatten uns auch damit abgefunden, daß nebenan einer Hühner züchtete und Bruteier verkaufte, die mit mächtig viel Gestank und Gegacker hergestellt wurden. Auch Kampfhähne züchtete er, die den ganzen Tag und nicht minder die ganze Nacht hindurch kräftig krähten, dem Schnarcher Konkurrenz machten und das in Tönen, wie wir sie in Europa von unseren befriedigten Hähnen nicht kennen.

An alles dies gewöhnten wir uns, an Jellinecks gewöhnten wir uns nicht. Was der Wohnung an Intimität fehlte, besaßen sie zuviel.

»Mein Mann, der süße Schwindler, behauptet, er habe Zahnweh«, sagte uns gestern unsere Hausfrau.

»Warum soll Ihr Gatte nicht Zahnweh haben?« frage ich.

»Haben Sie es noch nicht bemerkt? Alles falsch!«

lacht sie und trillert wie eine Lerche.

Reizende Menschen!

Jellinecks erzählen gern. Wir erfahren alles ganz genau, zweimal oft. Wir wissen bereits, wieviel Geld Jellinecks besitzen, wieviel sie einmal besaßen, und wie Herr Jellineck das Geld erworben hat, das sie heute verzehren. Eine Zeitlang war Herr Jellineck in Frankreich Wollaufkäufer. Die Wolle war nach dem Krieg knapp, und die Spinnereien nahmen alles, was man ihnen anbot. Herr Jellineck fuhr in einem Beutewagen der geschlagenen Armee durch die Dörfer und kaufte bei den Bauern alte, ausgediente Wollmatratzen auf. Er bekam sie für ein Spottgeld, sie lagen auf den Höfen und Dachböden ungenützt herum, die Motten hatten das Beste herausgefressen und ihr Gespinst darin zurückgelassen, Mäuseriche hatte darin ihre Maus verführt und die Matratzen zum Brautbett gemacht, Menschen waren auf ihnen gestorben und verblutet, sie waren verschwitzt, voller dunkler Flecken, zerrissen und wimmelten von Ungeziefer. Daheim riß Herr Jellineck die Wolle aus dem Drell und verkaufte sie als gute, neue Wolle. Damit machte er sein Vermögen. Er handelte mit allem, was sich ergab. Er gab schriftliche Lehrbriefe für Jiu-Jitsu heraus, er sammelte und verkaufte alte Bindfäden, selbst alte, weggeworfene Rasierklingen hob er auf und polierte sie auf neu. Einmal, in der größten Notzeit, bot man ihm Topinamburs an. Die Knollen gleichen denen der Kartoffel, nur sind sie von penetranter Süße. Trotzdem, wohl dem, der in Notzeiten Topinamburs im Keller hat, und Herr Jellineck, der damals in Sette wohnte, kaufte gleich einen ganzen Waggon, acht Tonnen. Er erhoffte sich einen schwunghaften Handel und einen hohen Verdienst damit. Ehe er die Bestellung aufgab und das Geld auf den Tisch legte, horchte er im Lande herum. Ja, Topinamburs würde man gern nehmen, jedes Quantum lieber heute als morgen. Herr Jellineck erweiterte seine Bestellung auf drei Waggons. Die Lieferung ließ auf sich warten. Die Zeit verstrich. Er monierte. Ja, bald, nur ein wenig Geduld. Herr Jellineck erwog inzwischen, wie er das dadurch verdiente Geld nutzbringend anlegen werde. Eines Tages waren endlich die Topinamburs da. Sie stünden am Güterbahnhof in Sette, und die drei Waggons müßten innerhalb von sechsunddreißig Stunden entladen werden. Beglückt eilte Herr Jellineck zur Station. Man wies ihn auf vier Güterzüge, die noch unter Dampf standen. Jeder Güterzug hatte vierzig Waggons. Und alle Waggons waren voll mit Topinamburs.

Der Tatbestand war erschreckend. Der Händler war nicht müßig gewesen, war von Haus zu Haus geeilt und hatte jedermann zur Abnahme eines ganzen Waggons überredet. Jeder brauchte für sich von der schnellverderblichen Ware einen Zentner, höchstens zwei, aber den Rest würde er ja spielend im

Handumdrehen los. Jeder Bürger dieser kleinen südfranzösischen Stadt fühlte sich schon gleich Herrn Jellineck als ein am Knollenhandel reichgewordener Mann. Herr Jellineck stellte dies alles sofort mit Erschrecken fest. Aber er war ein kluger Kopf. Jetzt galt es für ihn, den gewiegten Kaufmann, nur eines: schnellen Umsatz. Statt der erhofften zweihundert Prozent würde er sich mit nur fünfzig Prozent begnügen, meinetwegen auch mit vierzig. Das ergab immer noch ein erkleckliches Sümmchen. Spesen sollten ihm nicht erwachsen. Er bat den Bahnhofsvorstand um weitere vierundzwanzig Stunden Frist mit der Entladung, inzwischen wollte er von Haus zu Haus eilen, die Topinamburs verkaufen und die Käufer zur Entgegennahme der Ware direkt vor seine drei Güterwaggons bestellen.

Herr Jellineck setzte sich in Trab. Aber er kam überall zu spät. Entweder hatte man selbst einen Waggon gekauft und bot Herrn Jellineck Topinamburs in jeder Menge und zu einem wesentlich niedrigeren Preis an, als er selbst dafür verlangte, oder wenn er jemand fand, der keinen Waggon auf dem Bahnhof stehen hatte, so war er bereits von einem, der noch schneller war als Herr Jellineck, mit einem Zentner dieser süßen Knollen bedient worden. Es gelang Herrn Jellineck nicht, auch nur ein Kilo der Ware loszuwerden.

Herr Jellineck war ein kluger Kopf. Ich sagte es schon, und er sagte es von sich selbst. Kurz entschlossen eilte er zu einem Grossisten und fragte ihn, welchen Preis er ihm geschlossen für die drei Waggons anbiete. Der Grossist, noch ahnungslos von dem, was sich auf dem Güterbahnhof abspielte, erklärte sich bereit, die Ware anzunehmen. Herr Jellineck frohlockte. Noch einmal kam er offenbar ungeschoren aus dem trüben Handel heraus.

»Ich lasse Ihnen die Ware zu meinem Rechnungspreis«, sagte er.

»Wer bezahlt die Fracht?«

»Sie natürlich.«

»Ich zahle weder die Fracht noch den Rechnungspreis«, sagte der Großhändler. »Ein Wort für viele: ohne jede Spesen und zwanzig Prozent unter Ihrem Rechnungspreis.«

Herr Jellineck spie ihm vor die Füße und verließ wortlos das Büro. Acht Tage später hätte er sich ohrfeigen können, daß er das Angebot nicht angenommen hatte. Er hatte zwei große Garagen für die drei Waggons mieten müssen und die Ware dorthin fahren lassen, immer noch in der Hoffnung, wenigstens die bisher gehabten Spesen eines Tages wieder hereinzubekommen, denn wenn die Fracht der vier Güterzüge erst aufgegessen sei und es keine Topinamburs mehr gäbe, dann würde er seine Miete öffnen, die Käufer würden bei ihm Schlange stehen und... er hatte die Rechnung ohne die Topinamburs gemacht. Denn als er eine Woche später zu den Garagen kam, in denen die Knollen lagerten, erblickte er vor dem Tor eine kleine, heftig riechende dunkle Pfütze. Er ging ahnungslos daran vorüber, dachte, ein Tier habe sich hier bedenkenlos Erleichterung verschafft, aber am nächsten Tag war aus dem Pfützchen ein kleiner Bach geworden, der die Umgebung mit seinem Gestank verpestete. Nichts Gutes ahnend, öffnete er das Tor, und statt der bis zur Decke reichenden Menge der festen, braunen Knollen sah er einen kleinen, schwarzen, feuchtschimmernden Berg vor sich, aus dem trübe Dämpfe stiegen. Die Topinamburs waren in Gärung übergegangen, und es kostete Herrn Jellineck einen beträchtlichen Teil des Geldes, das er mit seiner Matratzenwolle verdient hatte, um den stinkenden Brei auf die Felder östlich der Stadt fahren und die Garagen wieder in brauchbaren Zustand versetzen zu lassen. Noch lange Zeit roch es in der kleinen südfranzösischen Stadt Sette abscheulich, wenn der Ostwind wehte. Herr Jellineck war nicht der einzige gewesen, der seine verfaulten Topinamburs auf die Äcker gefahren hatte.

Eines Tages fragen Jellinecks, ob wir etwas vorhaben. Annette macht mir schnell ein Zeichen, daß ich nein sagen soll oder vielmehr ja, wir hätten etwas vor. Ich bin so überrumpelt, daß ich stottere:

»Eigentlich wollten wir –«

»Das können Sie doch auf morgen verschieben. Wir haben eine Überraschung für Sie.«

»Eine Überraschung?«

»Ja. In Valldemosa sind heute folkloristische Tänze.«

Da haben wir es wieder. Jellinecks wählen sich aus, was sie gern sehen wollen, und wir müssen sie hinfahren. Dabei hat es sich schon eingebürgert, daß Frau Jellineck vorn neben mir sitzt und meine Frau hinten neben ihrem Mann.

»Hinten wird mir schlecht!« hat Frau Hedwig kategorisch gesagt.

»Mir auch!« sagt Annette böse.

»Aber wir sind Gäste in Ihrem Wagen! Und der Gast ist bekanntlich heilig!« zischt Frau Hedwig und fährt auf ihren Mann los. »Sag auch was, Joseph! Immer läßt du mich allein reden! Wird mir hinten schlecht oder nicht?«

»Meiner lieben Frau wird schlecht«, bestätigt Herr Jellineck.

»Dann sollte Ihre liebe Frau besser daheim bleiben, wenn sie das Autofahren nicht vertragen kann«, sage ich. »Wir berauben uns zwar damit schmerzlich ihrer überaus anregenden Gesellschaft, aber die Gesundheit Ihrer lieben Frau geht vor.«

»Aber meine Frau fährt so schrecklich gern Auto!«

»Warum haben Sie dann keins?«

»Wozu? Dann hätten wir doch zwei.«

»Wieso zwei?«

»Ihres, in dem Sie uns immer freundlicherweise mitnehmen, und unseres, das dann im Stall bliebe.«

Es ist so, wir nehmen Jellinecks immer freundlicherweise mit. Wir können einfach nicht anders. Sie muten es uns zu. Wir müssen sie auf den Markt bringen, wenn sie einkaufen wollen, wir müssen sie zum Strand schaukeln, wenn sie baden wollen, wir haben die freundliche Verpflichtung, Frau Hedwig zum Friseur zu fahren, Herrn Jellineck zum Schneider zu bringen, Frau Hedwig wieder vom Friseur abzuholen, mit ihnen sonntags zur Kathedrale zu fahren. Sie beladen unsern Wagen mit leeren und vollen Petroleumflaschen, mit Eisblöcken, die unterwegs zu schmelzen beginnen, mit Fischen, die schon beim Einladen nicht gut riechen, mit lebenden Pflanzen, die sie unterwegs aus fremden Gärten für ihren Garten stehlen, sie kaufen offenen Honig und nasse Oliven in der Tüte – ein Wagen muß das vertragen, sagen sie und sind sehr ungehalten, wenn sie warten müssen, weil ich zur Post muß oder vor einer Tankstelle anhalte, um Benzin nachfüllen zu lassen. Ich tue es absichtlich, wenn sie dabei sind, um Herrn Jellineck Gelegenheit zu geben, mich einmal als Gast in seiner Geldbörse zu fühlen. Aber er merkt die Anspielung nicht. Ein feiner Mann zu sein, ist ihm ein zu teures Vergnügen. Lieber läßt er sich von mir dumm anschauen, das kostet nichts. Ist aber mein Tank voll, dann schüttelt er ergriffen den Kopf und sagt:

»Fünfzig Liter! Soviel Benzin! Das können Sie doch gar nicht verfahren. Machen wir heute einen Ausflug zusammen.«

Und wir machen einen Ausflug. Jeden Tag und immer zusammen. Frau Hedwig sitzt neben mir, ich bin der ewigen Auseinandersetzung müde.

Eines Tages versuchten wir, ihnen zu entkommen. Es war ein Sonntag. Es gab Huhn, ein halbes für vier Personen. Nach dem Mittagessen verschwanden wir heimlich und ohne Mantel durch die Tür, schwangen uns in unseren Wagen und heidi, nichts wie weg nach Pollensa. Am Abend, als wir von unserm ersten Alleinausflug heimkommen, es ist acht Uhr, sind Jellinecks schon zu Bett gegangen.

Für uns ist der Abendbrottisch gedeckt. Zwischen zwei Tellern liegen eine kleine Mettwurst und eine schäbige Ecke verrotteter Käse.

»Wenn Sie Tee wünschen sollten, kochen Sie ihn selbst!« steht auf einem Zettel. Nichts sonst, kein Gruß, kein Gutenacht, nichts.

Am nächsten Morgen müssen wir auch allein frühstücken. Was wir uns heiß wünschten, endlich allein zu frühstücken, wird uns jetzt als Strafe zudiktiert. Ich bin gespannt, wie es beim Mittagessen sein wird.

Wir gehen vor dem Hause auf und ab und warten. Da ertönt plötzlich ein Gong.

Ich habe bisher noch gar nicht bemerkt, daß Jellinecks einen Gong im Hause haben. Sonst hat man uns immer zum Essen gerufen. Heute gongt man uns. Wir gehen hinein, als wäre nichts gewesen.

»Guten Morgen!« sagen wir, denn wir haben uns noch nicht gesehen.

»Guten Morgen!« sagt auch Herr Jellineck.

Er sagt es gepreßt. Frau Hedwig sagt nichts. Sie reicht uns stumm die Platte. Es gibt gebratene Goldfischchen. Sie sind eiskalt. Wahrscheinlich auch zur Strafe.

Frau Hedwig nimmt sich nichts. Sie starrt mit einem Flunsch auf ihren Teller.

»Ich mag nicht!« herrscht sie ihren Mann an, der ihr die Platte hinhält. Sie zischt es so böse, daß Herr Jellineck, ob er will oder nicht, eine Erklärung abgeben muß.

»Ihr liegt etwas im Magen«, sagt er.

Ich spiele den Unschuldigen.

»Ach? Hat sie etwas Unrechtes gegessen?«

Da springt Frau Hedwig auf und läuft heulend in die Küche.

Wir spielen die Erstaunten. Herr Jellineck sagt:

»Sie ist ein wenig mit den Nerven herunter. Die viele Arbeit wächst ihr über den Kopf. Sie ist nicht gewohnt, für vier Personen zu kochen.«

»Kocht die gnädige Frau denn jetzt mehr als damals, als Sie noch zu zweit waren? Es erweckt nicht den Eindruck.«

»Wir essen wie die Spatzen.«

»Wir sind auch keine Schlinger«, sage ich, »aber jeder Magen hat ein gewisses Mindestfassungsvermögen. Was ich Sie schon immer fragen wollte: hatten Sie eigentlich das Inserat über den Austausch vorher mit Ihrer Frau besprochen?«

Herr Jellineck gesteht:

»Meine Frau wollte gleich nicht. Aber seit gestern ist es ganz aus. Wissen Sie, meine Frau hatte sich das Ganze ein wenig anders vorgestellt.«

»Wie anders?« fragte Annette und beißt in den kalten Fisch. »Weniger Arbeit?«

»Das ist es nicht allein, gnädige Frau«, sagt Herr Jellineck und ist vor Verlegenheit, wie er es uns beibringen soll, besonders höflich. »Mit der Arbeit würde sie schon fertig. Aber sie hat sich vorgestellt, daß wir alles gemeinsam tun.« Jetzt wendet er sich wieder zu mir: »Daß Ihre Gattin ihr beispielsweise beim Kochen ein wenig zur Hand geht, beim Bettenmachen, beim Staubwischen...«

»Den Fußboden scheuert, die Fenster putzt!« wirft Annette ein.

»Auch dieses!« sagt Herr Jellineck sanft. »Davon fällt keinem eine Perle aus der Krone. Meine Frau tut es ja auch, und sie hat einst bessere Tage gesehen –«

»Als wir, wollten Sie sagen«, ergänzte ich und nickte dazu.

Herr Jellineck nimmt es für bare Münze.

»Sehen Sie, meine Frau hat sich gedacht, Sie helfen ihr früh bei der Arbeit, und wir fahren nachmittags dafür mit Ihnen spazieren und zeigen Ihnen die Insel. Als Sie nun gestern nach dem Mittagessen allein wegfuhren, am Sonntag noch dazu –«

Wir sind nie wieder allein weggefahren. Es hat drei Tage gedauert, bis wir es wieder eingerenkt hatten. Ich mußte Frau Jellineck eine große Bonbonniere schenken.

Darauf fiel sie mir um den Hals und gab mir einen Kuß. Mitten auf den Mund.

Nein, so etwas!

»Hedwig ist wieder gut! Aber nicht wieder Klein-Hedwig kränken!« sagt sie.

Sie kuschelt ihren Kopf an meine Brust.

Das war erst gestern gewesen.

Und heute –

»Also? Hat sich der Meister entschieden? Fahren wir nach Valldemosa?«

Ich blicke hilfesuchend zu Annette. Annette hat einen blendenden Einfall.

»Ich bin beim Friseur angemeldet«, sagt sie.

»Oh! Das wußte ich nicht.«

Herr Jellineck gibt sich noch nicht geschlagen.

»Könnten Sie nicht absagen, gnädige Frau?«

»Joseph! Beim Friseur absagen! Das versteht ein Mannsbild eben nicht. Habe ich recht, Frau Annette?«

Für gewisse Frauen ist der Friseur der liebe Gott. Beim Friseur absagen, wo man endlich angenommen worden ist, wo man angemeldet ist, wo man im Buch eingeschrieben steht – und dann absagen, das ist wie eine Blasphemie. Frau Hedwig kann sich gar nicht wieder beruhigen.

»Beim Friseur absagen, Fipps! Wie du dir das vorstellst! Weißt du, wie schwer es für eine Frau ist, bei einem guten Friseur überhaupt anzukommen? Noch dazu als Fremde? Da muß man erst bescheiden anfragen, ob Herr Emilio einen überhaupt annimmt und ob er sich etwas von unserem Kopf überhaupt verspricht, ob wir seiner Kunst überhaupt würdig sind – so ist das, Fipps! Man muß viel Glück haben, wenn er gnädig nickt und einen zu einer ganz unmöglichen Stunde in acht Tagen bestellt. Und du sagst: Kann man nicht absagen?«

Annette ist also los und ledig. Sie hat ihren Freispruch in der Tasche. Sie darf zum Friseur.

»Fahren Sie Ihre Frau zum Friseur?«

»Ja«, sage ich ahnungslos.

»Um wieviel Uhr?«

»In einer halben Stunde.«

»Darf ich mitfahren?«

»Wollen Sie auch zum Friseur?«

»Nein«, sagt Frau Hedwig, »ich weiß uns etwas Schöneres. Mein Mann bleibt zu Hause, und wir beide, Sie und ich, machen einen kleinen, süßen Ausflug zusammen. Sie haben doch nichts dagegen, Frau Annette.«

Meine Frau hat eine Menge dagegen. Sie wird mir bestimmt helfen, aus der Falle zu kommen. Aber sie läßt mich im Stich. Sie hilft mir nicht. Sie sieht mich mit einem kurzen, spöttischen Blick an und sagt:

»Ich gönne meinem Mann gern das Vergnügen. Ich weiß, daß Sie ihm damit einen geheimen Wunsch erfüllen.«

Ich denke, ich höre nicht richtig. Was habe ich Annette getan? Ich blättere mein ganzes Sündenregister durch. Nichts. Oder? Doch – da – jetzt entsinne ich mich. Ich habe ihr heute früh, als sie ihren Rock nicht zubekam und sich damit abmühte, gesagt:

»Das spanische Essen scheint dir doch recht gut zu bekommen!« Ich hatte mir nichts dabei gedacht, wir Männer plappern schnell so einen unüberlegten Satz heraus. Jetzt bekam ich dafür meine Strafe. Frauen können nie verzeihen, auch wenn sie uns lieben.

»Wohin wollen Sie mit Johannes fahren?«

»Nach Valldemosa. Ich zeige Ihrem Mann den Klostergarten.«

Offenbar hatte sie kürzlich bei Goethe gelesen, wie sich Faust mit Gretchen im Garten ergeht und ihr verfängliche Worte ins Ohr flüstert. Ja, wenn sie wenigstens ein Gretchen gewesen wäre! Aber sie scheint mir eher wie Marthe Schwertlein, und ich komme mir wie der arme Teufel vor, der sie bei dem Lustwandel begleiten muß.

»Was für ein Kleid soll ich anziehen?« fragt sie mich.

»Ein warmes. Valldemosa liegt hoch, es soll dort sehr kühl sein.«

Sie weiß nicht, soll sie jetzt böse sein oder nicht, entscheidet sich aber für das letztere.

»Ich werde mich besonders schön für Sie machen«, sagt sie und beginnt dabei zu lispeln. Ein schlechtes Vorzeichen.

»Mein Mann hat eine Vorliebe für tiefe Dekolletés!« ruft Annette ihr nach, als sie in ihrem Schlafzimmer verschwindet, um sich für den geplanten Ausflug umzuziehen.

Wir bringen Annette zum Friseur und starten nach Valldemosa. Frau Hedwig sitzt neben mir. Sie hat ein ärmelloses, übertrieben kurzes Kleid an. Ich habe es sonst recht gern, so einen Anblick über meine rechte Hand hinweg, die auf dem Steuerrad liegt. Es regt die Phantasie an und ist übrigens der

Grund, weshalb es mehr Auto- als Eisenbahnunfälle auf der Welt gibt: wie selten zeigt der Heizer dem Lokomotivführer während der Fahrt seine nackten Knie.

Ich lasse Frau Hedwig gewähren, wenn es ihr Spaß macht, ich bin kein Kostverächter. Wir werden sehen, wie es weitergeht.

Wir fahren über die Via Roma hinaus bis zur Avenida Conde Sallent, wo sich die Straßen nach Sóller und Valldemosa trennen. Wir wählen die linke Straße, die nach Valldemosa führt, an blühenden Mandelbäumen vorbei. Welch herrlicher Kontrast, die weißen Mandelblüten über der roten, umbrochenen Erde, ein Tummelplatz der schwarzen mallorquinischen Ferkel. Sie mästen sie später mit Aprikosenabfällen, die dem Fleisch sein berühmtes Aroma geben, so daß von der Zeit Bismarcks bis in die jüngste Vergangenheit hinein ein bekanntes Berliner Hotel sein Schweineschmalz nur aus Mallorca bezog; keines auf der Welt gleicht ihm an Güte und Wohlgeschmack. Wir fahren weiter, und hinter dem alten Bauernhof S'Esglaieta dehnt sich rechts und links das kräftige Grün der jungen Saat. Ich breche in einen entzückten Ruf aus, Frau Hedwig bezieht ihn auf sich, aber ich meine tatsächlich nur den überraschenden Anblick dieser Grünflächen, so vorfrühlingshaft und himmelfahrtstagnah.

Plötzlich sind wir mitten in einem Olivenhain mit zahlreichen, oft über tausend Jahre alten Bäumen, silbergrau, knorrig und bizarr hinter grobgefügten Mauern, zwischen Fels und Stein wachsend, ein Märchenwald mit verzauberten Ungeheuern, weit die Arme ausgestreckt, wie in der Bewegung durch einen Zauberspruch erstarrt. Manche Bäume haben einen Umfang, daß vier Kinder seinen zerklüfteten Stamm nicht zu umfassen vermögen. Tausend Jahre stehen sie hier, die Ölbäume von Mallorca, noch von den Arabern gepflanzt, immer wieder die Kraft dazu aus dem dürftigen Stück Erde holend. Welche gewaltige Anstrengung für diese Giganten an Jahren!

Und wieder ändert sich die Landschaft. Zwei hohe Felsen engen die aufsteigende Straße ein, durch S'Estret, wie sie den Engpaß nennen, fahren wir in die Gebirgszone hinein. Links von uns breitet sich das fruchtbare Tal Son Brondo mit seinen Orangengärten aus, und auf einmal, nach noch nicht zwanzig Minuten Fahrt, sind wir in Valldemosa angekommen, einem freundlichen, vierhundert Meter hoch gelegenen Dörfchen, berühmt durch seine Kartause und diese wiederum berühmt durch die Tage der unglücklichen Liebe von Frédéric Chopin und George Sand.

Frau Hedwig spricht während des letzten Teils der Fahrt kein Wort. Das ist doch sonst nicht ihre Art? Hat sie die Schönheit der Landschaft verzaubert? Oder habe ich sie – wieder einmal – gekränkt?

Ich habe sie gekränkt, ich erfahre es, als wir aussteigen.

»Sie sind ein großartiger Fahrer«, sagt Frau Hedwig.

Sie sagt es in der Art, daß ein Aber hinterherkommen muß. Es kommt auch.

»Sie lieben nicht die Natur«, sagt sie traurig.

»Ich gehöre nicht zu ihren Aposteln. Aber sie beglückt mich.«

»Warum rasen Sie dann durch die Gegend, ohne anzuhalten? Warum sind wir nicht unterwegs stehengeblieben? Wie gern wäre ich mit Ihnen bei den alten Olivenbäumen ausgestiegen und ein wenig im Hain gewandelt!«

Ich bedaure meine Unterlassung. Das versöhnt sie. Auf dem Rückweg, verspreche ich.

Sie erfaßt meine Hand und preßt sie. Ich kann mich auch irren. Vielleicht ist es nur ein Versehen.

»Hier hinein geht es in den Klostergarten!«

»Ich hätte lieber zuvor etwas getrunken«, sage ich.

»Das gibt es hier nicht.«

»Wieso? In Valldemosa gibt es kein Restaurant?«

»Nein. Es ist eine Idylle.«

»Eine Idylle ohne Restaurant kann mir gestohlen bleiben! Ich bin gewohnt, wohin ich auch komme, zuerst ein Glas Wein zu nehmen.« Ich kann mir nicht vorstellen, daß es hier keine Einkehr geben soll. Die Fahrt nach Valldemosa gehört zu den berühmten Ausflügen der Insel. Ein Wirt neben der Kirche würde ein Bombengeschäft machen. Was er allein an Ansichtspostkarten verkaufen könnte! Ansichtspostkarten gibt es. In Mengen. Und Andenken. Geschäft neben Geschäft, Stand neben Stand. Sogar in der Kartause selbst. Die schönsten Dinge werden hier feilgehalten. Alte Gebetbücher, Salatschüsseln aus geflammtem Olivenholz, so schwer, daß man, falls sie einem auf den Kopf fallen, sein ganzes Leben lang keinen Salat mehr ißt. Daneben kostbare Mantillas und antike Fächer, Handtaschen, Cocktailsets, Sonnenbrillen, Sonnenhüte, dazwischen wieder die Prunkstücke aus schwerem Silber, ein Tafelaufsatz aus Schloß Bendinat, das unter den Hammer kam, Aschenbecher aus Olivenholz, Stierkämpfer aus Draht und Wolle, aus dem gleichen Material andalusische Tänzerinnen, billige kleine Glasvasen und die teuren neufarbenen und eigenwilligen Keramiken, Krüge und Töpfe nach Art der Schule der Céramisten von Vallauris, der auch Picasso angehört und deren Schüler man auch auf der Insel findet.

All das gibt es hier zu kaufen, in jedem Geschäft, in jedem Haus, vor der Kartause und gegenüber. Keine Möglichkeit, hier ein Glas Wein zu bekommen, aber dafür Perlen, Perlen und nochmals Perlen. Perlen aus Manacor, Perlen in jeder Verwendung, Stilleben aus Perlen, Landschaften aus Perlen, die

Kartause von Valldemosa aus Perlen, Chopin aus Perlen. Daneben auch Verwendbares: Perlenketten, Perlenarmbänder, Perlenohrgehänge, Broschen und Ringe mit Perlen, kleine Schmuckschatullen aus Perlen, Geldbörsen, Handtaschen, Brillenfutterale und Zigarettenetuis aus Perlen. Frau Hedwig hat ihr Taschentuch vergessen. Ich kaufe Frau Hedwig ein Taschentuch. Eine rote Rose ist darauf. Taufrisch. Frau Hedwig betupft sich die Stirn damit. Die aufgemalte Rose leuchtet lieblich.

Wir suchen den Klostergarten. Der Weg dahin führt durch den Kreuzgang des königlichen Kartäuserklosters, vorbei an der Zelle mit der alten Apotheke, die besichtigt werden kann. Unverändert die Gefäße und Flaschen aus dem 17. Jahrhundert, sogar die Arzneimittel und Medizinen in den Flaschen stammen noch aus der Zeit der Kartäusermönche, die das Gebäude bis 1835 bewohnten.

»Ich mache mir nichts aus Apotheken«, sagt Frau Hedwig, »ich war einmal als junges Mädchen mit einem Apotheker verlobt. Ich besuchte ihn immer, wenn er Nachtdienst hatte. Alle fünf Minuten ging die Glocke. Es war fürchterlich.«

Ein Mann tritt auf uns zu.

Er macht eine einladende Geste nach einer Zelle, deren Tür offensteht.

»Chopin«, sagt er.

Ich blicke fragend auf Frau Hedwig, ob wir eintreten sollen. Sie deutet meinen Blick falsch. Sie glaubt, sie muß es mir erklären:

»Chopin, Sie wissen doch – Musik hat er gemacht, viele Etüden – hier hat er mit seinem Verhältnis einen Winter lang gelebt – in einem Kloster, welche Blasphemie, wenn man es sich einmal richtig überlegt. Er ist ja dann auch bald darauf gestorben. Die Götter lassen nicht mit sich spaßen.«

Wir treten trotzdem ein. Vielleicht gerade deswegen. Frau Hedwig will das Liebesnest unbedingt sehen.

»Wo stand das Bett?« fragt sie.

Vom Bett ist keine Spur.

Dafür steht ein Klavier in der Zelle, die Tasten aufgeschlagen, Chopins Büste obenauf.

»Auténtico«, sagt der Mann, der uns führt. »Authentisch. Genau, wie es damals war.«

»Auch die Büste stand damals schon auf dem Klavier?« frage ich. Er würdigt mich keiner Antwort und führt uns zu dem Schreibtisch Chopins.

»Auténtico!« wiederholt er und klopft auf das Holz.

Ich blicke auf das Klavier zurück, auf dessen vergilbten Tasten eine frische Rose liegt. Man tut hier etwas für die Besucher.

Der Mann, der uns die Zelle zeigt, ist auf Trinkgelder angewiesen. Er darf für seine stündliche Bereitschaft mietfrei in einer Nachbarzelle wohnen. Er ist

Maler. Kein schlechter übrigens, ich sehe später seine Bilder. Er ist vor sieben Jahren hierhergekommen, aus Deutschland, mittellos. Seitdem hält er die Zelle Chopins sauber und zeigt sie den Fremden. Alle anderen Zellen sind verkauft, Eigentumswohnungen, Sommersitze reicher Spanier. Von mönchischer Enthaltsamkeit ist nichts mehr zu spüren, die Bedürfnislosigkeit der früheren Bewohner ist verschwunden. Die Zellen sind mit Air-Condition ausgestattet, mit persischen Teppichen, an einer Wand hängt sogar ein echter Renoir, bestimmt kein Kirchenmaler.

Auf Chopins authentischem Schreibtish liegt ein unvollendet gebliebenes Notenblatt.

»Genau wie Fipps!« flüstert mir Frau Hedwig zu. »Alles anfangen und dann liegenlassen! Ein Mann wie der andere!«

Ich drücke dem Maler heimlich einen größeren Pesetenschein in die Hand. Er verrät mir dafür, daß nicht einmal die Zelle authentisch sei. Chopin und George Sand hätten auf der Nordseite gewohnt. Aber von hier aus sei die Aussicht schöner, und vor allem sei sie fur den Touristenstrom günstiger gelegen. Eine weit höhere Besucherzahl als früher sei zu verzeichnen. Seines Wissens sei es bereits die dritte Zelle, die sie als echte Zelle Chopins herzeigten. Ob wir einen Augenblick auf die Terrasse treten möchten.

Wir tun es und sind von dem weiten Blick über das

ganze Land wie von einer Zauberwelt eingefangen.

Neben uns blühen zwei große Tulpenbäume, ein Anblick zum Verrücktwerden.

»Hier würde mir auch etwas einfallen«, sagt Frau Hedwig verzückt. »Meine Augen können sich nicht satt trinken!«

rinken! Das ist das Stichwort für mich. Wo man hier etwas Trinkbares bekäme, frage ich den Maler.

»Bei mir, jederzeit! Kommen Sie! Was wünschen Sie? Rotwein, Weißwein, Champagner, Cognac?«

Wir gehen hinüber zu ihm. Er ist wohlassortiert. Auch Ansichtspostkarten hat er. Mit Briefmarken, fix und fertig. Er zeigt mir Postkarten mit der Fotografie Chopins, fünf Peseten das Stück, mit eigenhändiger Unterschrift Chopins. Ein richtiges Autogramm. Mit Tinte geschrieben, Valldemosa, den Soundsovielten. Die Unterschriften vollziehe er selbst, gesteht der geschäftstüchtige Maler. Die Karten gingen gut. Von zehn Besuchern merkten es höchstens zwei, die andern trügen das Autogramm stolz nach Hause.

Ich verrate ihm, wie es von zehn Besuchern nur einer merken würde. Er horcht auf. Dann ist er mir dankbar für meinen Rat, in Zukunft nicht mehr Friedrich, sondern Frédéric Chopin zu signieren. Er ist hocherfreut und kommt sich dadurch selbst ein Stück authentischer vor.

Der Klostergarten ist erfüllt vom süßen Duft der Mimosen, Veilchen und Freesien. Hohe Mauern ringsherum halten den Wind ab, und so ist seine linde Wärme voll von Blumenatem. Die Rosen zeigen ihre ersten Knospen, und unter ihnen blühen Zyklamen in reicher Verschwendung, überreich, daß ihre Blätter fast verschwinden, jeder Stock in einer anderen Farbe, die roten Töne vorherrschend, ein ganzer Garten mit blühenden Alpenveilchen. Dazu der süße Duft der Mimosen und Freesien, die rechte Luft zum Verlieben. Frau Hedwig findet das auch.

»Was er wohl gesagt haben mag?« seufzt sie.

»Wer?«

»Chopin. Als er hier mit ihr lustwandelte.«

»Sie durften den Garten nicht betreten. Sie waren verfemt.«

»Um ihrer Liebe willen?«

»Nein. Weil sie kein Geld hatten«, sage ich.

Das ist heute wie damals. Die Welt ändert sich nicht.

Frau Hedwig hat unter einem blühenden Strauch eine Bank entdeckt. Eine Bank aus Stein.

»Wollen wir uns nicht setzen?« fragt sie.

»Ich fürchte, es wird zu kühl.«

»Nur eine Minute!«

»Steinbänke sind heimtückisch.«

»Eine Klosterbank nicht. Denken Sie an die alten Bilder. Immer sitzen Mönche im Klostergarten auf einer Steinbank.«

Ich bin kein Spielverderber. Wir setzen uns. Wir schweigen.

Ich bin mit meinen Gedanken ganz bei Annette. Wie schön wäre es, jetzt mir ihr hier zu sitzen. Annette liebt Zyklamen über alles. Hoffentlich ist sie wenigstens beim Friseur gleich drangekommen und muß nicht lange warten, da sie nicht angemeldet war. Daß sie für ihre Lüge, mit der sie uns helfen wollte, nicht bestraft wird.

»Ich bin sicher, daß Sie sehr tief und menschlich zu empfinden vermögen«, sagt plötzlich Frau Hedwig, die sich von dem Schweigen nichts verspricht. »Haben Sie sich schon einmal Gedanken über mich gemacht?«

»Sehr viele, Frau Hedwig.«

»Zu welchem Resultat sind Sie gekommen?«

»Der tomatenrote Mantel steht Ihnen nicht.«

»Das ist ein Geschenk. Aber das meine ich nicht. Ich meine seelisch. Wie empfinden Sie mich?«

»Überaus angenehm«, sage ich. Man muß etwas sagen.

»Was für einen Eindruck mache ich auf Sie?«

»Den Eindruck einer Frau, die in einer glücklichen Ehe lebt.«

»Sehen Sie, wie falsch Sie mich sehen! Mein Mann lebt vielleicht in einer glücklichen Ehe. Ich bin jung geblieben, er nicht.«

»Vielleicht sollte er dann lieber die Verjüngungskur machen und nicht Sie, gnädige Frau?«

»Lassen Sie doch das dumme gnädige Frau weg, Johannes!«

»Verzeihen Sie!«

»Sie verkennen mich völlig, Johannes! Auch ich war einmal ein junges Mädchen, mit Träumen, mit Hoffnungen – in meiner Jugend war ich sehr begehrt – ich konnte mich vor Verehrern nicht retten – ich war damals sehr hübsch.«

»Sie sind es noch heute.«

»Nein. Nein. Schmeicheln Sie mir nicht!«

»Ich schmeichle nicht. Für Ihre fünfzig Jahre, die Sie zugeben, sehen Sie einfach großartig aus. Man sieht es Ihnen nicht an.«

»Mein Mann sagt immer, ich sähe wie zwanzig aus.«

»Er sieht Sie eben so.«

»Und Sie? Wie sehen Sie mich?«

Da waren wir wieder am Anfang. Das Gespräch hatte seinen Rundgang gemacht, und wir saßen auf der Bank. Frau Hedwig rückte ein wenig näher. Ich rückte ein wenig zur Seite. Sie rückte noch näher.

Bei mir war die Bank zu Ende.

»Ach, Johannes! Wenn Sie alles wüßten!«

»Ein kluger Mann muß nicht alles wissen.«

»Ach, Johannes! Ich bin ja so unglücklich.«

Da heult sie und liegt mir im Arm. Hilf Himmel!

»Ich bin ja so unglücklich! Mit meinem Mann. Er taugt nichts.«

»Wieso taugt er nichts? Er ist doch überaus tüchtig. Er hat Ihnen ein Heim geschaffen, versteht, Geld zu verdienen –«

»Ja, Geld! Das versteht er! Aber wie's da drin aussieht«, sie klopft sich dabei heftig auf ihre Brust, »geht niemand was an!«

»Eben! Warum erzählen Sie es mir dann?«

»Einem Menschen muß ich doch mein Herz ausschütten! Fühlen Sie denn immer noch nichts?«

»Doch, gnädige Frau, jetzt fühle ich es – es wird saukalt! Es ist doch nicht die Jahreszeit, um lange auf einer Steinbank zu sitzen.«

Als wir zurückfahren, muß ich im Olivenhain halten. Frau Hedwig erinnert mich an mein Versprechen. Ich versuche Ausflüchte. Es ist schon spät geworden. Die Nacht kommt, ihr Mann wartet. Es nützt nichts, Frau Hedwig besteht auf ihrem Schein. Versprochen ist versprochen, Johannes. Ich frage mich, warum ich eigentlich so zimperlich bin. Frisch in die reifen Äpfel gebissen. Dann gibt wenigstens die liebe Seele Ruhe. Ich bin doch sonst kein Kostverächter. Aber eine innere Stimme warnt mich. Irgendwer flüstert mir zu: Vorsicht! Hochspannung! Lebensgefahr! Auch an den Teufel, dem man den kleinen Finger gibt, denke ich. Außerdem, ich will es ehrlich gestehen, es gibt bessere Leckerbissen, wenn man schon einmal auswärts zu Tisch sitzt. Ich traue keinem Wirt, der mir seine Speisen so laut anpreist.

Wir steigen aus und gehen ein paar Schritte. Frau Hedwig nimmt auf einem Olivenstumpf Platz. Sie hascht nach meiner Hand und zieht mich neben sich.

»Dieser Abendfrieden!« seufzt sie.

Draußen, hinter der Mauer, auf der nahen Straße, rattert friedlich ein Eselwagen vorüber. Ein hoher Zweiradkarren, ein Mann darauf, auf dem Heimweg, vornweg ein kleiner grauer Esel. Wie beneide ich ihn!

»Wird Ihnen nicht zu kalt, Frau Hedwig?« frage ich.

»Sie könnten mich ja ein wenig wärmen.«

»Ich hole die Decke aus dem Wagen.«

»Wozu die Umstände? Legen Sie Ihren Arm um mich, das hilft auch.«

Es hilft. Aber ich, wie komme ich aus der Situation heraus? Ich kann doch nicht weiterhin wie ein Trottel dasitzen und nichts tun und immer nur meinen Arm um sie halten.

»Nehmen Sie mich fester, Johannes!«

Ich tue es. Am liebsten hätte ich sie zerdrückt. Aber nicht aus Liebe. Der Teufel hole die Aufforderung zum Tanz!

»Noch fester!«

»Mehr kann ich nicht.«

»Keine Kraft, Johannes?«

Ich merke es. Ich werde zum Gespött. Mein ganzer schlechter Ruf geht zum Teufel. Wenn ich mich jetzt nicht rühre, gelte ich als Wasweißichwas. Ich neige mich kurzentschlossen, ohne zu überlegen, über sie und – küsse sie. Da knallt mir eine Ohrfeige ins Gesicht, die nicht von schlechten Eltern ist.

»Sie Hanswurst!« sagt Frau Hedwig völlig verändert, und sie ist so nüchtern und klar, wie nie zuvor. »Was bilden Sie sich eigentlich ein? Haben Sie im Ernst geglaubt, ich will mit Ihnen etwas anfangen?«

»Aber – aber –«, stottere ich.

Frau Hedwig steht wie eine Statue.

»Ich muß schon sagen – ich habe eine reiche Phantasie –, aber das habe ich mir nicht in meinen kühnsten Träumen ausgemalt! Sie haben mein Spiel nicht durchschaut? Wie sollten Sie auch! Ich wollte nur einmal sehen, wie ein Mann, der soviel von Liebe erzählt und erzählt und immer wieder nur erzählt – wie so ein *homme à femmes*, wie Sie sich gern nennen hören, sich anstellt, wenn eine Frau ihm Gelegenheit gibt, sich anzustellen. Was müssen Sie für eine gewaltige Meinung von sich selbst haben, Herr Unwiderstehlich persönlich! Wollen Sie mich nicht endlich nach Hause fahren?«

Die Heimfahrt vergeht schweigend. Heiliger Chopin! Bitte die Götter für mich, sie mögen mir meine Dummheit vergeben. Die Frauen sind uns doch überlegen. Sie meistern im letzten Augenblick jede Situation, der wir Männer ratlos – oft sogar ein wenig komisch und der Lächerlichkeit preisgegeben – gegenüberstehen.

Am Abend, als wir im Bett liegen, Annette und ich, ziehen wir die Decke über den Kopf, daß uns keiner belauschen kann, und ich erzähle Annette die Geschichte meines Ausflugs nach Valldemosa.

Annette hat wenig Verständnis dafür.

»Warum hast du sie bloß geküßt?«

»Ich konnte einfach nicht anders. Ich wollte nicht wie ein Trottel dastehen.«

»Und wie standest du da? Hinterher? Nach der Ohrfeige?«

Wir beratschlagen, was zu tun sei. Die Leute haben sich offenbar vorgestellt, wir spielen das alte Spiel »Kämmerchen vermieten« mit.

Ich greife nach den Streichhölzern und zünde noch einmal unsere Kerze auf dem Orangenkübel an, und wir suchen nach den ersten Briefen, die sie uns damals geschrieben haben. Darin steht ein Austausch von Tisch, Teller und Bett, von einem zusätzlichen Austausch der Gefühle ist nirgends die Rede. Sie haben sich wohl nicht deutlich genug ausgedrückt in bezug auf das, was sie eigentlich wollten.

»Vielleicht wollen sie noch etwas ganz anderes, Johannes.«

»Wieso?«

»Ich werde das Gefühl nicht los, daß das dicke Ende nachkommt. Irgend etwas stimmt nicht.«

Wir blasen die Kerze aus und sind entschlossen, morgen früh auszuziehen.

»Wie bringe ich es ihnen bei?« frage ich.

»Laß mich das machen, Johannes. Herr Jellineck traf übrigens heute auch Anstalten, unsere Beziehungen enger zu gestalten.«

»Was? Der Kerl hat dich belästigt?«

»In meinen Jahren ist das keine Belästigung, sondern eher eine Art Kompliment«, sagt Annette vergnügt. »Ich muß gestehen, es tat mir recht gut, wieder einmal zu sehen, wie ein Mann den Verstand verliert. Du verlierst ja bei mir nicht mehr den Verstand. Leider.«

Ich übergehe die peinliche Frage schnell und frage:

»Du bist ihm darauf hereingefallen?«

»Ich bin ihm nicht darauf hereingefallen, Johannes! Manchmal drückst du dich aus, als schreibst du Geschichten. Erstens, wenn ich ihm darauf hereingefallen wäre, wäre es kein Reinfall gewesen. Zweitens hätte ich dir dann nichts erzählt, und drittens: so unmöglich, wie du tust, ist Herr Jellineck gar nicht.«

»Dieser alte Krauter!«

»In den Jahren gebt ihr euch nicht viel nach, Johannes. Und du findest doch, daß du immer noch mitzählst?«

»Bitte, laß mich aus dem Spiel! Berichte, was war!«

Annette berichtet. Als sie vom Friseur zurückkam – sie hatte nicht zu warten brauchen, eine Kundin hatte abgesagt, es war ein glücklicher Zufall –, stand ein Zweiräderkarren vor der Tür. Möbel wurden abgeladen. Jemand brachte einen Tisch, zwei Sessel und eine Couch zurück, die er bei Herrn Jellineck ausgeliehen hatte. Herr Jellineck lief durch das ganze Haus und suchte nach seiner Brieftasche, um dem Kunden die hinterlegte Kaution zurückzugeben.

Er kam auf diese Weise auch in mein Zimmer. Er erschrak zuerst. Er wußte nicht, daß ich schon zurück war. Ob ich zufällig seine Brieftasche gesehen hätte? Ob ich wüßte, wo seine Frau sie versteckt haben könnte? Ob ich ihm vielleicht aushelfen dürfe, fragte ich. Das wäre sehr liebenswürdig. Fünfhundert Peseten, gnädige Frau. Herzlichen Dank. Er geht mit dem Geld, und ich sehe durchs Fenster, wie er dem Kunden meine fünfhundert Peseten in die Hand drückt.

Ich beginne, mich umzukleiden, streife das Kleid über den Kopf, da steht Herr Jellineck schon wieder in meinem Zimmer.

»Raus!« schreie ich.

Er spielt den Verwirrten.

»Raus!« sage ich nochmals, packe ihn an den Schultern und schiebe ihn durch die Tür. Draußen ist er. Gott sei Dank. Ich schiebe den Riegel vor und atme auf.

Es klopft. Ich tue, als höre ich nichts. Es klopft abermals.

»Frau Annette!«

»Gehen Sie endlich von der Tür weg, Herr Jellineck!«

Er geht nicht. Er steht draußen und klopft weiter.

Ich schlüpfe schnell in ein anderes Kleid und reiße die Tür so zornig auf, daß Herr Jellineck fast auf mich fällt. Ich stoße ihn heftig zurück.

»Sie machen sich ja lächerlich!« sage ich.

»Ein verliebter Mann ist nie lächerlich!«

»Ich bin kein junges Mädchen mehr!«

»Die reifen Früchte sind die süßesten!«

Er packt meine Hände.

»Nutzen wir die Gelegenheit!«

»Scheren Sie sich zum Teufel!«

»Einen Kuß und Sie sind frei!«

Ich will an ihm vorbei, es gelingt mir, da greift er nach mir, ich rutsche aus, stürze und falle direkt auf die Couch, die gerade zurückgekommen ist. Es gibt einen mächtigen Krach, irgendwo splittert Holz, man hört es deutlich, und die Couch bricht unter meinem Sturz zusammen.

Als ich aufblicke, ist Herr Jellineck verschwunden. Ich trete zum Fenster und sehe ihn die Straße hinunterhetzen. Ich weiß mir keinen Vers darauf zu machen. Ist er verrückt geworden? Warum läuft er so und schreit? Hat er sich verletzt?

Nach zehn Minuten kommt Herr Jellineck zurück. In seiner Hand hält er zwei Hundertpesetenscheine.

»Die hat er mir zahlen müssen!« schnauft er und wischt sich die Stirn. »Der Kerl hat mir die Couch ruiniert! Wenn Sie sich nicht zufällig daraufgesetzt hätten, gnädige Frau, hätte ich den Schaden zu spät bemerkt. Es ist nichts zu verdienen beim Möbelverleih.«

Ich nehme Annette in die Arme, und wir schlafen ein. Am nächsten Morgen gehen wir Hand in Hand zum Frühstück. Wir haben uns gegenseitig Mut zugesprochen, denn es ist immerhin eine peinliche Sache, zuerst eine Verabredung einzugehen und sich dieser dann mit fadenscheinigen Gründen zu entziehen. Die wirklichen Gründe wollen wir nicht nennen. Man soll sich mit Anstand aus einer Affäre ziehen. Wir sind jetzt drei Wochen hier, und sie werden die gleiche Zeit dann bei uns sein. Die Harmonie muß gewahrt werden. Es ist besser, man trennt sich höflich und ohne Vorwürfe. Wir wissen auch schon, was wir tun wollen. Es gibt auf der Insel kleine Hotels, in denen man für fünf bis sechs Mark volle Pension bekommt. Gar nicht einmal schlecht, erzählt man sich. Wir haben Leute gefragt, die so wohnen. Sie sind alle zufrieden. Wir werden es auch sein. Umsonst wohnen wir ja hier auch nicht. Das ist ein Trugschluß. Jellinecks haben sich jeden Bissen, den wir bei ihnen gegessen haben, genau notiert und werden ihn daheim bei uns wieder abessen. Da Annette besser kocht, sind wir auf jeden Fall die Dummen.

»Guten Morgen allerseits!« sage ich, als wir uns an den Frühstückstisch setzen.

»Guten Morgen! Gut geschlafen?«

Jellinecks sind heute besonders freundlich. Als ob sie es ahnten!

»Finden Sie nicht auch, daß ein Tag immer schöner ist als der andere?« sagt Frau Jellineck zu Annette. »Wir haben uns jetzt auch schon so schön aneinander gewöhnt – Sie werden gar nicht mehr weggehen wollen –«

»Doch«, sage ich. Nur das eine Wort. Es war schwer genug, es hervorzustoßen. Es klang wie ein Schluckauf.

Man nimmt es darum auch nicht zur Kenntnis. Frau Jellineck schenkt mir diesmal den Kaffee ein. Das tut sie sonst nie.

»Zucker?« fragt sie. »Ein Stück? Zwei?«

»Drei«, sage ich.

»Sie sind ein Schleckermäulchen! Wir nehmen jeder immer nur eines. Wenn wir dann bei Ihnen in Ihrem Haus zu Gast sind, sparen Sie schon am Zucker allein eine ganze Menge!«

»Wieviel Tage sind wir heute bei Ihnen?« frage ich.

»Zwanzig Tage, auf den Tag genau.«

»Passen Sie auf, die nächsten Tage verfliegen wie der Wind!« sagt Herr Jellineck.

»Das ist eben auch unsere Sorge«, sagte ich, nachdem Annette mich unter dem Tisch gestupst hat, endlich unser Anliegen vorzubringen. »Es ist alles so reizend und harmonisch bei Ihnen, viel hübscher, als wir es uns gedacht hatten. Sie verwöhnen uns über alle Maßen, wir haben schon ein schlechtes Gewissen, wie wir es wiedergutmachen können. Bei uns daheim ist es wesentlich primitiver –«

»Einfach«, verbessert Annette. »Einfach, aber gemütlich.«

Frau Jellineck plappert:

»Ich bin sehr fürs Gemütliche. Das haben Sie sicher schon gemerkt. Erinnern Sie sich, wie Sie zuerst nicht mit uns frühstücken wollten? Ist so ein Frühstück bei uns nicht urgemütlich?«

Mir schwimmen schon wieder die Felle davon. Ich komme nicht dazu, zu sagen, was ich sagen will. Aber es muß sein. Ich fasse mir ein Herz.

»Liebste Frau Hedwig«, sagte ich, »Gemütlichkeit hin, Gemütlichkeit her – für Sie ist es eine enorme Belastung. Wir sehen doch, wieviel Mühe wir Ihnen machen. Ihr Haus ist nicht auf Besuch eingestellt, wir können Ihnen dies beim besten Willen nicht länger zumuten. Wir wären Barbaren, ja, Barbaren wären wir... So schwer es uns fällt, Ihre Gastfreundschaft nicht länger zu genießen, aber –«

»Was denn? Sie wollen doch nicht etwa gehen?«

Herr Jellineck legt vor Schreck sein mit Marmelade und Butter bestrichenes Brot verkehrt auf das Tischtuch.

»Doch«, sage ich, »wir sind es gewillt. Im beiderseitigen Interesse. Sie haben dann die Harmonie Ihres Hauses zurück, Ihre Frau hat weniger Arbeit, und auch wir – nun, ich will es offen gestehen, wir sind eigentlich nach Spanien gekommen, um näher am Meer zu leben, zu schwimmen...«

»...und Land und Leute kennenzulernen«, ergänzt Annette, die es an der Zeit findet, mir zu Hilfe zu kommen. »Durch Ihre reizende Art, uns stets und überallhin zu begleiten, kommen wir gar nicht mit wirklichen Spaniern zusammen. Ich möchte gern ein wenig Spanisch lernen...«

»Meine Frau gibt Stunden«, unterbricht Herr Jellineck.

»Laß das, Joseph!« sagt Frau Hedwig heftig. »Laß erst unsere Freunde einmal ausreden, was sie auf dem Herzen haben.«

»Da ist nicht mehr viel zu sagen«, erwidere ich. »Mit einem Wort: ich wollte Sie bitten, unsere Austausch-Vereinbarung mit dem heutigen Tag zu beenden.«

»Mein Mann möchte lieber in ein Hotel.«

»Ja. Das möchten wir.«

So, jetzt ist es heraus! Endlich!

Wir bekommen keine Antwort. Wir sitzen wie die Angeklagten. Vor uns stumm und mit schmalen

Lippen die Jellinecks. Ich fahre mir nervös mit dem Finger durch den Kragen.

»Es war wunderschön bei Ihnen«, sage ich noch.

Keine Antwort.

»Es hatte natürlich auch seine Nachteile«, sagt Annette, die sich nicht länger beherrschen kann, nach einer Weile.

»Unbedeutende«, mildere ich schnell.

»Nun ja, wie man's nimmt! Kein elektrisches Licht, keine Aussicht, der eine Nachbar schnarcht, der andere hält Hühner, die Räume sind winzig, die Stühle unbequem, man weiß am Abend nie, wie man sitzen soll, eingeheizt wird auch nicht – sag doch auch was, Johannes!«

Ich sage: »Wenn wir schon davon sprechen: wir hatten es uns anders vorgestellt.«

Herr Jellineck flüstert seiner Frau etwas ins Ohr.

Sie nickt. Für uns hat sie keinen Blick übrig.

Herr Jellineck beugt sich abermals zu seiner Frau und flüstert jetzt länger. Wir verstehen kein Wort. Herr Jellineck flüstert und flüstert. Allmählich wird es mir zu dumm.

»Welcher Ansicht ist Ihre Frau?« frage ich.

Herr Jellineck mustert mich von oben bis unten, daß ich wage, ihn zu unterbrechen. Jetzt flüstert Frau Jellineck. Herr Jellineck nickt und richtet sich auf.

»Wenn Sie unbedingt die Ansicht meiner Frau hören wollen: Lieber heute als morgen!« sagt er. »Nur, so einfach geht das nicht. Die Sache hat einen Haken.«

»Und welchen, wenn ich fragen darf?«

»Wir haben unser Haus schon für die ganze Zeit, die wir bei Ihnen sein werden, vermietet. Vier Wochen.«

»Dann werden Sie eben genau wie wir die restlichen zehn Tage in ein kleines Hotel ziehen.«

»Genau das wollen wir nicht.«

»Mit anderen Worten?«

»Sie können bleiben oder in ein Hotel ziehen, wie es Ihnen beliebt. Wir jedenfalls halten uns an die Vereinbarung und werden die dreißig Tage bei Ihnen erscheinen. Besprechen Sie dies bitte mit Ihrer lieben Frau.«

Das Frühstück ist aufgehoben. Wir gehen wortlos auseinander.

Dreizehntes Kapitel

Eine Stunde später fahren wir nach Puerto de Andraitx. Man hat uns dort ein billiges Hotel empfohlen. Wir fahren am Meer entlang, am Strand von Paguera, wo wir liebend gern blieben, aber die wenigen Hotels sind für Monate hinaus besetzt, kommen wohl auch für unseren schmalen Geldbeutel nicht in Frage. Im Vorbeifahren brechen wir einen Ast blühender Mimosen vom Baum, der über eine Mauer in unseren Wagen hineinhängt. Wir kommen nach Camp de Mar, wo man uns in einem überbescheidenen Gasthof – die Tischdecken haben größere Löcher als der dort servierte Schweizer Käse – für ein Schinkenbrot den Preis einer vollen Tagespension abverlangt. Ich verwünsche diese Strandräuber, die heute noch – Gott sei Dank selten – auf der Insel als Wirt und Kellner getarnt ihr Unwesen treiben. Man kann von ihnen Heimatliebe lernen. Sie plündern nur die Fremden, den Einheimischen stecken sie es zu. Im Klosterkeller von Lluch mußte ich für zwei trübe Spiegeleieraugen dasselbe bezahlen wie Spanier am Nebentisch, die für den gleichen Preis ein ausgewachsenes Mittagessen mit Seezunge und Schweinskotelett bekamen. Man ärgert sich über diese Ungerechtigkeiten, man findet die Landschaft nach dem Essen halb so schön. Aus Vorsicht verschwand der Wirt nach Überreichung der Rechnung auf Nimmerwiedersehen, und wir konnten ihm nur, da wir in einem Kloster waren, Gottes reiche Vergeltung aufs Haupt erflehen.

Über einen Sandweg, hoch hinauf durch Pinienwälder, immer das Meer und seine baumbestandenen Buchten vor dem beglückten Auge, lassen wir den Wagen in den Hafen von Andraitx hinunterrollen, auf die breite Mole, wo sich in kurzer Entfernung das Hotel befindet, in dem wir den Rest unserer Inseltage verbringen wollen. Wir haben uns mit Jellinecks in einer kurzen zweiten Aussprache geeinigt. Wir bleiben noch zwei Tage, in alter Freundschaft, wenn wir schon so sagen wollen, bis wir eine neue Unterkunft gefunden haben. Sie haben es uns selbst vorgeschlagen.

Wir sind es zufrieden und wie verwandelt, seitdem wir wieder auf eigenen Füßen stehen.

Das Hotel, das man uns empfohlen hat, ist kein Prachtbau mit Auffahrt, Palmen und Gärten, es ist ein einfaches, zweistöckiges Haus, neu erbaut, und nennt sich Hotel Artista. Wir treten in einen Raum, der mit *restaurante* bezeichnet ist, und tun so, als seien wir Tagestouristen, die nach einem Mittagessen Verlangen tragen. Das Essen wird uns serviert, es ist ausgezeichnet, ein Liter vorzüglichen Landweins gehört dazu, ohne daß wir ihn gesondert bezahlen müssen. Die Tischtücher sind sauber, der Patron ist freundlich, er ißt am Nebentisch mit seinen Kindern, von denen eines gerade Geburtstag hat. Die beiden Großmütter sind gekommen, die Tanten... es ist eine große Tafel, drei zusammengeschobene Tische, der Wirt bringt uns von der Festtafel ein paar Extrabissen herüber, auch einen Kaffee spendiert er uns aus der großen Familienkanne und den auf der Insel unvermeidlichen Peppermint, eine grüne, abscheulich schmeckende Flüssigkeit, die auf der Zunge brennt und den Geschmack einer kräftigen Zahnpasta hinterläßt.

Als sich die Gelegenheit ergibt, erkundigen wir uns beiläufig, ob er auch Zimmer vermiete. Ja, das täte er, gibt er uns zur Antwort. Jetzt seien zwar nur wenige Fremde hier, aber zur Zeit des Thunfischfangs kämen von überall aus der Welt die großen Privatjachten nach Andraitx, um hier diesem aufregenden Sport zu huldigen. Im Augenblick habe er nur einen *estrangero* im Haus wohnen, einen Maler, der schon drei Jahre auf der Insel lebe, einen gewissen Peter Ruhrig, dort drüben sitze er, ob er uns mit ihm bekannt machen dürfe. Wir sind gern einverstanden, bald sitzen wir beim Wein zusammen und erfahren von dem Maler, einem Holländer, daß es sich hier vortrefflich wohnen läßt.

»Am Anfang gab es einige Schwierigkeiten«, erzählt er. »Ich zog als erster Gast, nachdem das Haus fertig war, in dieses Hotel ein, und der Wirt hatte mir ein schönes Zimmer mit Aussicht auf das Meer hinaus zugesagt, auch Nordlicht hatte es, das ich für meine Arbeit brauche, und ein eigenes Badezimmer. Ich hatte mir das Zimmer angesehen, auch das grüngekachelte Badezimmer. Eine große Wanne war darin und eine Dusche, der allerdings noch die Brause fehlte, aber *mañana,* morgen sei die Brause dran. Ich zog ein, aber *mañana* war die Brause noch nicht angebracht, auch in der zweiten Woche nicht. *Mañana* ist ja nur ein Wort, mit dem sich in Spanien viel ausdrücken läßt. *Mañana* heißt morgen und übermorgen oder nächste Woche oder in zwei Monaten oder irgendwann in unserem Leben. Mit diesem Wort hält sich der Spanier alles Unliebsame vom Leib, er zögert es mit Hilfe dieses Wortes hinaus, bis es sich oft von selbst erledigt. Die Dusche war also auch in drei Wochen noch nicht angebracht, aber was ein noch weit schlimmeres Übel war: der Warmwasserboiler war ebenfalls noch nicht angeschlossen. Was nützt das schönste Badezimmer, wenn kein Wasser läuft? Als ich einzog, erklärte mir der Patron, gewiß, im Augenblick sei der Boiler noch nicht angeschlossen, aber *mañana,* morgen können Sie bestimmt baden. Nach vier Wochen fragte ich, ob der Boiler wenigstens schon da sei. Selbstverständlich, wie könnte ich nur so etwas glauben, der Boiler sei längst von ihm gekauft, ein herrliches Stück, es läge da, es müßte nur noch angeschlossen werden, ein Zufall und die Feiertage, daß es noch nicht geschehen sei.

Nach weiteren vierzehn Tagen lag der Boiler noch immer irgendwo, und als ich den Patron bat, mir wenigstens den Boiler zu zeigen, bedauerte er, daß er dies im Moment nicht könne. Die Quittung könne ich sehen, daß er den Boiler gekauft und bezahlt habe, aber der Boiler selbst, das sei ein wenig schwierig. *Mañana* bestimmt, *mañana* könne ich ihn sehen. Warum nicht heute? Er sei noch nicht im Hause. Aber wenigstens hier im Hafen? Nein, nicht im Hafen. Aber wenigstens auf der Insel? Nein, auch nicht auf der Insel, der Boiler liege noch in Barcelona.

Der Boiler lag noch lange in Barcelona. Als er endlich mit dem Schiff ankam und ich mir schon die Stunden ausrechnete, wann ich mein erstes Bad nehmen könnte, stellte sich ein neues Malheur heraus. Der Boiler war in Barcelona vor dem Transport auseinandergenommen und in seinen einzelnen Teilen verschifft worden. Kein Installateur auf der Insel wußte mit den einzelnen Teilen etwas anzufangen, selbst den Pfarrer rief man zu Hilfe, man machte verschiedene Versuche, aber nie kam auch nur annähernd die Form eines Warmwasserboilers heraus, geschweige eines, der seiner Aufgabe gewachsen war. Man depeschierte nach Barcelona, daß man den Mann herüberschicke, der den Boiler auseinandergenommen habe. Als Antwort kam, daß dieser Mann im Augenblick unabkömmlich sei, da er auf eine Woche nach Granada gefahren wäre, um dort ebenfalls einen Boiler wieder zusammenzusetzen, den er vor dem Transport auseinandergenommen habe. Aber *mañana, mañana* würde er kommen. Er kam. Zwar nicht *mañana* und auch nicht *pasado mañana,* aber er kam. In einer Stunde hatte er den Boiler zusammengesetzt und angeschlossen. Auch die Brause hatte er gleich mitgebracht und angeschraubt. Wir schüttelten uns alle die Hände, der Patron heizte ein, und meinem ersten Bad stand nichts mehr im Wege.

Nun ist der Mensch ein komisch geartetes Lebewesen. Es gibt Exemplare unter ihnen, die essen erst von einem Schinkenbrot das Brot und hinterher den Schinken. Mancher Spargelesser hebt sich die Köpfe bis zuletzt auf. Nur nicht den vollen Genuß auf einmal, das Beste zuletzt. So war auch ich. Wie lange hatte ich auf den Tag des ersten Bades gewartet! Für den ersten Tag genügt eine heiße Dusche, sagte ich mir. Am Abend die Dusche und morgen früh das Vollbad.

Ich zog mich aus, trat unter die Brause und drehte die Hähne auf. Es ruckerte und rumorte, es gluckste und rauschte in der Leitung, ich hörte das Wasser aufsteigen, es herauszischen, es lief rechts und links wenige Zentimeter von mir wie ein warmer Regen herunter, herrliches warmes Wasser, der Raum füllte sich mit Dampf... nur dort, wo ich stand, unter der Brause, rieselte kein Tropfen herab. Ich blieb staubtrocken bis zur Fußsohle. Das Badezimmer schwamm, die Decke tropfte, die Wände trieften, ich blieb trocken. Ich blickte ratlos nach oben, und da sah ich, daß das Wasser am Anschluß der breiten Dusche rechts und links herausschoß, aus der Dusche selbst aber kam kein Tropfen. Man hatte vergessen, die Löscher hineinzubohren. »Wir haben dann«, beendete Peter Ruhrig seine Erzählung, »mit einem Nagel ein paar Löcher hineingeschlagen, und dann funktionierte es. Was wollen Sie? In Spanien endet immer alles besser, als es vorher aussieht.«

Der Wirt, der sich während der Erzählung zu uns

gesetzt hatte, bestätigte mit vergnügtem Lachen diese Begebenheit. Das sei in Spanien nichts Besonderes. *No se preocupe!* Kein Grund zur Aufregung! Als er vor einem Jahr seinen Telcfonanschluß bekam, sei es für ihn unmöglich gewesen zu telefonieren. Man hatte nach vollzogenem Anschluß und den ersten Prüfgesprächen das Funktionieren der Anlage festgestellt, aber das Telefon hatte man wieder mitgenommen, da man es für einen anderen Anschluß brauchte, der vor sechs Monaten gelegt worden war. Aber *mañana* wird er das Telefon haben. Er hat es heute noch nicht. Spanien! *España mia!*

Als der Maler Peter Ruhrig in sein Zimmer gegangen war, um noch das letzte Tageslicht für seine Arbeit auszunutzen, erfahren wir vom Patron die Geschichte seines einzigen Hotelgastes, der es erst seit einem Jahr zu einem gewissen Wohlstand gebracht hat. Sie begann wie die Geschichte jedes Malers auf der Insel. Mag sein, daß das vielfältige Licht auf der Insel Mallorca die Maler anzieht, daß sie aus allen Ländern der Erde hierher kommen, zu malen beginnen und den Weg nach Hause nicht mehr finden, sich zuerst den zahlreichen Touristen an die Fersen heften, damit sie, wenn sie schon kein Bild kaufen, ihnen wenigstens einen Liter Wein und eine Mahlzeit spendieren. Man wird ihnen dafür auch zeigen, was nicht im Baedeker steht, wird sie zu den Seilern führen und zu den Zigeunern, die in einem trockenen Flußbett ihr Lager aufgeschlagen haben, oder zu der versteckten Kapelle, fern dem Fremdenstrom, in der stets eine weißgekleidete Nonne vor dem Altar kniet. Später dann, wenn der einzige Anzug, mit dem man angekommen ist, fadenscheinig wird, ziehen sich die Maler in die kleinen Hafenorte zurück, nisten sich in einer Hütte ein, die weglos zwischen Mandel- und Olivenbäumen liegt, von Schafherden umgeben, keine Hütte zu nennen, ein Raum mit einer Feuerstelle im Freien, wie sie zu Hunderten auf den Hängen liegen. Haben sie überhaupt noch einen Besitzer oder nicht? Keiner kommt, die Miete zu verlangen, und käme einer, packte man die Malstifte und sein Bündel und zöge in die nächste Casita, keinen Steinwurf weit... Einer, der so lebte, war der Maler Peter Ruhrig.

Ruhrig war Holländer, fünfunddreißig etwa, vor drei Jahren auf die Insel verschlagen, hoch droben über dem Hafen von Andraitx wohnend, dem drittgrößten der Insel. Von den Staaten und aus Australien kommen die Jachten der Millionäre hierher, liegen an der Mole vertäut, ein Rendezvous der teuren, schnellen Schiffe, langgestreckt und schmal, oben am Mast der flatternde Wimpel mit den Farben ihres Landes oder ihres Klubs, unter ihnen, im klaren, flachen Wasser tellergroße Seesterne und schwarze Seeigel in Mengen. In diesem Andraitx geschah es nun, daß ein Fischerehepaar, schon spät an Jahren, mit einem Sohn gesegnet wurde. Marcelino tauften sie ihn, der mit einem Schopf goldblonder Locken auf die Welt kam und sich zu einem der schönsten Kinder entwickelte, die man auf der Insel gesehen hatte. Die Eltern, einfache Leute, in ärmlichen Verhältnissen lebend, hingen mit rührender Liebe an ihrem einzigen Kinde, und es verging kein Tag, an dem der Vater den Fünfjährigen nicht mit zur Mole nahm, wo die Jachten lagen, und Hand in Hand mit dem Jungen auf und ab ging, die Bewunderung der Fremden für das schöne Kind beglückt entgegennahm, auch den zahlreichen Kameras nicht auswich, die den hageren, stoppelbärtigen Fischer mit seinem Sohn fotografierten. Er ließ auch zu, daß man den Jungen mit an Bord nahm, ihn bewirtete und beschenkte. Eines Tages vor zwei Jahren hatte er von einem Fremden eine siamesische Holzpuppe bekommen, holzgeschnitzt, sehr primitiv, fast eckig, mit einer roten, aufgeklebten Samtkappe auf dem Kopf. Diese Puppe wuchs sich zu Marcelinos großer Liebe aus, er gab sie nicht aus der Hand, sie lag in seinem Schoß, wenn er aß, auf seinem Kopfkissen, wenn er schlief ... Einmal nur hatte er sie unter dem Eindruck des Neuen vergessen – auf einer Jacht. Am Abend, als der Fünfjährige daheim seinen Verlust bemerkte, war es zu spät, die Puppe zu holen. Sein Vater versprach, früh am nächsten Tag hinzugehen. Da das Kind nicht zu beruhigen war und herzzerbrechend weinte, brachten es die Eltern frühzeitig zu Bett. Als sie zwei Stunden später den

Schlafraum aufsuchten, fanden sie das Bett des Jungen leer. Er war, wie sich später herausstellte, aus dem Fenster gestiegen, zum Hafen gelaufen, über den schmalen Steg, der kaum einen Fuß breit war, auf die Jacht geklettert, hatte die Puppe geholt und war beim Zurücklaufen vom Steg ins Wasser gestürzt. Eine Stunde später fand man den Kleinen, ertrunken, die alte Puppe eng an sich gepreßt.

Keiner vermag den Schmerz der Eltern zu beschreiben, die völlig von Sinnen waren und nicht vom letzten Lager ihres toten Kindes wichen, das nach der Sitte der Insel noch am selben Tage in die Erde gebettet werden sollte. Abends um neun Uhr, wenn die Sonne untergegangen war, würde der schwarze Wagen mit den beiden schwarzverhängten Pferden kommen, mit den acht hinter Glas geschützten Totenkerzen, dazu der Pfarrer des Dorfes, die Ministranten. Die nächtliche Straße ginge es hinan, an allen Türen der niederen Häuser stünden die Menschen und bekreuzigten sich, wenn der Zug vorüber käme. Über der Stille der Nacht, dem dumpfen Hufschlag der langsam gehenden Pferde, dem Schlurfen der Schritte würden die Stimmen der Betenden liegen: »Gib ihm die ewige Ruhe – gib ihm den ewigen Frieden – gelobt seist du, Maria.«

Aber noch hatte die Sonne den Zenit nicht erreicht, noch lag der kleine Marcelino in der Stube, die blonden Locken um das friedliche Gesicht, als ob er schliefe, in den gefalteten Händen ein paar Blumen, wie man sie aus dem Garten des Nachbarn schnell herbeigeholt hatte, unter einer weißen Mantilla, auf dem Kopfkissen die alte Holzpuppe, und neben dem Bett, wenige Schritte entfernt, stand der Maler Peter Ruhrig und malte mit seinen Farbstiften ein Bild des Knaben, wie er dalag, Blumen in der Hand, die Puppe neben sich, die letzte Sonne seines Über-der-Erde-Seins auf der Stirn und im goldenen Widerschein seines blonden Haars. Ruhrig malte das Pastell, so gut er es vermochte. Er war kein begnadeter Künstler, er malte das Kind lieblicher, zukkersüß sozusagen, die Locken noch engelsgleicher, den Mund auch... trotzdem, es wurde ein gutes Bild, wie es der Maler bisher noch nie fertiggebracht hatte. Vielleicht kam es daher, weil er das Kind gut gekannt, oft mit ihm gespielt hatte, weil ihm der Schreck des jähen Todes selbst im Blut saß, weil der Schmerz der verzweifelten Eltern, ihr hilfloses Aufschluchzen so nahe war. Dreihundert Peseten hatte ihm der Vater geboten, als er ihn herbeirief:

»Kümmern Sie sich um nichts anderes. Malen Sie mir ein Bild meines Kindes, daß ich ihn behalten kann, den Kleinen... malen Sie ihn so, wie er jetzt daliegt, so winzig, so verlassen, so zum himmlischen Erbarmen...«

Es war ein gutes Bild geworden. Als der Maler am nächsten Tag damit zum Hafen ging, es den Eltern zu bringen, angsterfüllt, daß der Anblick des Kindes ihren Schmerz verdoppeln könnte, und wie er es dann anstellen sollte, auf den Preis zu sprechen zu kommen – er brauchte doch die dreihundert Peseten oder wenigstens einen Teil davon dringend, zum nackten Leben, nun gut, er wird heute nicht davon sprechen, der Bäcker wird ihm das Brot nochmals auf Kredit geben, und ein paar Oliven hatte er noch im Haus –, als er so mit dem zusammengerollten Bild unterm Arm über den Kai ging und einem Amerikaner begegnete, den er flüchtig kannte, einem, dem so eine Jacht gehörte und dem er auch schon einmal ohne Erfolg seine Bilder an Bord ausgebreitet hatte, hielt ihn der Amerikaner auf und wollte das Bild sehen, das er unterm Arm trug.

»Etwas Neues?« fragte er.

Er schien ein wenig Wein getrunken zu haben. Nicht so viel, daß es ihm etwas ausmachte, aber doch so viel, daß er sich mit einem in ein Gespräch einließ, von dem er wußte, daß er es auf sein Geld abgesehen hatte und den er das letzte Mal schwer losgeworden war.

»Etwas Neues?« fragte er also und deutete auf das Bild.

»Nichts Besonderes«, sagte der Holländer.

Und gleich dazugesetzt, sozusagen als Triumph über die damals erlittene Abfuhr:

»Bereits verkauft!«

»Gelegentlich glückt es Ihnen also doch«, sagte

der Amerikaner jovial und klopfte dem Maler vergnügt auf die Schultern. »Lassen Sie sehen!«

Er zog dem Überraschten, aber keineswegs Unwilligen die Rolle unter dem Arm hervor und faltete sie auseinander. Da der Wind heftig blies, trug er das Bild zur Hauswand hinüber und strich es an der Mauer platt.

»Haben *Sie* das gemalt?« fragte er, nachdem er es lange betrachtet hatte.

»Gefällt es Ihnen?«

»Es ist großartig. Das Kind schläft?«

»Es ist tot.«

»Ich kaufe das Bild.«

»Es ist bereits verkauft.«

»Für wieviel?«

»Dreihundert.«

»Ich biete Ihnen vierhundert.«

»Unmöglich. Es gehört nicht mehr mir.«

»Fünfhundert.«

»Auch nicht für sechshundert.«

Man einigte sich auf tausend Peseten. Peter Ruhrig überließ dem Amerikaner das Bild, nachdem dieser ihm versichert hatte, daß er noch in der Nacht die Anker lichten werde, um in die Staaten zurückzufahren. Der Maler eilte sofort mit dem Geld in seine Casita zurück, um das gleiche Bild noch einmal zu malen. Er hatte gestern genug Skizzen gemacht: die Hände des Kindes mit den Blumen, die Holzpuppe auf dem Kissen, der letzte Sonnenstrahl auf dem Haar ... So begann er sofort mit seiner Arbeit, es glückte ihm auch, noch war die Erinnerung lebendig in ihm, jede Farbe, jeder Strich, er arbeitete die ganze Nacht hindurch, und als das zweite Bild fertig war, unterschied es sich fast in nichts von dem ersten.

Als er mit dem Bild in das Haus des Unglücks kam, traf er den Vater allein an. Er saß am Fenster, hielt die hölzerne Puppe seines Kindes in der Hand und starrte vor sich hin.

»Ich konnte das Bild noch einmal verkaufen«, sagte Peter Ruhrig. »Ich habe daheim eine Kopie gemacht – wenn es Ihnen recht ist, würde ich Ihnen einen Teil des Erlöses geben.«

Der Fischer verstand zuerst nicht, worauf es ankam. Erst als er erfuhr, daß er das in Auftrag gegebene Bild seines toten Kindes nicht zu bezahlen brauchte, ja sogar noch einen Hundertpesetenschein dazu bekam, begriff er den Vorteil dieses Handels. Er war seit seiner Kindheit aufs Geldverdienen bitter angewiesen, und die Gewohnheit der südlichen Hafenstädte, den Fremden zu geben, was sie verlangen, wenn sie nur dafür ihr Geld im Lande lassen, ließ ihm den Vorschlag keineswegs ungeheuerlich erscheinen, so daß er ihn gelassen hinnahm. Warum sollte man nicht auch weiterhin von seinem schönen Kinde reden, auf das er so stolz gewesen war? Warum sollten die Fremden das Bild des

Kleinen nicht auf ihren Schiffen in die fernen Länder mitnehmen, was machte es ihm aus? Er besaß ja das seine, das er betrachten konnte, sooft er mochte, das ihn nichts kostete. Und er besaß die hundert Peseten dazu, die er dringend brauchte. Er strich den Schein glatt und nickte sein Einverständnis.

»Vielleicht verkaufe ich eines Tages das Bild nochmals«, sagte der Maler.

»Sie werden noch eines malen?«

»Sie werden von jedem Verkauf hundert Peseten erhalten.«

»Hundert Peseten? Für jedes Bild?«

»Es ist Ihr Kind.«

»Nun ja, das wohl – es ist mein Kind, sehr richtig – irgendwie stehen mir die hundert Peseten zu, da haben Sie ganz recht. Wann, glauben Sie, werden Sie mir die nächsten hundert Peseten bringen können?«

»Ich werde mein möglichstes tun«, sagte der Maler.

So kam es – und wir dankten dem Wirt für die Geschichte, die nicht vergessen sein soll –, daß seit einem Jahr im Hafen von Andraitx, genau dort, wo die Mole auf den Kai stößt und die großen Eisenringe für die Schiffstaue in den Stein eingelassen sind, ein Maler namens Peter Ruhrig seinen Stand aufgeschlagen hat, in dem in verschiedenen Größen und Ausführungen, in Pastell, als Aquarell und in Öl immer dasselbe Bild zu sehen ist: ein Knabe unter einer weißen Mantilla, die Augen geschlossen, die Hände um ein paar blaue Blumen gefaltet, eine kleine, eckige Holzpuppe auf dem Kopfkissen. Der Vater erzählt jedem Fremden die traurige Geschichte seines kleinen Jungen, der wenige Meter von hier mit fünf Jahren seinen Tod gefunden hat. Der Maler Peter Ruhrig neben ihm regelt dann das Geschäftliche. Der alte Fischer aber fährt längst nicht mehr auf den Thunfischfang, nicht einmal der leichten Arbeit des Garnelenfischens nahe dem Ufer obliegt er. Er erhält für jedes Bild seines Kindes hundert Peseten, und soviel Geld kann ein Fischer auf seinem Boot niemals verdienen, nicht einmal in der Zeit der Langusten.

Vierzehntes Kapitel

Jellinecks sind sonderbare Leute. Sie tun, als wäre nichts geschehen. Sie sind von einer Freundlichkeit, daß einem angst wird. Ich traue den beiden nicht über den Weg. Gott sei Dank dauert es nur noch vierundzwanzig Stunden. Da kann nicht mehr viel geschehen. Über die Tage der genossenen Gastfreundschaft haben wir uns geeinigt. Sie haben eingesehen, daß wir nicht zusammen passen, sie kommen also nicht zu uns. Sie nehmen dafür meine goldene Armbanduhr. Es ist kein schlechtes Geschäft für sie. Aber wir sind knapp mit dem Geld und müssen uns damit abfinden.

Unser letztes Frühstück. Morgen ziehen wir nach Andraitx. Wir haben dem Wirt Bescheid gesagt. Da er nur ein Zimmer mit Bad hat, will Peter Ruhrig während der Tage unseres Dortseins auf sein Badezimmer verzichten. Ich verspreche ihm dafür, daß er Annette malen darf. Der Vorschlag kam von ihm.

»Ich hoffe trotzdem, Sie haben sich bei uns wohl gefühlt«, sagt Herr Jellineck beim gemeinsamen Frühstück.

»Sehr«, sage ich.

Wir wissen beide, daß wir lügen. Aber das ist so in der Konversation.

»Ich kann es Ihnen nicht verargen, daß Sie lieber allein sein wollen«, sagt Frau Hedwig. »In Ihren Jahren schließt man sich schwer an neue Menschen an.«

Ich konstatiere, daß meine Jahre sich von den ihren in nichts unterscheiden, sage es aber nicht.

»Wir sind mehr Gesellschaftsmenschen«, fährt sie fort, »gegenseitig an Rücksichtnahme gewohnt, was Sie viellcicht nicht nötig haben, weil Ihre Frau Sie viel zu sehr verwöhnt und Sie vollkommen falsch erzogen hat. Haben Sie eigentlich viele Freunde?«

»Ein Lot in der Not«, antworte ich.

»Verstehe ich nicht.«

»Freunde in der Not gehen hundert auf ein Lot.«

»Von Ihnen?«

»Nein«, sage ich bescheiden, »ein altes Sprichwort.«

Ich beobachte dabei Herrn Jellineck, der immer wieder auf sein Handgelenk blickt, von wo aus mich meine geliebte alte Armbanduhr vorwurfsvoll ansieht.

»Etwas nicht in Ordnung?« frage ich.

»Ihre Uhr geht fünf Minuten nach. Haben Sie sie schon einmal reinigen lassen?«

»Es tut mir leid, Sie mit der alten Zwiebel übervorteilt zu haben.«

»So meinte ich es nicht.«

»Ich verstand es so. Verzeihen Sie!«

Annette sagt zu alledem gar nichts. Sie löffelt ihr Ei, das ihr Jellinecks heute zum Abschied gekocht haben. Es war von einem Zwerghuhn.

»Wie gedenken Sie den heutigen Tag zu verbringen?«

»Wir wollen packen.«

»Heute ist Markttag in Inca.«

Herr Jellineck sagt es so geheimnisvoll, daß ich frage:

»Etwas Besonderes?«

»Ja. Der größte Gemüsemarkt der Insel. Von allen Seiten bringen die Bauern ihr Gemüse nach Inca. Es wird auf dem Markt nach Klassen sortiert und versteigert. Sie sehen Blumenkohlköpfe, die ein einzelner Mensch nicht hochheben kann.«

»Ich mache mir nichts aus Blumenkohl.«

»Der Anblick allein! Sie können einen Blumenkohl nicht mit beiden Armen umfassen.«

»Wer will das?«

»Das Schönste an den Markttagen ist das Kellerleben«, fährt Herr Jellineck fort, »große, alte Keller mit Weinfässern. Da wird geschmaust und getrunken, da kommen die Bauern in ihren malerischen Trachten, oft noch einen Bund lebender Hühner an ihren Händen, Bauersfrauen, die ihre Säuglinge in aller Öffentlichkeit stillen, es wird gesungen und gewürfelt und getrunken, vor allem aber gegessen. In Inca gibt es das beste Essen der Insel. Am Spieß über einem Holzfeuer gebratene Spanferkel, Hühner, Lämmer, auch ganze Hammel, saftig und zart, mit Knoblauch eingerieben, Sie können sich das Stück abschneiden lassen, auf das Sie gerade Lust haben. Und erst die berühmten Kutteln, die *callos,* in rotem Wein und mit viel Paprika gekocht. Sie sollten sich das nicht entgehen lassen, Herr Neumann.«

»Wir würden Sie einladen«, sagt Frau Hedwig.

»Wie, bitte?«

»Ich brauchte dann heute nicht zu kochen. Wir fahren zusammen hinaus, und Sie sind dort unsere Gäste.«

Annette hat mit zwei Bissen ihr Ei ausgelöffelt.

»Das Ei war so mächtig«, sagt sie. »Ich weiß nicht, ob ich zu Mittag schon wieder etwas essen kann.«

»Wir haben Zeit. In den Kellern gibt es den ganzen Tag über warme Küche.«

Ich blicke unschlüssig auf.

»Was hätte es denn sonst bei Ihnen zu Mittag gegeben?«

»Salmonetes.«

»Goldfische?«

»Sie nennen sie so.«

In solchen Fällen ziehe ich ein Spanferkel vor.

Wir lassen uns überreden. Wir fahren nach Inca.

Zum letztenmal sitzt Frau Hedwig vorn neben mir. Wir verlassen Palma, die Straße windet sich nach Nordosten, vorbei am Flughafen Son Boned. Wir durchqueren Santa Maria mit seiner Pfarrkirche und ihren interessanten Barocktüren, kommen nach Binisalem, wo der beste Wein der Insel wächst, ein langgestrecktes Dorf, Rebstock neben Rebstock bis dicht an die Häuser heran. Wir fahren weiter und biegen von der großen Landstraße nach links ab, um in Lloseta die berühmten Gärten von Ayamans zu besuchen. Auf kiesbedeckten Wegen, neben kunstvoll geschnittenen Hecken, hinter denen die eigenartigen Eukalyptusbäume wie Giraffen ihren Hals zum Himmel strecken, zwischen Rosengärten und Glyzinienmauern blühen Hunderte von süß duftenden Hyazinthen, die Beete in zwei Farben, himmelblau und weiß, dort drüben wieder rot und gelb, rosa und dunkelblau, breite Streifen, die Ränder mit blauen Veilchen bedeckt. Wir wandeln unter Rosenbögen, viel gesünder und kräftiger in ihrem Blühen als bei uns daheim, und wieder stehen wir vor einer hohen Wand, an der die Glyzinien blau herunterregnen. Ich kenne viele Gärten der Welt, dies ist einer der schönsten, vor dem prächtigen Palast der Familie March gelegen, deren Bankhaus in der Calle San Miguel ich heiß liebe, weil mir dorthin gelegentlich meine Freunde in der Schweiz ihre Freundschaft beweisen.

Wir gehen still für uns hin, den Frieden des Gartens in uns aufnehmend.

»Ob man sich wohl hier ein Sträußchen pflücken darf?« fragt Frau Hedwig. »Ich sterbe für Blumen!«

»Warum stehen dann keine bei Ihnen in der Wohnung?«

»Geld für Blumen ausgeben!« sagt Herr Jellineck. »Sie haben manchmal sonderbare Ansichten!«

Ich stecke den Tadel ein. Ich bin ihnen nicht gewachsen.

Frau Jellineck pflückt sich ein Sträußchen. Hyazinthen, Tulpen, Narzissen – was ihr vor die Hände kommt. Es ist kein Sträußchen mehr. Es ist ein gewaltiger Strauß. Herr Jellineck muß ihr tragen helfen. Sie wirft einen musternden Blick auf mich, ob sie mir zumuten kann, auch einen Strauß für sie zu tragen. Sie muß zu einer bejahenden Erkenntnis gekommen sein, denn sie bückt sich bereits wieder nach einer Taglilie.

»Der Schloßwärter!« rufe ich.

»Wo?«

»Er stand am Fenster und drohte!«
»Nichts wie weg!« sagt Herr Jellineck.
»Ich halte es für das Beste.«
Während Jellinecks aus dem Garten laufen und die Hälfte der Blumen dabei verlieren, gehe ich langsam mit Annette hinterher. Ich habe natürlich keinen Schloßwärter am Fenster gesehen. Ich bücke mich und sammle für Annette ein paar Veilchen zum Anstecken. Herr March möge es mir verzeihen.
Zehn Minuten später sind wir in Inca. Das Marktleben ist in vollem Gange. Berge von Blumenkohl, mitten auf der Straße, zwischen den Häusern, die einen kleinen Platz bilden. Daneben Säcke voll Spinat, Säcke voll Salat, Säcke voll Lauch, ringsum verstreut allerlei Grünzeug, wenn ein Sack beim Ausladen zerrissen ist. Wie wohl müßte sich hier ein Kaninchen fühlen! Es hupfen auch welche herum, niemand beachtet sie. Der Blumenkohl ist wirklich eine Sehenswürdigkeit. Große, schneeweiße Rosen, dicht geschlossen, wie aus Marzipan modelliert sehen die Riesenköpfe mit dem Kranz tiefgrüner Blätter ringsherum aus, vollkommen im Anblick, ein Schrebergärtner bei uns daheim bekäme bestimmt den ersten Preis und stünde mit seinem Blumenkohlkopf in der Zeitung; ich habe darin schon kleinere Köpfe abgebildet gesehen. Wir gehen weiter und kommen in eine Ecke, wo der Zwiebelmarkt ist. Berge von Zwiebeln, hoch aufgeschüttet, prall und saftig, man möchte hineinbeißen, und man tut

es auch. Sie schmecken wie Äpfel, so frisch sind sie und so schnell gewachsen, was ja der Zwiebel ihre Schärfe nimmt. Jedermann ißt während des Handels Zwiebeln, ein Zwiebelschmaus, eine Zwiebelorgie, die ganze Luft ist erfüllt davon. Zwei Männer stehen sich gegenüber, der Bauer und der Händler, jeder eine große Zwiebel in der einen Hand, abwechselnd hineinbeißend und die halbe Zwiebel mit großer Geste davonwerfend, wenn der Handel seinen Abschluß gefunden hat. Auch die Berge des grünen Salats wechseln so ihren Besitzer. Ein feierlicher Augenblick, wenn der Käufer die angebissene Zwiebel wegwirft, sich einer neuen bemächtigt, hineinbeißt und nun die soeben erstandene Ware weiter anbietet. Kellner aus den nahen Bodegas laufen geschäftig mit beladenen Tabletts herum, große Gläser mit heißem Milchkaffee, zuckerbestäubte *ensebadas*, Schmalzgebackenes, noch warm daneben. Man nimmt einen heißen Milchkaffee, ein Gebäck dazu, wirft einen halben Duro aufs Tablett... für den Geschäftsfreund das gleiche, nochmals einen halben Duro... der Handel geht weiter, stehend, kaffeeschlürfend... Hunde und Katzen jagen durch die Gemüseberge und gehen ihren gewohnten Neigungen nach, kleine Kinder in kurzen Kitteln, ohne Hose meist, zeigen dieselben Rundungen wie die Zwiebeln. Uns schwirrt der Kopf, und Frau Jellineck hat bald die ganze Markttasche voll Gemüse. Nicht eingekauft, denn wer verkauft hier einen einzelnen

Blumenkohl oder einen Kopf Salat!! Man nimmt ihn einfach vom Haufen herunter und steckt ihn in die Tasche, kein Hahn kräht danach, die Hähne haben im Augenblick andere Sorgen. Sie liegen, zu mehreren an den Füßen zusammengebunden, zum Verkauf, farbenprächtige Gesellen mit roten Kämmen und kühn geschwungenen Schwanzfedern, würdig eines niederländischen Stillebens, ein Bund Hähne vor einem Korb roter Tomaten. An uns vorbei wandert eine alte Frau. Sie führt einen Truthahn an der Schnur. Der Puter stolziert aufgeblasen und plusternd neben ihr her, er weiß, daß er nicht für die Pfanne bestimmt ist, vorläufig wenigstens nicht, denn jeder Hahn kommt in den Magen. Jetzt aber dient er der alten Losverkäuferin als Glücksvogel, jedermann kann durch den Puter sein Glückslos ziehen lassen. Frau Hedwig fragt mich, ob ich ihr eines spendiere. Ich spendiere ihre eines, fünf Peseten, der Truthahn pickt zu und überreicht Frau Hedwig eine Niete, für Annette zieht er ein Gewinnlos heraus, zehn Peseten. Ich habe das Geld wieder herein, und wir gehen weiter, auf einen der Keller zu, die von Menschen überquellen, Hineindrängende, Herausstoßende, wir finden keinen freien Stuhl, suchen einen anderen Keller auf, dieselbe Fülle, wir suchen und suchen…

Im Can Amer, dem berühmtesten Keller von Inca, wo der Wirt Autogramme gibt, haben wir Glück.

Gerade stehen ein paar Menschen auf, und wir bemächtigen uns des freigewordenen Tisches. Kaum haben wir Platz genommen, steht schon der Wein auf dem Tisch. Der Wirt, der mich als *estranjero* erkannt hat, zieht mich vom Stuhl hoch und komplimentiert mich in die Küche, mir alle seine Herrlichkeiten zu zeigen, die dort auf dem Herd schmoren. Ich kann dem Anblick nicht widerstehen, ich bestelle für uns vier wie für eine Kindstaufe, vier Hühner, ein halbes Spanferkel, Hammelnieren mit Speckstücken dazwischen, der Wirt klopft mir auf die Schultern, heißt mich seinen *amigo*, und draußen bin ich wieder, bei meinen Leuten, bei Annette, die mich ängstlich anschaut, was ich wohl wieder angestellt habe, und Jellinecks, die mir zurufen:

»Sie sind hier unsere Gäste!«

»Ich habe es bedacht«, sage ich.

»Haben Sie etwas Gutes ausgesucht?«

»Gut und reichlich.«

Wir trinken. Der Wein rinnt hinunter wie Wasser. Er ist von einer sanften Milde und hat gerade die richtige Temperatur. Außerdem haben wir Durst. Sogar Jellinecks, die sonst nur in kleinen Schlucken zu trinken pflegen, leeren ihr Glas in einem Zug.

»Noch einen Doppelliter, *íntimo*!«

Der Wirt fragt gar nicht, stellt uns einfach einen neuen Zweiliterkrug auf den Tisch.

Ein Dudelsackpfeifer hat sich neben uns aufgestellt und bläst seine Eselsmelodie. Kleine, verwahrloste Jungen kommen und bieten Andenken an, kleine Windmühlen aus Olivenholz, ein Fotograf hat uns schon dreimal fotografiert und will jetzt sein Geld, eine blutjunge Zigeunerin, die Bluse genau über der jungen Brust zerrissen, hat meine Hand erfaßt und will mir wahrsagen... alles dies, während wir versuchen, der von mir überreich bestellten Hühner und des Spanferkels Herr zu werden. Schon steht die dritte Zweiliterflasche auf dem Tisch, wir trinken, wir kommen uns vor wie auf einem Schnellkarussell, das sich immer dreht, ohne anzuhalten. Wir merken es nur im Unterbewußtsein und erst ein kräftiges Aufstoßen des Herrn Jellineck gibt uns den untrüglichen Beweis, daß das Spanferkel in Knoblauchsäften gebadet worden ist. Es ist soviel Lärm um uns, Schreien und Zurufe, ein Drängen und ein Stoßen, daß wir unseren Stuhl mit den Beinen festhalten müssen, sonst wäre er uns unter dem Hintern weggerissen worden, mit Verlaub, aber anders kann man es nicht beschreiben. Ich halte einen Hühnerknochen in der Hand, aus dem der Saft auf meine gute Hose tropft, man versteht sein eigenes Wort nicht mehr, jemand läßt Knallfrösche los, ein paar Luftballons zerplatzen, wir wissen nicht, wie sie hereingekommen sind. Ein Hund hat seine Schnauze auf unsern Tisch gelegt und holt sich ein großes Stück Spanferkel. Wir überlassen es ihm, wir sind ja schon zum Platzen satt und essen nur weiter, weil das Karussell sich noch immer dreht, weil wir nicht aussteigen können aus dem Lärm, den Stimmen, dem Dudelsack, dem Dampf, der aus der Küche kommt, dem Rauch des Holzfeuers und den Gerüchen der Speisen und des Weines. Wir vermögen den Eingang mit der steilen Treppe, durch den wir hereingekommen sind, nicht mehr zu erkennen und fragen uns, wie wir wohl jemals hier wieder herauskommen werden.

Wir trinken weiter. Auch einen Palo dazwischen, dann einen Bommerlunder, der dem Berliner Kümmel entspricht und den Rachen putzt. Von unserm Wein rinnt beim Einschenken mehr auf den Boden als in die Gläser, Frau Hedwig beginnt zu singen »Im Heidelberger Schloß steht eine Linde«, ich sage »Kusch!«, sie versteht »Kuß«, da hängt sie mir auch schon am Halse, und Herr Jellineck betrachtet liebebedürftig Annette.

»An diesen Tag werden wir lange denken!« rufe ich.

»Das werden Sie auch. Der Tag ist noch nicht zu Ende.«

Jellinecks trinken sich zu.

Der Dummkopf hat etwas vor, ich sehe es ihm an. Wahrscheinlich wird er nicht bezahlen! Da soll er mich kennenlernen. Nicht eine rote Pesete!

»Auf unsere Gastgeber!« rufe ich.

»Auf unsere lieben Gäste!«

Neuer Wein kommt. Ich fege mit dem Arm die

Gläser vom Tisch. Wir trinken aus dem Krug. Der Krug macht die Runde.

»Es lebe der Austausch!«

»Johannes!« mahnt Annette.

»Nützen wir die fröhlichen Tage, die traurigen kommen von selbst!«

Der Krug geht schnell zur Neige. Wir bestellen einen neuen.

Als wir aus dem Keller kommen und unseren Wagen suchen, finden wir ihn nicht. Jeder deutet nach einer anderen Richtung, wo wir ihn geparkt haben könnten. Zum Glück ist Inca nicht groß. Wir suchen die Stadt systematisch ab, Straße für Straße. Der Spaziergang an der frischen Luft tut uns gut. Endlich entdecken wir unseren blauen Kapitän. Wir rennen auf ihn zu. Gott sei Dank! Da ist er! Aber es sitzen fremde Leute darin. Autodiebe! Als sie uns kommen sehen, geben sie Gas und fahren direkt auf uns los. Wir springen in letzter Sekunde zur Seite. Der Mann hinter dem Steuer – Autodiebe sehen heutzutage sehr vornehm aus, es sind Ausländer, der Mann, der meinen Wagen gestohlen hat, trägt den Habitus eines Konsuls – schlägt mit der flachen Hand gegen seine Stirn, um mir anzudeuten, daß ich ein Dummkopf sei, ein betrunkener noch dazu. Eine Frechheit von diesem Burschen! Erst meinen Wagen stehlen und mich dann auch noch beleidigen.

»Auf! Ihm nach!« rufe ich.

Wir rennen hinter meinem Wagen her, daß die Leute auf der Straße stehenbleiben. Einzelne rennen mit. Da die Straße schmal ist und wegen des Markttages viele bäuerliche Gespanne aufweist, kommt der Wagen nicht so schnell vorwärts. Wir bleiben ihm auf den Fersen.

»Haltet ihn! Haltet ihn!« rufe ich und stolpere.

Ich überschlage mich, bin aber sofort wieder auf den Beinen.

»Haltet ihn!«

Da gibt er Gas, und weg ist er. Und wir stehen in diesem Augenblick genau dort, wo wir hinwollten. Nämlich neben meinem eigenen Wagen, dort, wo wir ihn heute mittag abgestellt hatten. Dort stand er noch immer, und was den anderen azurblauen Wagen derselben Marke betrifft – er möge mir verzeihen, wenn er diese Zeilen liest.

Fünfzehntes Kapitel

Wir steigen ein. Recht fröhlich, das ist nicht zu bestreiten.

»Trauen Sie sich noch zu, uns gesund nach Hause zu bringen?« fragt Herr Jellineck.

»Jederzeit.«

»Na, ich weiß nicht –«

Annette knöpft mir erst einmal meinen Hemdkragen zu und zieht mir meine Krawatte gerade.

»Wie du wieder aussiehst, Johannes!«

»Geliebt!« sage ich und will ihr lachend einen Kuß geben.

»Kämm dich!«

Sie reicht mir ihren Kamm.

Jellinecks tuscheln hinter unserm Rücken. Was sie nur miteinander zu besprechen haben? Es scheint ihnen sehr wichtig zu sein. Vielleicht handelt es sich um die Zeche, die Herrn Jellineck zu hoch erscheint und die er nun nachträglich doch noch mit mir teilen will. Ich sage es Annette.

»Nicht eine Pesete, Johannes! Du bleibst fest!«

»Wieso hat er überhaupt die Spendierhosen an?«

»Das frage ich mich auch. Irgend etwas stimmt nicht.«

Jellinecks sind sich einig geworden. Ich merke es an ihren Gesichtern.

»Darf ich bitten einzusteigen?« sage ich.

Frau Hedwig nimmt ohne zu fragen neben mir Platz. Herr Jellineck läßt sich in den Fond fallen. Hinter mich.

»Damit ich besser auf Sie aufpassen kann!« sagt er und klopft mir von hinten auf die Schulter. »Wollen Sie nicht doch lieber zuvor noch einen Kaffee trinken?«

»Nicht nötig«, sage ich vergnügt. »Angst?«

»Nein. Nur Vorsicht.«

Wir fahren. Frau Hedwig kuschelt sich an mich.

»Unsere Abschiedsfahrt, Johannes!«

»Mir bricht das Herz.«

»Denken Sie noch an unsere Fahrt nach Valldemosa?«

»Reden wir nicht mehr darüber.«

»Es war doch recht unterhaltsam. Oder nicht?«

Wir rollen dahin. Ich sehe Annette im Rückspiegel. Morgen habe ich sie endlich wieder ganz für mich allein. Ich bin sehr glücklich bei dem Gedanken und beschleunige. Die Straße nach Palma führt kerzengerade, ist geteert, ohne Löcher. Annette beginnt ein kleines Lied zu trällern. Das Lied von Dolores, das man in Spanien oft hört. Ich bin die Tochter der Dolores. Meine Mutter war eine berühmte Tänzerin. Schmücke das Grab meiner Mutter mit Nelken, wenn du vorbeikommst, und sage ihr, du habest mich tanzen gesehen, mich, die Tochter der Dolores.

Ich habe es gern, wenn Annette singt. Das erinnert mich an die Zeit unserer ersten Spaziergänge. Da haben wir auch gesungen. Wenn Annette glücklich ist, singt sie. Bei der zweiten Strophe des Liedes fallen Jellinecks in den Refrain ein. »Schmücke das Grab meiner Mutter mit Nelken und sage ihr, du habest mich tanzen gesehen, mich, die Tochter der Dolores.« Ich singe ebenfalls mit. Ich liebe dieses Lied. Es macht mich traurig. Darum singe ich andächtig, ganz tief.

Der Wagen fährt wieder einmal großartig. Wir sind längst durch Binisalem durch, Consell und Santa Maria liegen hinter uns, nur noch zwölf Kilometer bis Palma, fast schade, daß die Fahrt so schnell zu Ende ist, gerade heute, wo der Wagen so gut läuft und alles hergibt, was er hat.

Ich überhole zwei hintereinanderfahrende, mit Gemüse hochbeladene Karren, beschleunige, weil mir ein Wagen entgegenkommt, komme rechtzeitig vor ihm hinüber, muß aber gleich darauf abermals nach links ausbiegen, da ein Wagen mit Weinfässern auf der rechten Straßenseite hält. Dann habe ich die Straße wieder für mich, ich behalte die hohe Geschwindigkeit bei, hinter mir ist der fröhlich-traurige Gesang verstummt, ich höre nur den Motor, das Gleiten der Reifen über die geteerte Straße, vielleicht ist es der Wein, der die drei müde gemacht hat, aber nein, Frau Jellineck ist hellwach und blickt sich ein paarmal nach ihrem Mann um. Es ist etwas in ihrem Gesicht, ich kann es nicht deuten, eine Mischung von böser Tat und Angst. Ich habe plötzlich das Gefühl, daß etwas passieren wird, ich vermindere die Fahrt, ich fasse das Steuer fester, aber nichts geschieht, der Wagen gleitet ruhig dahin, wahrscheinlich steckt mich nur die Unruhe meines Fahrgastes neben mir an. Die Straße ist frei, keine Kurve, ich fahre in der Mitte, gebe Gas ... da fühle ich von hinten eine kalte Hand an meinem Nacken, ein Schrei:

»Halten Sie! Um Gottes willen! Halten Sie!«

Ich trete auf die Bremse. Der Wagen steht. Nichts ist geschehen.

Ich drehe mich zu Herrn Jellineck um.

»Was war los?« frage ich.

Ich sehe in sein kreidebleiches Gesicht, blutleer seine schmalen Lippen. Er deutet mit weit aufgerissenen Augen nach vorn, auf den Sitz, auf dem vorher seine Frau saß.

Der Platz ist leer. Ich starre erschrocken. Unten, am Boden, ein Häuflein Kleider. Frau Jellineck.

»Sie ist beim Bremsen nach vorn geflogen und mit dem Kopf aufgeschlagen«, sagt Annette.

Herr Jellineck springt aus dem Wagen.

»Sie haben meine Frau umgebracht!«

Er läuft um den Wagen herum.

»Sie besoffenes Schwein!«

Er bricht neben der Tür zusammen, schluchzt.

Ich wage kaum zu atmen. Der Schreck sitzt mir in allen Gliedern. Ich sehe Annette an, Annette sieht mich an.

Ich beuge mich zu Frau Hedwig hinunter. Kein Blut. Nichts. Sie wimmert. Gott sei Dank, sie lebt.

»Frau Hedwig!« sage ich.

»Mein Kopf! Mein Kopf!«

»Ich fahre Sie schnell zum Arzt.«

»Nein. Nein. Nicht zum Arzt!« wimmert sie.

Ich rufe Herrn Jellineck zu: »Ihre Frau lebt!«

Er scheint nicht zu hören.

»He! Ihre Frau!«

»Ist sie tot?«

»Nein. Sie lebt. Sie hat sich nur ein wenig den Kopf angeschlagen.«

»Um Gottes willen! Den Kopf!«

»Sie ist beim Bremsen aufgeschlagen.«

»Durch Ihre Schuld!«

»Ja. Meinetwegen. Das steht jetzt nicht zur Debatte.«

»Sie geben es zu?«

Diese Ratte! Mein Gott, jetzt ist doch nicht der Moment zu streiten.

»Steigen Sie ein. Wir bringen Ihre Frau in ein Krankenhaus.«

»Nein«, sagt Herr Jellineck bestimmt. »Meine Frau kommt in kein Krankenhaus. Nach Hause!«

»Auf Ihre Verantwortung!«

Er trägt seine Frau nach hinten und bettet sie neben sich. »Hedwig!« sagt er zärtlich.

Sie stöhnt: »Joseph!«

Wir fahren schnell durch Palma hindurch, über Terreno hinaus und tragen zusammen Frau Jellineck in ihr Zimmer.

Sie wimmerte ununterbrochen:

»Mein Kopf! Mein Kopf!«

»Ich werde einen Arzt holen«, sage ich.

Herr Jellineck hält mich zurück. »Warten wir noch eine Weile. Ich habe erst etwas mit Ihnen zu besprechen.«

Zehn Minuten später sitzen wir uns gegenüber.

Herr Jellineck und ich.

»Sie müssen doch zugeben, daß Sie mehr getrunken haben, als Sie vertragen«, sagt er.

Ich widerspreche heftig.

»Nein. Ich habe nicht zuviel getrunken. Ich war vollkommen nüchtern, als ich am Steuer saß.«

»Das können Sie mir nicht einreden. Sie sind, ehe das Unglück geschah, in Schlangenkurven, ja geradezu im Zickzack über die Straße gefahren.«

»Ich bin zwei Eselskarren ausgewichen und einem parkenden Lastwagen.«

»Aha! Also doch im Zickzack?«

»Nein, zum Teufel!« schreie ich. »Ich bin ordentlich gefahren. Wenn Sie mich nicht von hinten angefaßt und geschrien hätten, hätte ich nie so schnell gebremst.«

»Sie geben also zu, daß Sie zu schnell gebremst haben?«

»Nein. Ich gebe nichts zu. Es ist ja auch nichts passiert.«

»Doch. Meiner Frau. Sie liegt im Sterben.«

»Und Sie holen nicht einmal einen Arzt!« rufe ich empört.

»In Ihrem Interesse, nur in Ihrem Interesse, mein Freund«, sagt Herr Jellineck und beugt sich näher. »Verstehen Sie mich doch recht! Wenn ich den Arzt hole, wird er feststellen, daß ein Unfall vorliegt. Er wird wissen wollen, wie der Unfall geschah. Er muß eine Anzeige machen, das ist seine Pflicht. Und dabei kommt heraus, daß Sie betrunken am Steuer gesessen haben. Was das für Sie bedeutet, brauche ich Ihnen wohl nicht erst zu erklären.«

Ich sitze in einer Falle. Ich merke es.

»Aber ich war doch gar nicht betrunken!« verteidige ich mich.

Herr Jellineck lächelt:

»Ich habe die Kellerrechnung aus Inca vorsichtshalber eingesteckt. Vierzehn Liter Wein für vier Personen, zwölf Palo, achtzehn Bommerlunder!«

»Die Rechnung brauchen Sie ja nicht vorzuzeigen.«

»Will ich auch nicht. Habe ich das gesagt? Ich hebe sie nur auf. Für alle Fälle.«

Dieser Hund! Was hat er vor?

»Warum haben Sie mir eigentlich von hinten die Hand auf den Nacken gelegt?« frage ich.

»Damit Sie nicht erschrecken, wenn ich Sie anspreche.«

»Und warum haben Sie verlangt, daß ich halten soll?«

»Weil Sie betrunken waren. Weil es immer schlimmer wurde. Weil wir aussteigen wollten, ehe ein Unglück geschah. Sie fuhren viel zu schnell, einmal nach rechts, einmal nach links, der Wagen schleuderte –«

»Der Wagen kam nie ins Schleudern!«

»Sehen Sie, so betrunken waren Sie, daß Sie es nicht einmal gemerkt haben. Aber ich habe es bemerkt. Deswegen bat ich Sie anzuhalten.«

Was soll ich ihm erklären, daß er mich nicht gebeten, sondern mich angeschrien und angefaßt hat und daß ich natürlich darüber erschrocken bin und schnell gebremst habe. Aber wiederum nicht so heftig, daß jemand, der ordentlich saß, nach vorn fliegen und mit dem Kopf aufschlagen mußte. Meine Frau ist ja auch nicht nach vorn geflogen, Herr Jellineck ebenfalls nicht. Natürlich bin ich für alles verantwortlich, was im Wagen geschieht, und wenn ich diesen albernen Wein nicht getrunken hätte –

»Sie sehen also, so ist Ihre Situation«, sagt Herr Jellineck und steht auf.

»Was soll nun geschehen?« frage ich.

»Wir wollen erst einmal sehen, was mit meiner Frau geschehen ist.«

Wir gehen hinüber.

Frau Jellineck liegt im Bett. Sie hat einen Eisbeutel auf dem Kopf.

Annette sitzt daneben und zählt ihr den Puls.

»Normal«, sagt sie. »Achtzig.«

»Fieber?«

»Kein Fieber.«

Herr Jellineck hebt den Eisbeutel und besieht sich die Stirn seiner Frau. Sie ist glatt wie Elfenbein. Nicht einmal eine Beule.

»Wahrscheinlich innere Verletzungen«, sagt Herr

Jellineck und legt den Eisbeutel wieder auf.

»Wozu den Eisbeutel?« frage ich.

»Ein Eisbeutel ist immer gut. Wir haben ihn im Haus.«

Annette sagt nichts. Das ist für mich nie ein gutes Zeichen.

Wir Männer gehen wieder hinüber ins Nebenzimmer.

»Sie sehen, was Sie mit Ihrem Leichtsinn angerichtet haben«, sagt Herr Jellineck.

»Es ist nur ein leichter Schock. Ihre Frau ist ein wenig nach vorn geschleudert worden, das ist alles. So etwas passiert öfter, wenn man rasch bremsen muß.«

»Zugegeben. Aber mit Alkohol im Blut ist das für den Fahrer eine sehr mißliche Sache. Noch dazu für Sie, wo Sie hier Ausländer sind.«

»Was also weiter?«

»Wir pflegen meine Frau gesund.«

»Ich hoffe, sie ist es schon morgen.«

»Wir wollen es hoffen. Es kann aber auch anders sein. Ich möchte Ihnen gern jeden unnötigen Ärger ersparen und von einer Anzeige durch den Arzt absehen. Umgekehrt ist es dann wohl nicht mehr als recht und billig, wenn Sie mich bei der Wiederherstellung meiner lieben Frau ein wenig unterstützen.«

»In welcher Form?«

Er nimmt sich aus meiner Schachtel, die auf dem Tisch liegt, eine Zigarette.

»Feuer, bitte!« sagt er.

Ich reiche es ihm.

»In welcher Form, fragen Sie?« beginnt er. »Nun, beispielsweise – Sie werden morgen nicht bei uns ausziehen, und Ihre Gattin wird den Haushalt bei uns führen. Da meine Frau im Bett liegt, kann sie nicht kochen. Ihre Gattin wird es tun. Da meine Frau im Bett liegt, kann sie die Zimmer nicht aufräumen. Ihre Gattin wird es tun. Ich selbst bin gezwungen, meine arme Frau gesund zu pflegen und ihr alles angedeihen zu lassen, was ihrer schnellen und vollständigen Genesung dient. Ich bin deshalb zu meinem Kummer nicht in der Lage, mich um meine beruflichen Dinge zu kümmern, die notwendigen Briefe zu schreiben, Möbel zu vermieten, die Miete zu kassieren... Wenn also etwas dringendes Geschäftliches anfällt, muß ich Sie um die Liebenswürdigkeit bitten, mich in der Zwischenzeit zu vertreten.«

Das ist an sich ein ganz vernünftiger Vorschlag. Ich muß es einsehen.

»Wir werden Ihnen dann aber weiterhin zur Last fallen«, sage ich.

»Das ist vorerst nicht wichtig«, sagt Herr Jellineck freundlich. »Sie zahlen uns einfach einen Pensionspreis in der gleichen Höhe wie für die bisherigen zweiundzwanzig Tage.«

Für den Preis kann ich im besten Hotel wohnen. Ja richtig, unser Hotel!

»Wir haben bereits in Port Andraitx gemietet«, sage ich.

»Warten wir ab, was morgen ist.«

»Also gut. Ich danke Ihnen, daß Sie den Fall so freundschaftlich beigelegt haben. Wir werden alles tun, was in unseren Kräften steht.«

Damit ist die Unterredung beendet, nehme ich an, und will gehen.

Herr Jellineck hebt die Hand.

»Da wäre nur noch eine Kleinigkeit«, sagt er. »Ich habe hier ein kleines Schriftstück aufgesetzt – wollen Sie es bitte unterschreiben.«

Er legt ein in dreifacher Ausfertigung vorbereitetes Schreiben vor mich hin.

»Ich erkläre hiermit freiwillig und ohne Zwang«, lese ich, »daß ich am Soundsovielten im volltrunkenen Zustand und im Bewußtsein dieser meiner nicht mehr fahrsicheren Verfassung trotz zweimaliger Verwarnung seitens des Herrn Jellineck einen Autounfall verschuldet habe, für dessen Folgen in jeder Höhe aufzukommen ich mich verpflichte.«

Ich werfe den Schrieb wütend auf den Tisch zurück.

»Ich denke nicht daran, zu unterschreiben!«

»Warum nicht?«

»Das ist eine Erpressung!«

»Was für Worte! Es ist nur für den Fall, daß sich der Zustand meiner Frau verschlimmert. Sie sind ja ohnedies haftbar, ob Sie es nun unterschrieben haben oder nicht.«

»Ich unterschreibe keinesfalls, daß ich betrunken war.«

»Das läßt sich leicht nachweisen. Wir haben Zeugen, den Wirt, die Leute in Inca, als Sie dem falschen Wagen nachgelaufen und gestürzt sind, dann die Rechnung aus dem Keller mit den vierzehn Litern Wein... Es wird Ihnen schwerfallen, das Gegenteil zu beweisen.«

»Ich unterschreibe trotzdem nicht.«

»Dann haben Sie genau die Verdrießlichkeiten, die ich Ihnen – ich darf ruhig sagen: als Freund – gern ersparen wollte. Polizei, Verhör, Inhaftnahme, Beschlagnahme Ihres Wagens, Führerscheinentzug... aber bitte, ganz wie Sie wollen.«

Ich unterschreibe.

Sechzehntes Kapitel

Heute genau vor drei Wochen waren wir in Inca. Heute sind es auf den Tag genau drei Wochen, daß Frau Jellineck im Bett liegt. Gott sei Dank sind keine Komplikationen aufgetreten. Sie ist wohl nur ganz sacht mit der Stirn gegen die Windschutzscheibe geschlagen. Ich habe sie mir genau angesehen, die Windschutzscheibe. Es ist nichts daran zu sehen. Nicht der kleinste Fettfleck, kein Rest jenes Make-up, das Frau Jellineck verwendet. Schon am nächsten Tage besserte sich ihr Zustand, sie hatte wieder Appetit, geradezu Heißhunger, und Herr Jellineck schickte mich in die Stadt, eine Languste für seine Frau zu kaufen.

»Sie können auch zwei bringen«, sagt er. »Ich habe auf den Schreck auch eine verdient.«

Die Langusten kosten ein Heidengeld. Sie sind billig, wenn man Geld in der Tasche hat. Aber wenn man wie wir jetzt, denn man weiß ja nicht, wie es weitergeht, mit jeder Pesete rechnen muß, erscheint einem schon ein Taschenkrebs als eine unnötige Ausgabe.

Ich fahre also in die Stadt, zwei Langusten zu kaufen, Männchen, wie mir Herr Jellineck ausdrücklich anschafft, man erkennt sie daran, daß sie laut schnurren, wenn man sie anfaßt.

Ob meine Frau mitfahren könnte, frage ich. »Wo denken Sie hin!« antwortet Herr Jellineck empört. »Ihre Frau muß kochen, die Betten machen, das Bad putzen, den Garten gießen...«

»Schon gut«, sage ich und fahre in die Stadt.

Palma hat keine Fischgeschäfte. Ich muß in die Markthallen. Am Kleinen Markt in Sante Catalina gibt es heute keine Langusten. Ich muß in die Großmarkthalle am Plaza Olivar, dort ist der Fischmarkt.

Frische Langusten sind gerade aus Alcudia eingetroffen.

Am Strand von Alcudia, dort, wo das Meer den großen Bogen zum Kap Menorca beschreibt, wimmelt es von Langusten in allen Größen. Es ist der Hauptfangplatz der Langustenfischer. Schon am Tag sieht man an den flachen Stellen zwischen den Felsblöcken im klaren Wasser diese stachelig gepanzerten Tiere im Rückwärtsgang sich vorwärts bewegen. Man kann sie mit den Händen greifen, aber sie sind geschwinder, sie schnellen sich davon, wenn sie eine Gefahr wittern. Man traut diesen schweren, nur auf ihre Schwanzflosse angewiesenen Tieren gar nicht diese Behendigkeit zu, blitzartig sind sie in einer Felsspalte verschwunden. Man fängt sie nachts mit Licht von kleinen Booten aus, drei Mann und vierzig Langusten, auch tagsüber mit Netzen. Ein herrlicher Anblick, so ein grobgestricktes Fischernetz mit Hunderten der steinrot schimmernden Langusten, wenn es sich hoch über eine Rolle am Quermast aus dem Meer hebt. Das Wasser fließt in grünen Perlen zurück, weiße Möwen umfliegen die Stelle, sich schnell im Sturzflug einen kleinen Fisch zu holen, der aus dem großfeldigen Netz ins Meer zurückfällt, in der Betäubung des Falles eine leichte Beute dieser Vögel. Im Fischerhafen von Alcudia werden in der Saison täglich bis tausend Langusten nach Barcelona verschickt. Alle vom gleichen Gewicht, dreihundertfünfzig Gramm. Was darüber ist und darunter, bleibt auf der Insel, wird nach Palma verladen, auch nach Sóller oder Pollensa, und findet rasch seine Abnehmer.

Portionslangusten sind am Großen Markt heute keine vorhanden, nur riesige Kerle, von einem Kilo aufwärts, meist zwei, drei Kilo schwer. Ich wähle die kleinste, sie hat ihre guten drei Pfund, sie gibt für zwei aus, die Herr Jellineck bestellt hat, und ich finde auch Beifall, als ich meinen Einkauf vorzeige. Es ist ein Männchen. Welch ein Zufall! Ich hatte darauf gänzlich vergessen.

»Ihre Frau wird so liebenswürdig sein, sie zu kochen«, sagt Herr Jellineck.

»Wie kocht man sie?«

»Keine Ahnung! Bei uns kommen sonst keine teuren Langusten ins Haus.«

Frau Hedwig flüstert matt im Bett:

»Nehmen Sie den großen Topf, in dem wir sonst die Artischocken kochen. Viel Salz, Petersilie, Pfeffer, auch eine geschälte große Zwiebel und zwei Karotten. Warten Sie, bis das Wasser kocht, dann einfach hinein mit dem Tier.«

So einfach ist das gar nicht. Wir haben die Languste aus dem Korb gehoben, sie liegt auf den weißen Fliesen der Küche und rührt sich nicht. Sie ist mit ihren ausgestreckten Fühlern über einen halben Meter lang. Wir müssen dauernd über sie hinwegsteigen, die Küche ist eng. Das Wasser kocht, jetzt entsteht die Frage, wie hinein mit dem Burschen.

»Einfach von oben am Panzer packen«, sagt Herr Jellineck, der uns neugierig zusieht.

»Wollen Sie?« fragte ich und deute auf den Krebs.

»Nein. Danke. Ich brächte es nicht über das Herz.«

Uns tut das Tier auch leid. Aber das Wasser kocht. Und Frau Jellineck ruft aus dem Schlafzimmer herüber: »Ist er schon drin?«

»Noch nicht. Aber gleich.«

Annette steht ein wenig abseits. Sie fürchtet sich. Ich kann es verstehen, denn der große Bursche sieht schon sehr nach einem Meeresungeheuer aus. Außerdem hat er Zähne, wie ich entdecke.

»Er beißt nicht!« ermuntert mich Herr Jellineck.

»Das wissen Sie! Aber weiß es der Krebs?«

Als ich die Languste hochhebe, schnurrt sie. Sie schnurrt laut wie ein Wecker, der abläuft.

»Pures Wohlbehagen!« bemerkt Herr Jellineck.

Ich gebe ihm keine Antwort. Recht geheuer ist mir nicht. Ich bin kein Held. Ich trage die Languste zum Herd hinüber und hebe sie über den Topf. Der Topf ist zu klein. Ich merke es mit Schrecken. Wie soll ich ihn hineinlegen? Mit dem Kopf zuerst oder mit dem Schwanz? Beim Kopf sind mir die langen Fühler im Wege. Also umgekehrt. Aber da ist es schon zu spät. Der Krebs hat den aufsteigenden heißen Dampf gespürt und schnellt sich erschrocken hoch. Sein Schwanz findet eine Stütze im Topfrand.

Er schnellt über meinen Kopf hinweg gegen die Küchenwand, prallt zurück und direkt Herrn Jellineck, der schadenfroh über mein Mißgeschick lacht, ins Gesicht. Herr Jellineck blutet an der Wange. Eine Kralle – nur Männchen haben Krallen, recht geschieht ihm, warum bestand er darauf – hat ihm die Backe aufgeritzt. Herr Jellineck schreit um Hilfe.

»Ich kriege eine Fischvergiftung!« brüllt er.

Draußen ist er. Aus der Küche.

Der Riesenkrebs ist noch darin. Er springt und springt. Annette und ich sind bis zur Tür zurückgewichen.

Die Küche gehört jetzt einwandfrei dem Krebs. Wenn es nach mir ginge, bliebe er leben. Er hat es verdient. Aber wir können uns nicht blamieren. Hunderte von Langusten werden täglich in Kochtöpfe gesteckt. Und wir sollen es nicht fertigbringen?

Die Languste erscheint mir als grimmiger Feind, der es auf mich abgesehen hat. Mein Heldenmut ist durch diesen Vorfall restlos erloschen. Ich blicke Annette hilfesuchend an.

»Steh mir bei!« flehen meine Augen.

Da packt Annette – und ich weiß, daß sie sich fürchtet – kurzentschlossen ein großen Scheuertuch, wirft es auf die herumspringende Languste, stürzt, die eigene Angst nicht achtend, hinterher, packt das Bündel und stülpt es mitsamt dem Tuch in das kochende Wasser, deckt schnell den Deckel darüber und hält ihn fest. Der Krebs ist tot. Der Sieg ist unser.

»Bravo!« sage ich.

»*Hombres!*« sagt Annette. Das heißt: So sind sie, die Männer! *Hombres! Hombres!*

Unser Martyrium geht weiter. Frau Jellineck ist wieder wohlauf. Aber sie bleibt im Bett. Sie nützt es aus. Sie sagt, es gehe ihr schlecht und sie bleibe im Bett. Sie fühle sich nicht wohl, sie habe Kopfweh, sie habe Herzweh, sie habe Gliederschmerzen, und schwindlig ist ihr auch. Alles Folgen des Unfalls. Wir können es nicht kontrollieren. Wenn wir durch die Tür kommen, macht sie ein leidendes Gesicht. Blonde können das besonders gut. Blicken wir aber heimlich durchs Fenster in ihr Zimmer, ohne daß sie uns sieht, liest sie Journale, schält sich Orangen, wühlt in einer Bonbonschachtel und manikürt sich. Sie pflegt sich, und Annette muß hart arbeiten. Annette kocht das Frühstück, Frau Hedwig verlangt es ans Bett, Herr Jellineck neuerdings auch. Annette muß Milch und das Eis für den Eiskasten holen, die Morgensemmeln darf sie nicht vergessen, alles den Berg hinunter und den Berg wieder hinauf, zehn Minuten bis zum nächsten Geschäft. Nach dem Frühstück kommt das Bettenmachen an die Reihe, sie muß die Wohnung aufräumen, das Badezimmer säubern, die Petroleumlampen füllen, das Gemüse putzen, die Kartoffeln schälen, das Mittagessen kochen... Ja, wenn das hier so einfach wäre wie anderswo auf der Welt. Der Küchenherd in den spanischen Häusern gehört zu den sieben Plagen des Teufels. Er brennt nicht, er hat keinen Zug, man muß die Feuerungstür öffnen, muß hineinblasen und mit einem Fächer fächeln, fünf Minuten, zehn Minuten, bis das Feuer endlich brennt und man erlöst den Fächer aus der Hand legt. Verfrühte Hoffnung! Ohne Fächeln erstickt das Feuer sofort wieder, und aus allen Ritzen des Herdes quillt dicker, weißer Rauch.

Wir büßen alle unsere Sünden ab. Was ich je im Leben Unrechtes getan habe, hier wird es gesühnt.

Jellinecks werden immer unausstehlicher. Sie haben uns in der Hand. Sie lassen es uns fühlen.

»Joseph, wie sieht mein Garten aus?«

»Viel Unkraut!«

»Sag der Frau, daß sie jäten soll!«

Mit der Frau ist meine Frau gemeint.

»Joseph, was machen die Geranien?«

»Wenig Knospen.«

»Sag der Frau, daß sie gießen soll.«

Ich helfe Annette, wo ich kann. Wir schleppen Kannen auf Kannen.

Anderswo haben sie wenigstens einen Esel, der das Wasser aus der Zisterne heraufpumpt. Wir müssen selber den Esel machen. Heiliges Spanien! Wie war das doch gleich? Was sagte Annette daheim, ehe wir abfuhren? »Wir sind dort Gäste, Johannes! Wir werden es schöner haben als in jedem Hotel!« Ach, der kleinste Gasthof wäre ein Paradies! Alles ist zu wenig, was wir tun. Nichts wird anerkannt. Der Kaffee ist nicht heiß genug, die Wassermelonen sind nicht kalt genug, der Fisch hat zu viele Gräten und die Hammelkeule zu wenig Knoblauch. Wir hassen Knoblauch. Schon der Anblick einer weißen Knoblauchzehe erweckt in uns Übelkeit. Jellinecks wissen es. Darum verlangen sie Knoblauch in jedes Essen. Das Haus stinkt wie die Hölle. Aber was sollen wir tun? Wir müssen uns fügen. Herr Jellineck hat den Schein und präsentiert ihn mir. Mit einem liebenswürdigen Lächeln, das alles noch schlimmer macht.

»Ich bedaure tief, Ihnen dies zumuten zu müssen. Aber andererseits, Sie haben es ja selbst eingesehen, der Unfall – meine arme Frau kann sich nicht rühren –«

»Der Knoblauch jeden Tag!«

»Ich weiß, Sie verabscheuen ihn. Aber er ist gesund. Er dient meiner Frau zur Genesung. Die Arme kann sich noch immer nicht rühren.«

Jetzt hat er die Lüge zum zweitenmal gesagt. Ich weiß, wie gut sie sich rühren kann. Sie haben sich ein Grammophon gekauft. Ein altes, zum Aufziehen. Wenn wir aus dem Haus sind, tanzen sie. Ich weiß es.

Eines Tages kamen wir von unseren Einkäufen früher zurück, als sie gerechnet hatten. Im Schlafzimmer war der Teppich zusammengerollt, und Frau und Herr Jellineck tanzten eine Raspa, daß die Vasen schwankten.

Als sie uns am Fenster erblickten...

»Kommen Sie schnell! Helfen Sie!« rief Herr Jellineck. »Meine arme Frau hat einen Anfall! Vom Unfall!«

Dabei lief das Grammophon auf Hochtouren.

»Was ist geschehen?«

»Meine Frau ist aus dem Bett gesprungen, und ich bemühe mich seit fünf Minuten, sie wieder hineinzubringen.«

Es ging wesentlich schneller, als ich das Grammophon abstellte. Ich konnte nicht anders, es verlockte mich, ich gab Frau Hedwig einen leichten Klaps hinten hinauf und rief:

»Marsch, marsch ins Körbchen!«

Wir sind Sklaven. Ganz einfach Sklaven. Man kann es nicht anders bezeichnen. Wenn ich nur wüßte, wie ich wenigstens Annette aus dieser Lage befreien könnte! Sie findet sich heroisch mit allem ab. Kein Vorwurf, kein böses Wort, nicht einmal dann, als die Hühnerkatastrophe einsetzte. Neben uns wohnt ein Hühnerzüchter. Ich erzählte schon von ihm und seinen krähenden Hähnen. Er züchtet Hähne für den Hahnenkampf. So ein Hahnenkampf ist eine höchst schauerliche Angelegenheit. Ich hatte mir einmal einen angesehen. Den Tieren wird vor dem Kampf der Unterleib kahl gerupft, so trägt man sie in die Arena, drückt ihre Schnäbel und Sporen in eine halbe Zitrone, und dann läßt man sie aufeinander los. Sie hacken aufeinander ein, ohne zu wissen, warum. Es sind keine Hennen hier, um die es geht. Rings herum die Männer wie ein Kaninchenzüchterverein bei einer Bezirksausstellung. Sie schreien und wetten – *nosotros, vosotros* – unser Hahn, euer Hahn, zwei Gruppen –, zum Schluß liegen die Hähne völlig erschöpft und aus hundert Wunden blutend am Boden, und die Fünfundzwanzigpesetenscheine wechseln ihre Besitzer.

Sechzehn Hähne kämpfen so jeden Sonntag pünktlich nachmittags vier Uhr in der kleinen, hochgebauten Arena gegenüber der Pferderennbahn. Acht Sieger und acht Besiegte zählt ein Kampftag. Der Sieger sieht nach dem Kampf nicht erfreulicher aus als der Besiegte. Wir lernen eines Montags einen Sieger kennen, den der Züchter von nebenan uns ins Haus bringt.

»Er hat sich gestern ein wenig übernommen«, sagt er. »Wenn Sie ihn haben wollen, vierzig Peseten…«

»Zwanzig«, sagt Herr Jellineck.

»Er ist noch jung und zart.«

»Zwanzig«, wiederholt Herr Jellineck.

»Also gut – ich habe gestern mit ihm gut verdient, er hat sein Futter eingebracht – Sie sollen ihn für zwanzig Peseten haben.«

Seitdem gibt es bei uns, da gerade Hahnenkampfsaison ist, jeden Montag einen Sieger oder einen Besiegten.

Annette haßt Hühner im rohen Zustand. Sie kann den Geruch von Hühnerfedern nicht ausstehen. Jetzt bekommt sie jeden Montag einen lebenden, halbgerupften, zerhackten und zerbissenen Hahn. Ihr graust. Der Besitzer kann ihn nicht umbringen. Er hängt an dem Tier, wie er sagt. Ich weigere mich, Frau Jellineck liegt im Bett, und Herr Jellineck kann kein Blut fließen sehen. Ich finde eine Lösung. Ich lasse dem Hahn heimlich gegen drei Peseten von der Frau des Hühnerzüchters den Kragen umdrehen. Ihr Mann darf es nicht wissen. Aber rupfen müssen wir ihn selbst. Es riecht nicht immer gut.

»Das sind nur die Federn!« sagt Frau Jellineck.

»Eben. Es sind die Federn.«

»Ich weigere mich!«

»Mein Kopf!« beginnt sofort Frau Jellineck zu klagen. »Mein Kopf! Mein armer Kopf!«

Ich rupfe den Hahn.

Seit einer Woche sind außer sonntags auch noch jeden Mittwoch Hahnenkämpfe. Seitdem gibt es jede Woche bei uns zweimal Hahn. Die saftige Brust verspeist Frau Jellineck, die beiden Keulen bekommt Herr Jellineck, Annette und ich teilen uns in die Flügel.

»Man sollte nicht glauben, wie wenig an so einem

Hahn ist«, sagt Herr Jellineck.

»Wenn wir ihn einmal auf türkische Art versuchten?« fragt Annette.

»Huhn auf türkische Art? Wie ist das?«

»Da bekommt der Gast die Brust und die Keulen, und der Hausherr begnügt sich mit den Flügeln.«

Der Witz ging ins Leere. Er wurde nicht verstanden.

Am nächsten Morgen erleben wir eine Überraschung.

Annette bringt Frau Hedwig das Frühstück ans Bett. Sie findet Herrn Jellineck neben seiner Frau vor.

»Stehen Sie nicht auf?« fragt sie.

»Nein.«

»Sind Sie krank?«

»Ich leiste meiner Frau Gesellschaft. Es ist ihr zu langweilig, immer so allein im Bett zu liegen. Die nächsten acht Tage bleibe ich auch im Bett.«

Das just um den Ersten herum.

Herr Jellineck läßt mich ans Bett rufen.

»Jetzt zeigen Sie, was Sie können«, ruft er mir zu. »Sie finden in meinem Schreibtisch oben links ein kleines Heft. Da stehen alle Möbel drin, die verliehen sind und deren Miete heute zu kassieren ist. Ich möchte Sie nun um eine Gefälligkeit bitten. Sie haben doch Ihren Wagen. Fahren Sie zu meinen Kunden und kassieren Sie das Geld.«

»Das ist alles?«

»Nein. Manche werden Ihnen einen Stuhl oder eine Kommode mitgeben, die sie nicht länger mieten wollen. Sie haben ja Ihren Wagen.«

»Um wie viele Kunden handelt es sich?«

»Zwischen achtzig und neunzig.«

»Werde ich sie daheim antreffen?«

»Nicht alle. Das macht die Sache schwierig. Manche haben auch gerade kein Geld, da muß man viermal, fünfmal hingehen. Aber Sie haben ja Ihren Wagen.«

»Warum gehen Sie nicht selbst?«

Es ist Frau Hedwig, die für ihn antwortet:

»Mein Mann kann nicht weg. Er wärmt mir die Füße. Seit dem Unfall habe ich immer kalte Füße. Sie kann ich nicht gut darum bitten.«

»Es wäre auch unschicklich«, sagt Herr Jellineck.

Ich denke nicht daran. Ich habe es satt, auch noch den Kassenboten zu spielen.

»Nein«, sage ich, »dazu bin ich nicht nach Mallorca gekommen, um Ihre dreckigen Mieten einzukassieren! Meine Frau und ich sind sowieso schon den ganzen Tag damit beschäftigt, Ihnen den Dienstboten abzugeben!«

»Ich habe meine Frau ja nicht an den Baum gefahren!«

»Ihre Frau wurde gar nicht gegen einen Baum gefahren!«

»Aber Sie waren betrunken!«

»Sie nicht minder! Da ist einer so viel schuld wie der andere!«

»Aber ich habe es von Ihnen schriftlich.«

Herr Jellineck sagt es sanft, geradezu mit Hingabe. Er wiederholt es:

»Ich habe es von Ihnen schriftlich.«

»Also gut«, sage ich geschlagen, »ich kassiere.«

Das Kassieren ist gar nicht so leicht. Es wäre wunderbar, wenn man vorfahren, die Glocke ziehen, sein Geld bekommen und den Kunden die Quittung in die Hand drücken könnte. Aber die Häuser liegen meist abseits der Straße. Ich muß den Wagen parken, steile Stiegen steigen, hundert Stufen hinauf oder hundert Stufen hinunter, je nachdem, ob das Haus nun am Berg oder am Meer liegt.

Die Klingeln sind versteckt. Man muß lange suchen. Oft fehlen auch die Klingelknöpfe. Am Anfang greife ich in den Klingelteller hinein und bekomme einen elektrischen Schlag. Seitdem lasse ich es lieber. Daheim ist selten jemand. Wird auf mein Klingeln geöffnet, und ich habe das Glück, statt eines kläffenden Köters den Hausherrn zu sehen, bekomme ich statt der Miete das Versprechen *mañana.* Morgen oder übermorgen. Das Geld ist noch nicht eingetroffen. Aus der Schweiz, aus England, aus Holland, aus Amerika. Es müßte längst da sein. Man warte selber darauf. Aber morgen, wenn ich wieder vorbeikommen könnte...

Ich komme am nächsten Tag vorbei. Man hat auf mich gewartet. »Kommen Sie herein, das Geld ist da! Aber da ist etwas anderes, sehen Sie es sich selbst an!« Ich sehe, daß der gemietete Armsessel einen großen Kaffeefleck aufweist.

»Dafür zahle ich nur die halbe Miete!« sagt der Mann.

»Haben Sie den Fleck hineingemacht?«

»Ich nicht. Meine Frau. Sie können füglich nicht verlangen, daß ich für einen beschmutzten Sessel die volle Miete bezahle.«

»Sie haben doch selbst den Fleck verschuldet!«

»Der normale Gebrauch eines Möbels ist im Mietpreis inbegriffen.«

Soll ich ihm erklären, daß zum normalen Gebrauch das Ausschütten einer vollen Kaffeetasse – es war sogar eine Tasse Schokolade, wie ich jetzt feststelle – auf den Brokat eines Armsessels nicht gehört? Ich lasse es lieber und begnüge mich mit der halben Miete. Herrn Jellineck sage ich daheim nichts davon und lege den Rest aus der eigenen Tasche dazu. Das geht ja noch. Viel schlimmer ist es mit dem echten Rubens, einem Ölbild, das sich einer für drei Peseten wöchentlich bei Herrn Jellineck ausgeliehen hat.

»Ihr Mann ist ein Schwindler!« empfängt mich der Mieter empört. »Ich habe feststellen lassen, daß der Rubens unecht ist!«

»Mein Gott, für dreißig Pfennig in der Woche?«

»Ich nahm an, er ist echt.«

Ich muß das Bild mitnehmen. Es ist ein Riesenschinken. Er stellt es mir einfach vor die Tür. Es ist zu groß, um es unter den Arm zu nehmen. Ich hole mir ein paar Arbeiter vom Bau nebenan, und sie tragen mir das Bild zum Wagen. Der Rubens stellt einen reichen Handelsherrn dar.

»*Tu padre?*« fragen sie und deuten auf das Bild.

Nein, es ist nicht mein Vater.

»*Tu madre?*«

Nein, es ist nicht meine Mutter.

»*Uno de los Reyes Magos!* Einer der Heiligen Drei Könige!«

Daraufhin tragen sie das Bild doppelt behutsam und wollen keinen Lohn für ihre Mühe annehmen. Sie haben einen der Heiligen Drei Könige auf ihren Schultern getragen. Eine Prozession – welch schöner Tag!

Neben dem Möbelgeschäft, das ich jetzt verwalte, muß ich einkaufen, was der Haushalt täglich braucht. Petroleum, Kartoffeln, Brot, Gemüse, Käse, Fleisch, Streichhölzer und Seife. Diese Dinge gibt es nicht in einem Geschäft. Ich muß in acht Geschäfte gehen, um acht Einkäufe zu machen. Die Geschäfte liegen weit auseinander. In jedem Geschäft muß ich warten. Es sind wenige Kunden vor mir dort, aber jeder Kunde wird mit überschwenglicher Freude begrüßt und nach seinem Wohlergehen und dem

Wohlergehen seiner Familie ausgiebig befragt. Er selbst, so verlangt es die spanische Höflichkeit, muß sich nun seinerseits nach dem Wohlergehen des Kaufmanns und dessen Familie erkundigen. Damit sind die Zeremonien aber noch lange nicht zu Ende. Man zeigt sich gegenseitig die Fotografien vom letzten Sonntagsausflug, wickelt einen Kleiderstoff, den man eben gekauft hat, aus dem Papier, ob ihn der andere nicht auch hübsch und besonders wohlfeil fände, man erkundigt sich nach einer guten Schneiderin und erzählt, was man mit seiner bisherigen Schneiderin ausgestanden habe, fünfmal sei man zur Anprobe umsonst hingegangen, obwohl man bestellt gewesen sei. Aus dem kleinen Schwätzchen wird ein großes, und erst dann, keineswegs überstürzt, denn der Kunde soll nicht glauben, daß man es auf sein Geld abgesehen habe, fragt der Kaufmann nach den Wünschen.

Einmal sage ich: »Pardon! Ich habe es *prisa*!«

Man nickt mir von allen Seiten freundlich zu. Man tritt zurück, um mich vorzulassen. Ein Fremder, der es eilig hat. Bitte sehr, mein Herr, nach Ihnen! Wir haben es nicht eilig. Was muß dem Armen widerfahren sein, daß er keine Zeit zum Warten hat. Vielleicht liegt seine Frau krank daheim oder es brennt bei ihm oder sein Sohn kommt aus der Fremde heim. Bitte, nach Ihnen, mein Herr!

»Zwei Kilo Bananen!« sage ich.

»Sofort.«

Der Kaufmann nickt mir freundlich zu, bedient aber die erste Kundin weiter. Während er den Reis abwiegt, erinnert er sich, wie sie sich voriges Jahr an dem berühmten ersten Sonntag nach Ostern, an dem auf der ganzen Insel Picknickfahrten stattfinden, auf dem Wege nach Deyá getroffen haben. Ja, richtig, es stimmt, er habe einen lebenden Hasen in der Hand getragen, für die *paella,* für den Reis. Seine Frau hatte die große Bratpfanne, die Kinder das Holz für das Feuer im Freien, Großvater die gebratene Hammelkeule und den Tintenfisch, sein Onkel trug die Ölkanne, eine Nachbarin den Korb mit dem Wein und die Gläser, eine Tante, die gerade zu Besuch aus Inca gekommen war, hatte vier Köpfe grünen Salat in der Hand – das Picknick damals wäre herrlich gewesen, der Reis, im Freien zubereitet, vorzüglich, unterwegs habe man noch einen Hahn gekauft, denn eine echte *paella* ohne Hahn... Man hat den Hahn gerupft, die Fische zubereitet, die Muscheln, die Gambas, direkt auf einem Felsen über dem Meer. Man singt und trinkt dabei, man trinkt nicht viel, das ist in Spanien nicht üblich, man hat die Fröhlichkeit nach einem halben Glas. Die einzelnen Familien sitzen in Sichtweite, man geht hinüber und kostet von der *paella* der anderen, die ganze Landschaft hoch über dem Meer ist erfüllt von bunten Tupfen, Familien, die diesen Sonntag mit einem Picknick feiern. Steil steigt der weiße Rauch der hundert Feuer durch die silbernen Blätter der

Oliven am Himmel, unten liegt das blaue Meer, ein weißer Segler gleitet in der Ferne vorüber, man hat Zeit, es eilt nicht... Ich aber warte noch immer auf meine zwei Kilo Bananen.

Daheim muß ich mit Herrn Jellineck genau abrechnen. »Drei Kilo Äpfel neun Peseten – ein Kilo Zwiebeln drei Peseten – ein Kilo Reis neun Peseten – wieso neun Peseten?«

»Ich habe neun Peseten dafür bezahlt.«

»Haben Sie den Kassenzettel?« Zum Glück habe ich ihn. Ein Kilo Reis neun Peseten, steht darauf.

»Wir nehmen immer den zu acht Peseten, den ungeschälten.«

»Genau den habe ich gekauft.«

»Wieso kostet er bei Ihnen neun?«

»Er ist teurer geworden.«

»Warum sind Sie dann nicht in ein Geschäft gegangen, das noch von dem billigen Reis hat?«

»Ich war in drei Geschäften. Er kostet jetzt überall neun.«

Herr Jellineck stülpt ärgerlich seine Lippen hoch und liest weiter. »Leber fünfundzwanzig Peseten – Hammelkeule zweiunddreißig Peseten – warum hat Ihnen der Metzger die zwei Peseten nicht nachgelassen?«

»Es war über ein Kilo. Er hat nur ein Kilo gerechnet.«

»Wieviel über ein Kilo?«

»Ich habe nicht hingesehen!« brause ich auf.

»Ich frage Sie ja nur.«

»Aber in einem Tonfall, als ob ich –«

Darauf er: »Wenn wir so empfindlich wären wie Sie... Mache ich Ihnen jemals einen Vorwurf, daß meine Frau durch Ihre Schuld noch immer ans Bett gefesselt ist?«

Frau Jellineck ist nicht mehr ans Bett gefesselt. Sie liegt im Garten auf einem Liegestuhl. In der Sonne. Annette muß ihr dabei Gesellschaft leisten.

»In meiner Jugend habe ich auch Gedichte gemacht«, sagt sie.

»Wirklich?« fragt Annette. Sie ist mit ihren Gedanken sonstwo.

»Aber ich habe sie nicht verkauft, immer nur verschenkt.«

»Wie schade«, sagt meine Frau.

»Ihr Mann lebt ganz gut davon. Er verkauft jede Zeile.«

»Er schreibt, um zu verkaufen.«

»Kein echter Dichter.«

»Nein«, sagt meine Frau, »kein echter Dichter.«

»Er sieht auch nicht so aus. Ich habe es mir gleich gedacht, als ich ihn das erste Mal sah. Keine Locke, kein Bärtchen – ein Bürger.«

»Ein Bürger«, wiederholt Annette.

»Sie tun mir leid, Annette. Wir sollten Freundinnen werden.«

»Sind wir es nicht schon?«

Frau Hedwig merkt die Ironie nicht.

»Wir sollten du zueinander sagen!«

»Später«, sagt Annette und steht auf. »Ich muß jetzt in die Küche, Kartoffeln schälen.«

Neue Möbel sind gekommen. Ich muß sie auf den Speicher tragen. Außerdem war ein Kunde da und hat einen Teppich gemietet. Ob man ihm den Teppich ins Haus bringen könnte. Calle Alférez Gonzáles 15.

»Selbstverständlich«, sagt Herr Jellineck. »Durch meinen Boten.«

»Wann?«

»Heute nachmittag. Ist es recht?«

Es ist recht. Der Teppich ist zwei und drei. Ein falscher Smyrna.

»Sie nehmen am besten den Omnibus«, sagt Herr Jellineck zu mir.

Ich bin bleich vor Zorn. »Wenn ich schon Ihr Dienstmann sein muß, dann bin ich wenigstens Dienstmann im eigenen Wagen.«

»Das geht heute leider nicht.«

»Warum nicht?«

»Meine Frau und ich haben beschlossen, heute in die Kathedrale zu fahren.«

»Dann fahren Sie in Gottes Namen!«

»Ich danke Ihnen.« Er schaut schon wieder so hinterhältig.

»Wann ist Ihr Wagen startbereit?« fragt er.

»Wieso mein Wagen?«

»Wir fahren mit Ihrem Wagen in die Kathedrale.«

»Sie glauben doch nicht, daß ich Sie an meinen Wagen heranlasse?«

»Hedwig hat einen Führerschein.«

»Ihre Frau ist krank!«

»Chauffieren kann sie.«

»Wenn sie chauffieren kann, dann kann sie auch aufstehen und ihren Haushalt wieder selber versorgen! Und wir können dann endlich nach Hause fahren!« Ich schreie ihn an. Ich bin fertig mit den Nerven. Herr Jellineck lächelt freundlich:

»Ich bitte Sie, mein Freund, das ist doch kein Grund zur Aufregung! Sie sind immer gleich so hysterisch. Das liegt sicher in Ihrem Beruf begründet. Ich will es Ihnen nachsehen. Wenn Sie sich einmal in aller Ruhe überlegen wollten, was für Sie besser ist: uns Ihren Wagen heute nachmittag für eine kleine Spazierfahrt zu borgen oder ihn auf Grund des Scheins, den Sie unterschrieben haben, beschlagnahmen zu lassen und selbst zu Fuß ins Gefängnis zu wandern?«

Der Herr, dem ich den Teppich ins Haus bringe, ist Holländer. Er versteht ein wenig Deutsch.

»Sie machen den Eindruck, als ob Sie auch einmal bessere Tage gesehen hätten«, sagt er.

Ich danke ihm dafür.

»Wenn Sie wollen, können Sie bei mir als Diener eintreten.«

»Ich bin bereits als Diener hier angestellt.«

»Bei dem Möbelverleiher?«

»Ja«, sage ich.

»Und da müssen Sie Teppiche tragen?«

»Es ist ein Sonderfall.«

»Was zahlt er Ihnen?«

Da mir Herr Jellineck sowieso nichts zahlt, nenne ich eine beliebige Summe. Nur um etwas zu antworten.

»Ich gebe Ihnen das Doppelte«, sagt er. »Es ist furchtbar schwer mit Dienstboten auf der Insel. Können Sie chauffieren?«

Ich kann es. Hoffentlich auch Frau Jellineck, die jetzt mit meinem Wagen unterwegs ist.

»Also? Einverstanden?«

Ich bedaure, da ich meinem Herrn nicht die Treue aufsagen möchte. Der Holländer findet das großartig, klopft mir auf die Schulter und sagt:

»Hoffentlich sieht er ein, was er an Ihnen hat. Wenn Sie einmal dort weggehen, melden Sie sich bei mir.«

»Wenn ich dort weggehe, kehre ich zu meinem früheren Beruf zurück.«

»Was sind Sie?«

»Schriftsteller.«

»Auch ein Hungerberuf.«

»Eben.«

»Es sei denn, man wäre Hemingway. Aber das ist nicht jeder.«

Er drückt mir fünfundzwanzig Peseten Trinkgeld in die Hand. Genausoviel gab ich damals dem Pagen im Hotel Ritz, der uns das Zimmer aufschloß.

Siebzehntes Kapitel

Als ich heimkomme, sind Jellinecks noch nicht zurück. Ich finde Annette allein vor. Sie weint.

Ich lege meinen Arm um sie und ziehe sie ganz fest an mich. »Ach, Annette!«

»Ach, Johannes!«

»Wir sitzen ganz schön in der Patsche!«

»Das ist schon keine Patsche mehr, in der wir sitzen. Aber das andere Wort sage ich nicht.«

»Es muß doch einen Ausweg geben!«

»Weißt du einen?«

Ich weiß keinen. Herr Jellineck hat den Schein, den ich Dummkopf ihm unterschrieben habe. Er hat uns hereingelegt. Er kann von uns verlangen, was er will. Solange die Dienstbotennot auf der Insel herrscht, wird er sich hüten, uns freizugeben.

»Der Schein, Johannes!«

»Was ist damit?«

»Ich weiß, wo er ist! Wenn wir den Schein wieder haben –«

»Er hat drei Scheine.«

»Stiehl ihm alle drei!«

»Weißt du, wo er sie aufgehoben hat?«

»Hinter dem Bild ›Venus in der Morgenröte‹ ist ein Safe eingebaut. Ich habe es beim Großreinemachen entdeckt. Ich weiß auch, wie er aufgeht. Ich kenne das Schlüsselwort.«

»Wie heißt es?«

»Esel!«

»Ich frage dich.«

»Es heißt Esel.«

»Ach so! Woher kennst du es?«

»Ich habe ihn beobachtet, wie er es heute früh einstellte.«

»Vor dir? So dumm ist er doch sonst nicht.«

»Er sah wohl nicht, daß ich ihn beobachtete.«

Wir eilen zu dem Safe. Ich nehme das Bild von der Wand. Venus in der Morgenröte. Der Busen ist nicht ohne Verlockung.

»Komm, Johannes! Schau dir jetzt nicht Bilder an!«

»So hast du auch einmal ausgesehen, Annette.«

»Ich sehe heute noch so aus.«

»Verzeih! Natürlich!«

Ich stelle das Bild schnell mit dem Gesicht zur Wand. Vor mir ist der kleine Tresor mit dem Buchstabenschloß.

»Esel?«

»Ja. Esel.«

Ich stelle das E ein, das S, dann das E. Beim L springt das Schloß auf. Der Safe ist leer.

Nein, er ist nicht leer. Auf der Stahlplatte liegen unsere drei Scheine.

»Wir sind frei, Annette!«

Ich reiße die drei Scheine heraus. Und erblasse. Es sind nicht unsere Scheine. Sie gleichen ihnen nur äußerlich.

Es sind drei leere Blatt Papier, und auf jedem steht:

»Habe ich es mir doch gedacht, daß Sie es heute versuchen werden...«

Drei Stunden später sind Jellinecks noch nicht zurück. Ich mache mir Sorgen um meinen Wagen.

Es ist abends zehn Uhr. Wir sitzen bei einer traurigen Kerze. Kerzenlicht läßt die Sorgen schwellen.

»Sie müßten doch längst zurück sein.«

»Vielleicht ist ihnen das Benzin ausgegangen.«

»Unmöglich. Ich habe den Wagen gestern vollgetankt. Wann sind sie weggefahren?«

»Kurz nach drei.«

»Kann sie fahren? Wie fährt sie?«

»Herr Jellineck saß am Steuer.«

»Und sie?«

»Sie hat sich eins meiner Kleider ausgeborgt.«

»Wieso das?«

»Es gefiel ihr.«

»Das ist doch kein Grund.«

»Wenn du einen Grund wissen willst – Herr Jellineck hat einen deiner Anzüge angezogen.«

»Ohne zu fragen?«

»Er hat mich gefragt. Du kennst seine Art zu fragen.«

Wir sitzen und starren in die Kerze.

»Er ist ihm doch viel zu groß –«

»Er hat seine Strickweste darunter anbehalten.«

»Welchen hat er genommen?«

»Deinen nachtblauen Tropical.«

»Für die Kirche?«

»Sie sind nicht in die Kirche gefahren. Sie haben es sich überlegt. Sie wollten lieber einen Ausflug mit Freunden machen.«

Ich legte verzweifelt meinen Kopf an Annettes Arm.

»O Annette!«

»O Johannes!«

»Jetzt sag das Wort!«

»Scheiße!« sagte Annette leise.

Kurz vor Mitternacht hören wir Motorengeräusch. Es ist unser Wagen. Ich erkenne ihn am Klang.

Wir eilen hinaus und sehen, wie Herr Jellineck den Wagen wendet, um ihn von rückwärts unter einen Baum zu fahren. Das Getriebe kracht, daß es einen Toten erwecken könnte. Ich möchte dem Fahrer am liebsten an die Kehle springen.

»Ruhe, Johannes, Ruhe!« sagt Annette.

Sie hält meine Hand fest.

Herr Jellineck springt aus dem Wagen.

»Sie müssen morgen früh sofort tanken!« ruft er mir zu. »Ich bin knapp mit dem letzten Tropfen Benzin heimgekommen.«

Ich gebe ihm keine Antwort. Ich bringe keinen Ton hervor.

Er hat die Scheinwerfer nicht ausgelöscht. Steht im Licht. Ich sehe, daß er auch eine meiner Krawatten trägt.

Auf dem Revers meines nachtblauen Jacketts glänzt ein kinderkopfgroßer Fettfleck. Er bemerkt meinen Blick.

»Spanferkel!« sagt er vergnügt.

»War es wenigstens fett?« frage ich wütend.

»Wie Sie sehen!« sagt er, geht um den Wagen herum, löscht die Scheinwerfer aus und kommt im Dunkeln auf uns zu. »Wir waren in Formentor. Es war ein herrlicher Tag!«

Annette und ich stehen noch immer so, wie wir aus dem Haus getreten sind.

»Wo ist seine Frau?« flüstert mir Annette zu.

»Ich sehe sie nicht.«

Herr Jellineck geht an uns vorbei ins Haus.

»Wieso brennen Sie zwei Kerzen zugleich?« fragt er, als er ins Zimmer tritt und unsere Verschwendung bemerkt.

»Die eine haben wir für Sie angezündet«, antworte ich ihm wütend. »Für Ihr Seelenheil. Wir dachten, Sie wären verunglückt.«

»Beinahe. Aber in der letzten Minute bekam ich den Wagen wieder in die Hand. Wissen Sie, daß Ihre Kutsche hundertvierzig macht?«

Ich weiß es. Ich fahre sie nicht, aber ich weiß es. Ein Wagen hält länger, wenn man es nur weiß, aber nicht fährt.

»Wo ist Ihre Frau?« fragt Annette.

»Bei Freunden geblieben. In Formentor. Sie läßt Sie grüßen.«

Annette und ich sehen uns an. Das ist die Rettung.

»Ihre Frau ist also wieder wohlauf?«

»Eben nicht. Unsere Freunde sind Ärzte. Meiner armen Frau geht es viel schlechter, als wir dachten. Es sind Komplikationen aufgetreten. Wir lassen sie lieber in ärztlicher Behandlung. Sie liegt im Sanatorium.«

»Das kostet eine Stange Geld«, sage ich.

Er nickt.

»Sie haben es ja. Wenn vielleicht auch nicht momentan. Ich lege es inzwischen aus und nehme als Pfand Ihren Wagen.«

»Meinen Anzug haben Sie ja schon!«

»Wollen Sie ihn nicht zurück?«

Ich zittere am ganzen Körper vor Wut.

»Niemals, nachdem Sie ihn angehabt haben! Mir würde grausen! Aber das Kleid meiner Frau will ich zurück, das Ihre Frau mitgenommen hat. Und zwar schleunigst! Meine Frau braucht es!«

Herr Jellineck läßt sich in einen Sessel fallen, daß es nur so kracht.

»Sehe sich einer diesen Herrn Wichtig an!« kräht er, über meinen Widerstand erbost. »Regt sich wegen eines schäbigen Kleides auf und hat selber so viel Dreck am Stecken, daß er stinkt!«

»Wenn einer hier stinkt, dann sind –«

Annete hält mir schnell den Mund zu.

»Bitte! Johannes!«

»Lassen Sie ihn nur reden, gnädige Frau! Ich bin interessiert, was er mir noch zu sagen hat, der feine Herr, der jede Minute ins Gefängnis abwandern kann. Aber zwei Kerzen brennen, für anderer Leute Geld, wenn die Leute nicht daheim sind. Das findet er selbstverständlich.«

Am nächsten Morgen gehe ich mit Annette an den Strand. Wir haben uns leise und heimlich davongemacht. Wir wollen uns in aller Ruhe aussprechen, ungestört, ohne den Lauscher an der Wand. Daheim können wir es nicht, stehen wir unter dem Bann der Bosheit und Heimtücke, wir sind immer tiefer in den Strudel unserer Hilflosigkeit geraten und quirlen darin herum, als ob es nicht das freie Meer gäbe, über das wir davonschwimmen können. Wir müssen uns von dem Druck befreien, der auf uns lastet und uns lähmt. Wir haben alles stehen- und liegengelassen, nicht einmal das Frühstück hat Annette für Herrn Jellineck gemacht, er soll selber sehen, wie er damit fertig wird. Schon diese Unterlassung halten wir für eine mannhafte Tat, so tief sind wir gesunken.

Der Strand ist leer. Ein paar Fischerboote ziehen weit draußen ihre Netze ein. Wir hören das Rufen der Möwen.

»Ich kehre nie mehr in dieses furchtbare Haus zurück«, sagt Annette.

»Gut. Einverstanden. Was tun wir?«

»Wir fahren heim. Möglichst noch heute.«

»Der Kerl wird unsere Sachen nicht herausgeben.«

»Du kaufst dir daheim einen neuen Anzug und ein neues Hemd, Johannes.«

»Und du?«

»Meinen Schmuck habe ich schon eingepackt. Hier ist er.«

Sie zeigt mir ein straff gespanntes Beutelchen.

»Und deine Kleider?« frage ich.

»O Johannes! Die sind ja sowieso unmodern, wenn wir heimkommen.«

Wir haben die Schuhe ausgezogen und lassen unsere Füße im Meer baumeln. Wir beraten den ganzen Vormittag. Ich möchte es doch lieber auf eine Aussprache mit Herrn Jellineck ankommen lassen und nicht wie ein Dieb in der Nacht davonschleichen.

Schließlich hat er den von mir unterschriebenen Schein. Herr Jellineck ist unberechenbar. Wenn er unsere Flucht bemerkt, wird er uns an der Grenze von der Polizei festnehmen lassen, und alles wird nur noch schlimmer werden. Wir müssen uns im Guten mit ihm einigen. Wir werden Federn lassen müssen, ich ahne es. Aber in dem Zustand, wie es jetzt ist, sind wir ja nur noch ein Schatten unserer selbst. Mein ganzes Selbstbewußtsein ist geschwunden. Wenn ich daran denke, wie wir hier ankamen! Nichts war uns gut genug, im Hotel Ritz haben wir gewohnt! Und heute sitzen wir mit nackten Füßen armselig und ängstlich versteckt am Strand.

»Denken wir eine Weile an etwas ganz anderes«, sagt Annette, die meine Verzweiflung bemerkt.

»Woran?«

»Wie schön wir es daheim wieder haben werden.«

Neben uns hat ein Ehepaar auf einem Felsen Platz genommen. Sie tragen große Strohhüte gegen die Sonne. Die Frau hat eine Staffelei aufgestellt und beginnt zu malen.

»Spanier!« sagt Annette zu mir.

Ich nicke.

»Der Mann sieht ganz attraktiv aus.«

Ich blicke an mir herunter. Ich sehe im Augenblick keineswegs attraktiv aus.

»Du wirst wieder, Johannes! Daheim bist du wieder der berühmte Mann. Denk an deine Premiere!«

»Ich weiß nicht – ich habe diesmal Angst. Vielleicht ist das Stück gar nicht gut.«

»Du warst von ihm überzeugt.«

»Damals. Aber heute? Es ist soviel geschehen in der Zwischenzeit – Sag, Annette, bin ich nicht manchmal sehr überheblich gewesen?«

»Du hattest Erfolg.«

»Ich kann es mir nicht vorstellen, wieder auf der Bühne zu stehen und mich zu verneigen. Ich glaube, ich stürbe vor Scham, wenn ich daran denke, wie es uns hier ergangen ist. Man hat mich hier klein gemacht.«

Annette schleudert einen Kiesel ins Meer.

»Vielleicht waren wir beide gar nicht so groß«, sagt sie.

»Du auch?«

»Daheim kamen wir uns wie Halbgötter vor. Wir waren gnädig. Du vor allem.«

»Du nicht, Annette?«

»Ich war meist sehr ungnädig. Das ist viel schlimmer.«

Das Ehepaar mit der Staffelei ist näher gerückt. Wir verfolgen ihre bunten Striche auf dem Papier.

»Was wird das?«

»Eine Pinie«, sagt Annette.

»Nein. Ein Mann, der angelt.«

»Hier angelt keiner.«

»Künstlerische Phantasie!«

»Leise! Sie können uns hören!«

»Es sind Spanier. Sie verstehen kein Wort.«

»Der Mann sieht von nahem noch attraktiver aus.«

»Er hat eine Frau, die malt. Das ist kein gutes Zeichen für ihn.«

Wir haben Jellinecks völlig vergessen. Wir sitzen am Meer, plaudern und haben einen guten Tag.

»Schau! Es wird doch eine Pinie!« ruft Annette.

»Nein. Ein Segelboot im Meer.«

»Jetzt erkenne ich es genau. Die Agave dort drüben wird es.«

»Es wird eine Pinie, gnädige Frau«, sagt jetzt der Mann neben uns.

Annette läßt vor Schreck ihren Mund offen stehen.

»Sie verstehen Deutsch?« frage ich überrascht.

»Ich bin Deutscher.«

»Und Ihre Frau?«

»Aus Mannheim.«

Wir entschuldigen uns für unsere Ungeniertheit.

Das Ehepaar lacht.

»Das geht uns oft so. Ich freue mich, daß Sie meinen Mann attraktiv finden«, sagt die Frau.

»Ich ahnte nicht, daß Sie jedes Wort verstehen.«

»Ich finde ihn nämlich auch ganz attraktiv«, sagt die Frau und lacht.

Jetzt lachen wir alle.

Wir stellen uns vor.

»Sind Sie schon lange hier?« fragt Annette.

»Zwei Jahre«, sagt Herr Mäurer.

»Eine lange Zeit.«

»Wir kamen auf vier Wochen. Wir sind geblieben.«

Wir rücken zusammen und plaudern. Frau Mäurer malt dabei. Es ist tatsächlich eine Pinie, krumm gewachsen, wie sie hier am Strand stehen. Es ist eine Pinie, an die Annette ihre rote Lederjacke gehängt hat und ich meinen Rock samt Krawatte. Unsere Kleidungsstücke sind deutlich auf dem Bild zu sehen. Hätte ich gewußt, daß mein Rock einmal für die Ewigkeit festgehalten wird, vielleicht später gar in einem Museum hängt, wohin man geht, wenn es draußen regnet, hätte ich mir heute meinen guten Anzug angezogen. Auch meine schmale rote Krawatte, auf die ich so stolz bin, hätte ich genommen. Zu spät!

»Am Anfang hat uns Mallorca nicht besonders gefallen«, sagt Herr Mäurer. »Wir hatten es auch schlecht getroffen.«

»Kein gutes Hotel?«

»Wir wohnten privat. Auf Austausch.«

»Auf Austausch?«

Wir horchten interessiert auf.

»Ja. Wir wollten vier Wochen hier verbringen, und die Familie, bei der wir wohnten, sollte dann die gleiche Zeit zu uns kommen. Ein angenehmer Vorschlag. Als wir ihn lasen, waren wir entzückt.«

»Ein Inserat?« frage ich.

»Ja. In einer Automobilzeitung.«

Wir rücken aufgeregt näher.

»Wann war das?« frage ich.

»Vorvoriges Jahr.«

»Wo?«

»Ganz in der Nähe. Ein fürchterliches Viertel. Nicht einmal elektrisches Licht.«

»Die Straße?«

»Calle de Tonto 20.«

»Der Besitzer?«

»Ein gewisser Herr Jellineck.«

Mäurers wissen gar nicht, was mit uns los ist. Wir lachen, daß uns die Tränen über die Wangen rollen. Wir sind rehabilitiert. Wir sind nicht die einzigen Dummen.

»Sie haben leicht lachen«, sagt Herr Mäurer, ein wenig verwundert, um nicht zu sagen verärgert über unser unverständliches Benehmen. »Ich weiß zwar nicht, worüber Sie lachen – kennen Sie etwa Herrn Jellineck?«

»Ja – ja!« stoßen wir hervor, Annette und ich.

»Sie kennen ihn?«

»Ja.«

»Auch seine Frau?«

»Zur Genüge!«

»Auch sein Haus?«

»Und ob wir die traurige Burg kennen!«

»Sind Sie etwa auch –«

»Ja! Wir sind! Wir sind heuer die Austauschgäste des Herrn Jellineck!«

Jetzt sind es Mäurers, die sich vor Lachen ausschütten wollen. Herr Mäurer macht Herrn Jellineck nach, wie er geht und steht, den Kopf schiefgehalten, die Zigarette in einer Spitze vor sich hertragend.

»Das ist er«, ruft Annette.

»Sie wissen noch nicht alles«, sagt Herr Mäurer.

»Wir ahnen es.«

»Die Frau flog auf mich.«

»Sie fliegt auf jede Hose.«

»Wir wurden erpreßt!«

»Wir auch!«

»Sie haben uns betrunken gemacht«, berichtet Herr Mäurer. »Auf dem Heimweg im Wagen faßt mich Herr Jellineck von hinten an, ich bremse erschrocken, und seine Frau fliegt gegen die Windschutzscheibe. Nehmen Sie nie im Leben Jellinecks im Wagen mit!«

»Zu spät!«

»Was heißt das?«

»Frau Jellineck ist bereits an meine Windschutzscheibe geflogen.«

Herr Mäurer lacht noch einmal kurz auf, dann ist auch ihm das Lachen vergangen.

»Ein Schwein, dieser Jellineck!«

»Seine Frau ist die schlimmere.«

»Nein. Die Ideen kommen von ihm. Und diese süße Liebenswürdigkeit, mit der er alles vorbringt!«

»Wie war es bei Ihnen?« frage ich.

Herr Mäurer erzählt:

»Sie luden uns zu einer Kellerpartie nach Inca ein, und auf dem Heimweg geschah der Unfall. Es war eigentlich gar kein Unfall. Ich bremste auf Anruf dieses famosen Herrn, und auf einmal lag Frau Jellineck, die schöne Hedwig, bewußtlos unter ihrem Platz. Ihre Genesung hat zwei Monate gedauert. Meine Frau mußte inzwischen den Haushalt führen und ich seine komischen Möbelgeschäfte. Es war eine entsetzliche Zeit für uns.«

Annette und ich blicken uns erlöst an. Wir sind froh, so unendlich froh, dies alles zu hören. Einem Betrüger aufzusitzen, der sein Gewerbe seit Jahren ausübt, einstudiert und ausprobiert hat, das kann jedem passieren.

»Wie sind Sie losgekommen?« fragt Annette.

»Es war nicht leicht. Ich hatte ihm einen Schein unterschreiben müssen.«

»Wir auch. Dreifach sogar.«

»Bei mir begnügte er sich noch mit einem«, fährt Herr Mäurer fort. »Ich hatte aber das große Glück, daß ich zwei Monate später ein anderes Ehepaar auf der Insel kennenlernte, ganz durch Zufall, dem das gleiche bei Herrn Jellineck passiert war. Ihm wollten sie noch viel schlimmer mitspielen. Der dumme

Kerl hatte sich mit der Frau eingelassen.«

»Freiwillig?«

»Sie war damals noch schlanker. Wahrscheinlich auch unter Alkohol. Jedenfalls kam Herr Jellineck im kritischen Augenblick dazu. Sie können sich denken, was weiter geschah. Die beiden erpreßten den jungen Ehemann, der ihnen ins Garn gegangen war, auf die unverschämteste Weise. Wenn er nicht freiwillig zahle, drohten sie, würden sie alles seiner Frau sagen. Nun, kurz gesagt, sie hatten bei ihm kein Glück. Er war ein Luftikus, und damit hatten die etwas schwerfälligen, sich so überaus schlau dünkenden Jellinecks nicht gerechnet. Die Frau, die mit ihm gekommen war, war gar nicht seine Frau. Heute hat er sie geheiratet, aber damals waren sie auf gut Glück miteinander hergekommen und hatten sich als Ehepaar ausgegeben. Das junge Mädchen hatte Verstand genug, ihrem Liebhaber den kleinen Fehltritt zu verzeihen, worauf er ihr versprach, sie zu heiraten. Jellinecks tobten, als sie es erfuhren und ihnen ihre Beute entwischte. Aber der junge Mann gab sich damit noch nicht zufrieden. Er drehte den Spieß um. Er zwang Herrn Jellineck, einen Schein zu unterschreiben, daß er ihn zu erpressen versucht habe. Ich habe den Schein selbst gesehen, und wenn Sie mit Herrn Jellineck einmal irgendwelche Unannehmlichkeiten haben sollten, sagen Sie ihm nur, Sie kennen Herrn Edo Bremer aus Braunschweig...«

So schön ist uns die Insel noch nie erschienen, so sonnenüberglitzert lag das Meer noch nie vor unseren Augen, so süß war die Luft auf Mallorca noch nie wie an diesem Tag. Sogar unser Wagen hat ein Einsehen und bringt uns, obwohl wir zu tanken vergessen hatten, gerade noch bis zur nächsten Zapfstelle. Wir fahren in die Stadt, und ich kaufe Annette einen großen Strauß Blumen. Dann gehen wir zur Bank und fragen, ob heute, an unserm Glückstag, vielleicht wieder ein Freundschaftsbeweis aus der Schweiz gekommen ist. Der Beamte nickt. Am liebsten würden wir ihn umarmen. Jetzt haben wir das Geld für die Rückreise.

Unser nächster Weg führt ins Reisebüro. Zwei Schiffskarten nach Barcelona. Zwei Erwachsene und ein Wagen. Wir freuen uns wie die Kinder auf daheim. Morgen früh sind wir in Barcelona, übermorgen in Frankreich, in drei Tagen in Zürich und in vier Tagen wieder daheim. Zwei Erwachsene und ein Wagen!

Das Reisebüro hat keine Schiffskarten mehr. *Mañana. Pasado mañana.* Heute ist alles besetzt. Die Insel ist überfüllt. Acht Tage nach Ostern. Sie verstehen? Die Touristen müssen wieder zurück. In einer Woche, vielleicht, wenn Sie Glück haben.

»Unmöglich! Wir müssen nach Hause!«

»Seit wann sind Sie hier?«

»Seit zwei Monaten.«

»Warum sind Sie nicht früher zu uns gekommen?«

Wir konnten nicht früher kommen. Wir waren im Vertrag, im Sklavenvertrag. An Händen und Füßen gefesselt. Da fahre einer mit dem Schiff davon! Aber jetzt sind wir frei. Wir wollen nicht einen Tag länger bleiben.

»Wann haben Sie Geburtstag?« frage ich den unerbittlichen Mann im Reisebüro.

»Im August«, sagt er.

»Darf ich Ihnen schon heute zu diesem freudigen Tag gratulieren? Noch viele Jahre! *Muchos años!*«

Ich schüttele ihm die Hand und drücke ihm dabei hundert Peseten in die Hand.

»Sie sind sehr liebenswürdig und aufmerksam«, sagt er. »Werden Sie nächstes Jahr nach Mallorca zurückkommen?«

»Ich fürchte, nein.«

»Dann dürfen Sie mir schon heute auch zu meinem nächsten Geburtstag gratulieren.«

Ich tue es, in gleicher Art, und wir haben im Handumdrehen eine Passage für morgen. Für heute war es ihm leider unmöglich, auch wenn ich ihm noch für weitere fünf Geburtstage im voraus die Hand geschüttelt hätte.

»Also morgen?«

»Morgen abend neun Uhr. Mit der *Ciudad de Burgos.* Unser schönstes Schiff. Der Wagen wird um fünf Uhr verladen. Sie müssen pünktlich sein.« Ich werde pünktlich sein, überpünktlich. Ich brauche es ihm nicht erst zu versprechen.

Es ist inzwischen zwei Uhr geworden.

»Was jetzt?«

»Ich gebe ein Essen«, sagt Annette.

»Wo?«

»Bei Latz. Das ist ein kleines Restaurant. Nicht teuer.«

»Wenn du bezahlst, frage ich nicht nach dem Preis.«

Wir gehen zu Latz. Herr Gerlach, der Besitzer, begrüßt mich wie einen alten Freund. Er war früher Filmjournalist in München. Wir kennen uns. Wir schütteln uns die Hände. Eine Runde Cognac kommt.

»Ein Geschenk des Hauses«, sagt Herr Gerlach.

Unter dieser Voraussetzung hätte ich auch Whisky getrunken.

Ich erzähle, daß meine Frau mich zum Essen eingeladen hat. Hier. Bei ihm. Er küßt Annette die Hand – mein Gott, wie lange ist ihr das nicht mehr widerfahren! – und sagt, daß die Frauen immer die besten Einfälle hätten.

Wir speisen wie die Fürsten. Gepflegt und in der Harmonie des stillen Raumes.

»Wie angenehm still es hier ist«, sage ich zu Annette.

Ich hätte den Mund halten sollen.

Als ob ich es verschrien hätte – in diesem Augenblick wird die Tür aufgestoßen, und eine Horde Menschen, Männlein und Weiblein, unmöglich angezogen, nämlich so, wie man daheim glaubt, sich für Mallorca anziehen zu müssen, kurze weiße Hosen und Überfallhemden die Männer, die Damen grelle, ärmellose, man könnte sagen: oberteillose Sommerkleider, weiße Schuhe, weiße Handtasche, bunte Tücher, stürmt den Raum. Halli und Hallo! Da sind wir! Herr Wirt, wo hat er sein Töchterlein! Feuriger Spanier für acht Tage gesucht! Oh, wie billig ist das alles! Herr Wirt, noch einen Cognac! Es sind achtzehn Personen, eine Reisegesellschaft. Sie sind erst einen Tag auf der Insel, aber sie tragen alle Pakete. Sie haben eingekauft. Schuhe vor allem. Oh, wie billig! Anzüge, Lederjacken! Oh, wie billig! Sie machen einen Lärm, diese Owiebills, daß Annette und ich erschrocken mit dem Essen aufhören. Man kann sein eigenes Wort nicht mehr verstehen.

Herr Gerlach, der Patron, kann sich schwer verständlich machen. Ob die Herrschaften zu speisen wünschten, hat er schon dreimal gefragt, ohne eine Antwort zu bekommen. Jetzt findet er den Reiseleiter heraus und wiederholt seine Frage:

»Wünschen Sie zu speisen?«

Der Reiseleiter sieht ihn erstaunt, fast empört an.

»Bei Ihnen?« sagt er. »Aber bei Ihnen ist es ja viel zu laut!«

Als sie gegangen sind, umfängt uns wieder die wohltuende Stille.

Ich hebe mein Glas gegen Annette.

»Ich bin sehr glücklich, Annette!«

»Ich auch, Johannes.«

Zwei Stunden später stehen wir wieder vor Herrn Jellineck. Sonderbar, im selben Augenblick ist der alte Druck wieder auf meinem Herzen. Schlangen haben so etwas an sich, Reptilien, Kaltblüter.

»Ich soll Ihnen einen schönen Gruß bestellen«, sage ich, »einen schönen Gruß von Herrn Mäurer und Herrn Edo Bremer aus Braunschweig.«

Keine Antwort.

»Wir haben uns heute am Strand kennengelernt. Wir haben ihnen erzählt, daß wir Ihre Austauschgäste sind.«

Keine Antwort.

»Herr Mäurer hatte den gleichen Unfall auf der Rückfahrt von Inca wie wir. Ihre Frau sollte nicht mehr vorn neben dem Fahrer sitzen. Das kann einmal für alle Beteiligten sehr schlimm ablaufen.«

Herr Jellineck erhebt sich stumm, geht in sein Schlafzimmer und kommt mit meinen drei Scheinen zurück. Er zerreißt sie, zerreißt sie nochmals, bis es ganz kleine Stücke sind, und schiebt mir die Papierfetzen über den Tisch herüber.

Ich sage nichts und gehe aus dem Zimmer. Wir beginnen zu packen.

Weitere zwei Stunden später ist Frau Jellineck wieder im Haus. Auf welche Weise sie so schnell zurückgekommen ist, bleibt für uns ungeklärt. Wir sprechen nicht miteinander. Annette hat ihr die Küchenschürze ostentativ neben den kalten Herd gelegt. Wir begegnen uns auf Schritt und Tritt, während wir packen. Wir gehen stumm aneinander vorbei, während wir unsere Sachen aus dem Badezimmer holen und Annette ihre Kleider aus dem Schrank nimmt. Unsere Koffer füllen sich schnell. So rasch haben wir im Leben noch nie gepackt. Es ist wie eine heilige Handlung. Wir können es immer noch nicht fassen, daß wir frei sind und die Schiffskarten schon in der Tasche haben.

Wir werden heute nacht in einem Hotel wohnen. Am besten im Viktoria. Wir wollen unseren Sieg feiern. Mit Champagner.

»Wenn wir wüßten, wo Mäurers wohnen, sollten wir sie einladen«, sagt Annette.

Wir nehmen es uns vor. Aber wir kommen nicht dazu. Uns ist noch eine Begegnung vorbehalten.

Annette sitzt schon im Wagen. Sie ist ohne Abschied aus dem Haus gegangen. Ich verneige mich wenigstens noch stumm, als ich an Jellinecks vorbeigehe. Hinterher ärgere ich mich darüber.

Ich trage die letzten Koffer zum Wagen. Herr Jellineck kommt mir nach.

»Ich wollte Ihnen noch etwas sagen«, beginnt er.

Ich tue, als hörte ich ihn nicht, und gehe weiter. Er folgt mir.

»Meine Frau«, sagt er, »meine Frau –«

Ich verfrachte die Koffer und steige ein. Er hindert mich, die Tür zu schließen.

»Meine Frau hätte noch eine Bitte«, stößt er hervor. »Wenn Sie wieder in Deutschland sind – würden Sie uns bitte einige Pakete Filterpapier schikken?«

Mir verschlägt es die Rede. Ich gebe Gas, und wir fahren. Die Tür fliegt von selbst zu.

Als wir im Viktoria in die Halle kommen, trauen wir unseren Augen nicht. In tiefen Klubsesseln sitzen Bachars. Sie haben uns schon bemerkt und winken uns fröhlich zu.

Annette stupst mich:

»Haltung, Johannes! Wir kennen sie nicht!«

»Wieso?«

»Siehst du nicht die Frauensperson?«

In der Tat, das ist nicht Frau Bachar.

»Das ist doch die Person, die er uns damals ins Haus geschleppt hat!«

»Stimmt! Die Hübsche!«

»Sie hat etwas Ordinäres!«

Herr Bachar winkt uns noch immer. Annette dankt mit einem kühlen Kopfnicken. Ich weiß nicht, was ich tun soll. Schließlich, so schlimm finde ich es gar nicht. Außerdem haben wir jetzt jemand, dem wir alles erzählen können, was wir hinter uns haben.

»Ich gehe zu ihnen hinüber, Annette.«

»Ohne mich!«

Annette verhandelt mit dem Portier wegen eines Zimmers für eine Nacht.

»Wir sind leider völlig besetzt, gnädige Frau.«

»Irgendein Bett werden Sie für uns doch noch haben!«

»Es widerspricht der Gepflogenheit unseres Hotels, Tagesgäste aufzunehmen.«

»Wir sind Freunde des Oberbürgermeisters von Barcelona«, trumpft Annette auf, die froh ist, daß ihr dies in letzter Minute einfällt.

Der Portier ist sichtlich beeindruckt. Vielleicht ist er auch nur höflich und tut so. Jedenfalls blättert er in seiner großen Liste, blickt in die Vorbestellungen, sucht in einer Kartei, dann sagt er:

»Zimmer 33. Leider ohne Bad.«

»Das macht nichts. Wir haben acht Wochen nicht gebadet«, sagt Annette voreilig.

Sie hätte sich hinterher die Zunge abbeißen können.

Ich bin inzwischen zu Bachars gegangen. Herr Bachar schüttelt mir die Hand. »Meine Frau! Sie kennen sie ja bereits.«

»Ich hatte die Freude, Sie vorigen Sommer bei uns zu sehen«, antworte ich und küsse ihr lange die Hand. Sie riecht herrlich nach Arpège, sie gefällt mir, ich bestreite es nicht. Jetzt, wo ich weiß, daß sie nicht Frau Bachar ist, gefällt sie mir doppelt gut. »Das nenne ich eine Überraschung, gnädige Frau!«

»Kommt Ihre Frau nicht zu uns herüber?« fragt die hübsche Person.

»Sie verhandelt noch mit dem Portier. Wir wollen hier absteigen. Sie wohnen im Viktoria?«

»Nein«, antwortet Herr Bachar für sie, an die ich meine Frage richtete, »ich habe Ninette in Ca's Catalá ein kleines Haus am Meer gekauft. Seit gestern sind wir Eigentümer. Sie besuchen uns natürlich dort.«

»Ich rechne fest mit Ihnen«, sagt die hübsche Person.

Dabei blickt sie mich an, daß es mir über den Rükken rieselt.

So ein Luder, denke ich, schade, daß wir morgen wegfahren. Jetzt beginnt die Insel wieder für mich interessant zu werden.

»Ihre Frau schaut zu uns herüber«, sagt die Person.

Ich blicke auf. Annette steht wie eine Salzsäule.

»Hat sie etwas gegen uns?« fragt Ninette.

Ich erhebe mich verlegen.

»Sie fühlt sich heute nicht recht wohl«, sage ich. »Vielleicht hat sie etwas Unrechtes gegessen – wir sehen uns ja später, entschuldigen Sie mich jetzt bitte.«

»Ausgeschlossen!« sagt Herr Bachar gutgelaunt.

»Ich werde Ihre Frau herüberholen.«

Er hat sich erhoben und geht zu Annette hinüber. Ich bin gespannt, was dabei herauskommt.

Er küßt Annette artig die Hand.

»Wie geht es Ihrer lieben Frau?« fragt Annette spitz.

»Danke. Prächtig. Dort drüben sitzt sie. Sie freut sich wie ein Kind, Sie wiederzusehen. Kommen Sie! Lassen wir sie nicht warten.«

Er will in seiner etwas rustikalen Art Annette unterhaken und zum Tisch führen. Annette macht sich steif wie ein Stock.

»Ich bin heute nicht aufgelegt«, sagt sie.

Herr Bachar stutzt einen Augenblick. Dann lacht er hell auf, daß alle Leute zu ihm hinsehen. Er ist so vergnügt, daß er gar nicht merkt, daß er meine Frau stehen läßt und zum Tisch zurückkommt.

»Ninette«, sagt er und lacht, »sie hält dich für meine Kebse!«

»Was ist eine Kebse?« fragt Ninette.

Ich vermittle:

»Ein besonders hübsches Mädchen, das einen Mann erhört, ohne ihn eigentlich erhören zu dürfen.«

Jetzt lacht auch Ninette.

»So hübsch bin ich gar nicht«, sagt sie kokett und schaut sogleich in den Spiegel.

Die Situation scheint gerettet. Ich erhebe mich zum zweitenmal.

»Ich kann meine Frau nicht so lange warten lassen.«

Herr Bachar ruft mir nach: »Bringen Sie sie herüber. Wir nehmen einen Aperitif. Ich habe eine große Überraschung für Sie!«

Annette funkelt mich wütend an.

»Du benimmst dich wieder einmal, Johannes!«

Nichts von unserer Verbundenheit mit Sklavendasein ist mehr da, in jenem Sklavendasein, das wir bei Jellinecks geführt haben. Wie gut haben wir uns vertragen! Jetzt ist sie wieder die Ehefrau, und ich bin der Ehemann. Ich versuche zu widersprechen.

»Ich konnte doch Bachars nicht einfach stehenlassen – das mußt du doch verstehen –«

»Aber mich läßt du hier stehen, allein –«

»Mein Gott, du bist doch kein Kind mehr«, sage ich ärgerlich.

»So jung wie diese Person bin ich allerdings nicht. Aber ich habe trotzdem einen gewissen Anspruch auf Höflichkeit.«

»Sei nicht schwierig, Annette«, sage ich. »Schau, der Tag hat so schön begonnen – es ist hier ein verrücktes Land – komm, spiel mit verrückt!«

Annette spielt mit. Sie ist doch ein viel prächtigerer Mensch, als man denkt. Trotzdem kann sie sich, als sie Ninette die Hand reicht, nicht verkneifen zu sagen:

»Guten Tag, Fräulein!«

»Sie weiß es noch nicht!« lacht Herr Bachar.

»Was weiß sie nicht?« frage ich.

Herr Bachar setzt sich in Positur, blickt von einem zum andern, um unsere Erwartung zu steigern, und sagt:

»Wir haben vor einer Woche geheiratet.«

»Aber Sie sind doch schon verheiratet!«

»Ich war es!« strahlt Herr Bachar, und seine runden Bäckchen scheinen vor Vergnügen platzen zu wollen. »Ich war es! Meine Frau hat sich von mir scheiden lassen. Und wissen Sie, wem ich das verdanke?«

»Nein!« sage ich ahnungslos.

»Ihnen! Ganz allein Ihnen! Wenn Sie meine Frau damals in Barcelona nicht zu Ihrer kuriosen Kirche geschleppt hätten, säßen Ihnen heute nicht zwei glückliche Menschen gegenüber. Wir sind auf der Hochzeitsreise.«

Der Kellner bringt die bestellten Aperitifs.

»Verzeihung, gnädige Frau!« sage ich und küsse wieder Ninette lange die Hand. »Jetzt habe ich mir einmal umsonst Hoffnungen gemacht.«

Sie zupft mich am Ohr.

»Ich rechne trotzdem fest mit Ihnen«, sagt sie.

Es klingt sehr verheißungsvoll, aber wir haben leider für morgen schon die Schiffskarten in der Tasche.

Am Abend gehen wir noch einmal zu den Zigeunern. Herr Bachar hat uns eingeladen und will seiner jungen Frau das Nachtleben von Palma zeigen.

Ich warne ihn.

»Man wird Ihnen die Taschen bis zur letzten Pesete ausleeren.«

»Sind Sie einmal hereingefallen?«

»Immer«, sage ich.

Wir gehen durch verschiedene Lokale, aus denen Musik dringt. Überall bin ich zu Hause. Man kennt mich.

»Amigo!« jubelt man mir zu und drängt sich um uns. Sogar die Kellner drücken mir die Hand und haben so etwas wie eine Träne im Auge, als ich ihnen sage, daß dies mein letzter Abend ist, daß wir morgen abreisen.

»Aber Sie werden wiederkommen! Bestimmt werden Sie wiederkommen! Palma läßt keinen los, der einmal hier war! Haben Sie schon eine Münze in den Brunnen der Franziskaner geworfen?«

Ich crfahrc von dcm altcn Glaubcn: wcnn man rückwärts über die Schulter ein Kupferstück, eine Pesete oder zwei, in den Klosterbrunnen der Franziskaner wirft, kehrt man zuversichtlich auf die Insel der Glücklichen zurück. Es ist wie ein Zauberspruch. Wir beschließen, am nächsten Morgen noch einmal hinauf in die alte Stadt zu gehen, am Café Formentor vorbei, die Calle Nicolás hinauf, wo wir unsere ersten Orangen einkauften und das Feilschen lernten, das wir später schnell wieder vergaßen, über die Plaza Cort mit ihren billigen Schneidern hinweg, am schönen Rathaus vorbei auf die Plaza Santa Eulalia… Dort werden wir nach links einbiegen, die Gasse der Silberschmiede entlang, und werden nachschauen, ob in dem einen Fenster noch immer das kleine goldene Schmuckstück liegt, an dem ein Ehemann seiner Frau die Schäbigkeit der ihr noch verbliebenen Jahre vorrechnete. Ja, wir werden bestimmt ein Kupferstück in den Brunnen werfen, denn wir wollen wiederkommen. Wir können es uns einfach nicht vorstellen, nicht mehr dazuzugehören, nie mehr im Leben durch diese engen Gassen und Straßen zu gehen, wo wir zu Hause waren. Vergessen ist alles, was man uns angetan hat, das Haus in der Calle de Tonto und seine Bewohner liegen weit hinter uns, wir haben vergessen und verziehen, so oft schenkt man uns ein, kleine Gläser, aber immer wieder bis zum Überlaufen gefüllt, sie müssen überlaufen, so verlangt es die Sitte der Insel, wenn man einen Gast hat. Und wir sind heute Gäste der Bar, einen Abschiedstrunk, *amigo – salud, amor y pesetas!* – Gesundheit, Liebe und die Taschen voller Geld – Vergessen Sie Ihre Freunde nicht!

Als wir spät in der Nacht im Hotel ankommen, haben Annette und ich große Mühe, in den Fahrstuhl einzusteigen. Wir sind mit Abschiedsgeschenken hoch beladen, wie Igel sehen wir aus, aus allen Taschen stechen Flaschenhälse heraus, dazu in der Hand, unter dem Arm und über den Bauch gehäuft, daß wir kaum darüber hinwegsehen vermögen. Jeder, der uns kannte und dem wir an unserem letzten Abend begegneten, zauberte irgendwoher schnell eine Flasche Wein, einen durchsichtigen Karton mit glasierten süßen Früchten, eine kleine Windmühle aus Olivenholz, Handschuhe, Perlenarmbänder, Spieldosen, einen waghalsigen Torero aus Stoff, einen farbenfreudigen, eigenwilligen Steinkrug von der Cala d'Or... aber vorwiegend brachten sie uns Wein, Wein aus Binisalem, Wein von den Bergen um Sóller, Wein aus dem sonnigen Tal unterhalb Valldemosas. Jeder Kellner, dem ich einmal ein gutes Trinkgeld gab, jede Tänzerin, mit der ich einmal beim Wein saß, ja sogar der Schuhputzer Casanova auf dem Borne, jener schwarze, kleine Geselle, meist ein wenig zu zutraulich beim Schuhputzen, zog unter seinem dunklen Hemd eine Flasche echtes Chanel hervor, das wir ihm nie abgekauft hatten, so sehr er es auch täglich anpries, und überreichte es weit nach Mitternacht meiner Frau.

»Für die Reise, *señora! Salud, amor y pesetas!* Damit Sie wiederkommen!«

Am nächsten Abend fährt unser Schiff. Als die *Ciudad de Burgos* langsam vom Kai ablegt und die vieltürmige Kathedrale, *unsere* Kathedrale, strahlend im Licht und im Meer sich spiegelnd, wie ein

Juwel zurückläßt, halten wir uns an der Hand, Annette und ich. Wir stehen auf Deck. Uns ist sehr schwer in unseren Herzen zumute. Als ob jemand da wäre und sie zusammenpressen würde. Aber es ist sicher nur das Licht und die Nacht, daß wir glauben, hier ist das Paradies.

»Johannes!«

»Die Jellinecks!«

Wir sagen es gleichzeitig, ohne uns zu rühren.

Im Schatten des Schuppens vor uns auf dem Kai, ein wenig versteckt, gleich hinter der Zollschranke, stehen zwei Menschen, die Jellinecks. Es berührt mich sonderbar, sie noch einmal zu sehen. Schließlich haben wir immerhin zwei Monate unter ihrem Dach geschlafen, Tür an Tür, ihre Stimmen sind uns vertraut, wir haben auf ihren Stühlen gesessen, von ihren Tellern gegessen, aus ihren Tassen getrunken. Über hundert gemeinsame Mahlzeiten. Wir haben zwei Monate mit ihnen unser Leben geteilt, und wenn es auch nicht die angenehmsten gewesen sind, bin ich ihnen doch jetzt fast dankbar. Sie haben uns immerhin zu einer Einsicht verholfen, die mit ihren Gemeinheiten nicht zu teuer erkauft ist.

Plötzlich hebt Frau Hedwig ihre Hand, nur ein wenig, nicht über Augenhöhe, und macht eine kleine Bewegung. Es sieht aus, als wolle sie uns winken. Ich blicke zu Annette neben mir, um sie darauf aufmerksam zu machen. Da sehe ich bei ihr dieselbe Bewegung, ein leises, verstecktes Winken. Nur wir zwei Männer stehen da wie die Stoffel. Da komme ich mir sehr lächerlich vor, einer muß den ersten machen, ich rufe laut hinunter:

»Auf Wiedersehen im nächsten Jahr!«

Aber das dunkle Heulen des Schiffshorns über uns, der letzte Gruß der *Ciudad de Burgos*, die, schon fünf Meter von der Kaimauer entfernt, im Hafenwasser zu wenden beginnt, verschlingt meine Worte. Jellinecks bleiben im Schatten zurück, machen sich auf den Heimweg, wie wir noch sehen können. Und zwei Menschen sind weniger auf der Insel, zwei Menschen und ein Auto.

Jo Hanns Rösler
in Großschrift
Jo Hanns Rösler
Die Reise nach Mallorca
Roman
Groß schrift
7225
Jo Hanns Rösler
Kitty und Johannes
Heitere Erzählungen
Groß schrift
7227 (August'84)
Jo Hanns Rösler
Wohin sind all die Jahre
Heitere Erzählungen
Groß schrift
7213
Jo Hanns Rösler
An meine Mutter
Erzählungen
7203
Groß schrift